共同富裕 『浙』样走来

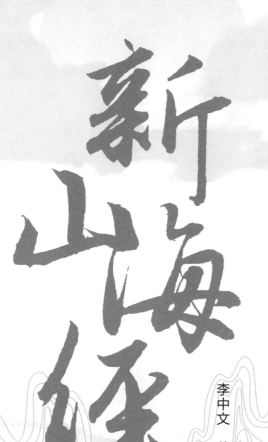

李中文 著

浙江摄影出版社
全国百佳图书出版单位

出版统筹：郑　重　景迪云

责任编辑：陈　云　朱丽莎　姚成丽
装帧设计：浙信文化
责任校对：高余朵　王君美　朱晓波
责任印制：汪立峰　陈震宇

素材整理：郭　扬　宋海逸

图书在版编目（CIP）数据

新山海经 ：共同富裕 "浙"样走来 / 李中文著. --
杭州 ：浙江摄影出版社，2022.5
　ISBN 978-7-5514-3866-7

　Ⅰ. ①新… Ⅱ. ①李… Ⅲ. ①报告文学－中国－当代
Ⅳ. ①I25

中国版本图书馆CIP数据核字(2022)第055312号

新山海经

共同富裕 "浙"样走来

XIN SHANHAI JING
GONGTONG FUYU 　 "ZHE" YANG ZOULAI

李中文　著

全国百佳图书出版单位
浙江摄影出版社出版发行
　　地址：杭州市体育场路 347 号
　　邮编：310006
　　电话：0571-85151082
　　网址：www.photo.zjcb.com
制版：杭州浙信文化传播有限公司
印刷：浙江海虹彩色印务有限公司
开本：710mm×1000mm 　1/16
印张：17.25
2022 年 5 月第 1 版　　2022 年 5 月第 1 次印刷
ISBN 978-7-5514-3866-7
定价：58.00 元

我们应该看到丰富的山海资源优势，念好"山海经"，把欠发达地区和海洋经济的发展作为我省新的经济增长点。

（摘自 2003 年 7 月 10 日在省委十一届四次全会上作报告时的插话，习近平《干在实处　走在前列——推进浙江新发展的思考与实践》，P209—210）

实施"山海协作工程"，是缩小地区差距，促进区域协调发展的有效载体。

实施"山海协作工程"，是培养新的经济增长点，不断提高我省综合实力的必然要求。

实施"山海协作工程"，是促进共同富裕，实现人民群众根本利益的重要举措。

（摘自 2003 年 12 月 3 日在"山海协作工程"情况汇报会上的讲话，习近平《干在实处　走在前列——推进浙江新发展的思考与实践》，P210—211）

目 录

序　章　　　　　　　　　　　　　　　　　　　　　　001

第一部分　山有所呼　海有所应　　　　　　　　　　005
　　第一章　山海协作，久久为功
　　第二章　走进大山深处
　　第三章　那些年，山里的日子
　　第四章　致富密码点亮乡村
　　第五章　一程风雨一程歌

第二部分　山海携手　借船出海　　　　　　　　　　051
　　第一章　"清大线"忧思录
　　第二章　念好"新山海经"
　　第三章　从智造新城看筑巢引凤
　　第四章　从常山阿姨到胡柚新生
　　第五章　村里来了城里老师

第三部分　向东　是大海　　　　093

第一章　天堑变通途

第二章　从河埠码头到港通天下

第三章　海岛"生金"

第四章　向海而生

第五章　开放以兴

第四部分　向西　是青山　　　　137

第一章　畲乡曾经的烦恼

第二章　"景宁600"与"飞柜经济"

第三章　从结对帮扶到"五县联盟"

第四章　"飞出去"和"飞进来"

第五章　输血＋造血，扶贫＋扶智

第五部分　从绿水青山到城乡一体　　　　179

第一章　两个小山村的蝶变之路

第二章　"绿水青山就是金山银山"理念在这里诞生

第三章　农民生活的幸福家园，城里人休闲的大花园

第四章　留住传统村落的乡愁

第五章　强县扩权看义乌

第六部分　共同富裕　共享文明　　　　　　　　215

　　第一章　农民怎么富起来

　　第二章　腾飞的秘密

　　第三章　小县城里的大科技

　　第四章　攀登计划

　　第五章　美丽文明，美好中国

跋　永不落幕的山海情　　　　　　　　263

序章

"民亦劳止，汔可小康；惠此中国，以绥四方。"小康，是华夏儿女千百年来的恒久守望、执着梦想。

"在中国共产党成立一百年时全面建成小康社会，在新中国成立一百年时建成富强、民主、文明、和谐、美丽的社会主义现代化国家。"这是中国共产党向全国人民和全世界作出的庄严宣告。全面建成小康社会后，我们将开启全面建成社会主义现代化强国的新征程。

温饱不止步，小康不满足，富裕在前头。从全面小康到共同富裕的目标，揭示了社会主义的本质要求，反映了人民群众的共同期盼，必将凝聚起全体人民奋进新征程的磅礴伟力。

经过多年发展积累和实践探索，浙江成为全国区域发展最均衡、城乡收入差距最小的省份之一。然而，浙江山区26县依然与全国、全省存在发展差距，其中一些县城镇居民人均可支配收入仍低于全国平均水平。

差距即潜力。深入推进"山海协作工程"，念好新时代"山海经"，实现山区26县跨越式高质量发展，正是浙江探索高质量发展建设共同富裕示范区的重中之重。

山有所呼
海有所应

第一部分

第一章

山海协作，久久为功

　　浙江的地形复杂，地势由西南向东北倾斜，既多蜿蜒曲折的山脉，又有奔流不息的水系，"七山一水二分田"清晰地勾勒出这片热土的肌理。宋代诗人苏洞曾为浙江（钱塘江）赋诗："演迤来何代，崩腾直至今。飞潜知险地，征逐欠闲心。西障残山渺，东流大海深。会携秋月色，徐听夜龙吟。"

　　正同诗歌中所描绘的，浙江背山面海。山与海是这里最直观的地理风貌，在 10.18 万平方千米的陆域面积中，光山地和丘陵就占了74.63%，而靠海的一边是肥沃的平原。山有山的雄浑与千峰竞秀，海有海的辽阔与波涛汹涌，两种截然不同的风景，为浙江的景致增色不少。但是，在感慨山的雄浑、海的辽阔时，山区与沿海对应的不同资源，也造成了浙江经济发展不平衡的问题。多年以来，山与海的地理区隔，阻碍了浙江走向共同富裕的脚步。

　　比如丽水市、衢州市和舟山市，地域面积占全省的 27%，人口占全省的 13%，经济总量只相当于全省的 10%，城乡居民可支配收入仅为沿海发达地区的 50% 左右。此外，在 21 世纪初，浙江还有 26 个欠发达县和 300 多个欠发达乡镇。即便历经 20 年发展，26 个县与全国、全省的发展差距依然存在。2021 年，山区 26 县的 GDP（国内生产总值）总量仅占全省的约 10%；人均 GDP 仅为全省人均 GDP 的约 60%、全国人均 GDP 的约 85%；仍有文成、磐安、庆元、松阳、泰顺、景宁、衢江、开化等 8 个县居民人均可支配收入低于全国平均水平。

随着山海差距日益拉大，这一问题引起了浙江省政府的重视。早在 2001 年，浙江就召开全省扶贫暨欠发达地区工作会议，首次提出"山海协作工程"（简称"山海协作"），旨在鼓励省内发达地区帮扶省内欠发达地区。"山海协作"这个概念，是习近平在福建工作时就已提出来的。2002 年 4 月，"山海协作工程"正式实施。同年，习近平到任浙江。他来浙江工作以后，继续推动山海协作。2002 年 11 月 26 日，习近平去浙西南的丽水市调研，这是他接任省委书记后的首次市、县调研，之所以选择省内欠发达地区，就是想实地考察山海协作的潜力。经过充分调研，习近平敏锐地发现了山海协作对解决区域发展不平衡问题的重大意义。

2003 年 7 月，习近平在浙江省委十一届四次全会上首次系统提出"八八战略"，明确提出"进一步发挥浙江的山海资源优势，大力发展海洋经济，推动欠发达地区跨越式发展，努力使海洋经济和欠发达地区的发展成为我省经济新的增长点"，并确立通过区域协作促进区域协调发展的理念，作出了"山海协作工程"是推动发达地区与欠发达地区对口协作、引导鼓励发达地区向欠发达地区转移辐射、促进欠发达地区劳务输出的重大举措等科学论断。习近平开创性地提出了深入实施"山海协作工程""百亿帮扶致富工程"和"欠发达乡镇奔小康工程"三大工程。其中，"山海协作工程"是发挥核心带动作用的龙头工程。2004年11月，习近平在"山海协作工程"情况汇报会上，强调要围绕全面建设小康社会、提前基本实现现代化的目标推进"山海协作工程"，着眼于全省经济布局优化推进"山海协作工程"，以求真务实的精神推进"山海协作工程"，走出一条具有浙江特色的统筹区域发展路子。2005年，他在"山海协作工程"工作情况汇报会上强调，"山海协作工程"是浙江省为推进区域协调发展而实施的一项重大举措。在实施"山海协作工程"中，既要重视工业项目合作，也要重视农业和服务业项目合作，使合作领域向一二三产全面拓展。"山海协作工程""百亿帮扶致富工程"和"欠发达乡镇奔小康工程"准确把握了当时浙江区域发展不平衡的现状和内在原因，是促进区域协调发展的有效之策。三大工程的深入实施，通过政府联动、市场拉动、产业带动，逐渐形成了具有浙江特色的区域协调发展新机制。

在习近平的指挥和推动下，"山海协作工程""百亿帮扶致富工程""欠发达乡镇奔小康工程"等工作稳步推进，浙江由此开启"发达地区加快发展、欠发达地区跨越式发展"的宏大工程。（以上3段摘自中央党校采访实录编辑室《习近平在浙江（上册）》，P2—3、P14、P224—225；习近平《干在实处　走在前列——推进浙江新发展的思考与实践》，P72、P77、P210—214、P517—518）

习近平在浙江工作期间提出并实践的区域协调发展战略结出了丰硕的果实。2007年，浙江城镇居民人均可支配收入达到20574元，农村居民人均纯收入 8265 元，分别连续 7 年和 23 年居全国各省区第一位，城乡居民收入比为 2.49∶1，为全国城乡居民收入比最小的省份之一；人均 GDP 最高的杭州市与人均 GDP 最低的丽水市，数值之比为 2.76∶1，在几个沿海发达省份中是最小的。此后，浙江坚定不移地沿着习近平指引的路子推进区域协调发展，使浙江成为全国区域发展最为协调的省份之一。

2022 年是"山海协作工程"正式实施的 20 周年。从山海协作阶段性成果来看，浙江经历了从结对帮扶到深化山海协作、促进欠发达地区快速发展的转变；从着力在基本公共服务和低收入群众增收两个方面加快推进欠发达地区跨越式发展，到全省首批 9 个省级山海协作产业园建设正式拉开帷幕的转变；从打造"山海协作工程"升级版到实现更高质量的区域协调发展的转变。也正是在念好"山海经"的不断升级、深化和探索中，浙江的区域协调发展走出了"一张蓝图绘到底、久久为功创实绩"的可持续发展之路。

如今，浙江正致力于研究技术、人才、信息等要素向山区转移的新举措，努力把山海协作平台打造成为项目孵化的摇篮、人才集聚的高地和成果转化的桥梁，推动山海协作内容从传统产业梯度向创新成果转化落地转变。

以丽水近 20 年的发展为样本，我们可以看到这座多山的城市在经济发展、社会进步、产业升级方面的鲜明脉络与成长足迹。

王州东回忆起 2004 年他刚到丽水市发改委产业处工作之初的情景："刚好就赶上了全国经济开发区清理、整顿。"当时，全国各地的开发区建设如火如荼，为了更好地清理、整顿这些项目，国家发改委牵头定了标准——每个县保留一个开发区。

"这对浙江省造成了很大的影响，因为大家都争着发展经济，干劲正足。"王州东说。考虑到大家的经济建设热情和实际情况，浙江省就向国家发改委提出，是不是可以多给百强县一个指标，这一提议得到了肯定，百强县得以保留两个开发区。

"丽水争取到了十个开发区指标，每个县（市、区）一个，市本级一个。"这些开发区的建设并非一帆风顺，丽水的十个开发区报到国家发改委后，有三个因为面积不到一平方千米被退了回来，分别是 0.4 平方千米的庆元开发区、0.3 平方千米的莲都开发区和 0.69 平方千米的龙泉开发区。不过，丽水市政府并没有就此放弃这几个开发区，而是几经整合提升，重新上报，最后都达了标。改造提升后，丽水的开发区产业发展迅速步入快车道，还承接了不少温州和永康转移过来的产业项目，为经济发展注入了新的活力。目前，丽水共有 12 个开发区（工业园区），包含了丽水 75% 的规上工业，成为推进丽水产业发展的重要平台。

王州东给我翻看了丽水市发改委的统计资料，这些资料见证了这些年丽水工业与经济的蓬勃发展：2000 年 7 月，丽水撤地设市，当年工业总产值 171 亿元。2005 年，工业总产值达到 423 亿元，4 年间翻了一番多。2008 年，确定建设生态文明和全面建设小康社会两大战略目标，当年工业总产值 920 亿元。2009 年，工业总产值首次突破 1000 亿元大关（1018 亿元），初步形成机械装备制造、不锈钢、新材料、生物医药、日用化工、合成革及鞋革羽绒织品、农林产品加工、文化创意八大特色产业。2013 年，工业总产值首次突破 2000 亿元（2196 亿元）。2013年,浙江省委作出"不考核丽水GDP和工业总产值"的决定,丽水确定了"绿水青山就是金山银山"的指导理念,发展战略从工业经济向生态工业经济转变。工业总产值开始回落。2015年,工业总产值为1979.9亿元。超前谋划智能装备、电子信息、生物医药、新能源等战略性新兴产业,培育形成金属制品、机械设备、汽摩配件、不锈钢、合成革、鞋革羽绒、化工医药、农林产品加工八大主导产业。2017年,丽水把生态工业经济作为第一经济来培育。2021年,规上工业总产值为1960.4亿元,初步形成了滚动功能部件、生物医药、汽车空调配件、剑瓷石雕、泵阀制造、时尚鞋服、金属新材料、现代装备制造、精品不锈钢、金属制品、木制玩具、竹木制品等12个特色产业集群,并形成黑色金属冶炼和压延加工业、通用设备制造业、化学原料和化学制品制造业、电气机械和器材制造业等4个规模总量超百亿元的行业。在从工业经济向生态工业经济转变的过程中,虽然工业总产值在回落,但丽水的GDP从2013年的约983亿元增长到2021年的约1710亿元,仍然保持了逐年稳定增长,同时,规上工业万元增加值能耗逐年下降,新兴产业快速增长。

工业得到了稳步强劲的推进后,丽水并没有停止继续创新摸索的脚步,现任丽水市政府副秘书长、市发改委副主任张民杰到任伊始就投入山海协作的新工程,想方设法为丽水的新发展赋能。

"我是2021年3月从宁波被派来丽水挂职的,挂职干部是推进山海协作的重要力量。"张民杰说。在省定市、县结对的基础上,丽水市本级与宁波市、湖州市、嘉兴市结对,丽水9个县(市、区)、经济开发区与省内7个市的25个经济强县、5个开发区结对全覆盖。目前,发达地区选派到丽水的挂职干部有 59 名；2021 年，丽水也选派了 24 名干部赴经济强市挂职。作为挂职干部队伍的领队，张民杰把大部分时间都放到了跑项目、解决山海协作具体问题上。

讲起丽水的山海协作在当前取得的成绩，张民杰如数家珍，脸上洋溢着自豪的笑容："目前，丽水全市共有省级山海协作产业园 10 个，其中工业类产业园 6 个、生态类产业园 4 个；有山海协作'飞地'37 个，其中产业类 10 个、科创类 10 个、消薄（消除薄弱）类 17 个，还有人才'飞地''飞楼'等多形式'飞地'蓬勃兴起……"一连串数字，承载着许多像张民杰这样的干部的心血。为了推进项目合作，张民杰更是多次往返于宁波与丽水之间，满腔热忱地投入工作。引进江丰电子项目，就是他的得意之作。眼下，一期超大规模集成电路制造用超高纯钽项目已经正式投产，预计可实现年产值 7.5 亿元，上缴税收 4500 万元。

"尽管这些年丽水在推动山海协作方面做了很多工作，但丽水地区地处交通末梢、市场优势不明显还是会对招商引资造成影响。下一步想在招引重大项目方面形成更大突破，还寄希望于基础设施的持续改善和省级部门强有力的政策支持。"对于深度推进山海协作工作，张民杰信心满满，他劲头十足地投入其中，期盼能为推动丽水地区经济发展和提高人民生活水平多做一些实事。

经过各方共同努力，山海协作已经成为丽水的一张新名片，而这也成了丽水人新的骄傲。在山的这边，倾听海的声音，山呼海应，风帆正举；人们也深知，山海协作，久久为功，才能越过区域的阻隔，才能携手共创更加光明、美好的未来！

第二章

走进大山深处

2020年9月27日，山城龙泉终于迎来了通火车的日子。初秋时节，天空飘着小雨，尽管凉意不时袭来，但站台上还是挤满了前来见证首次通车场景的龙泉本地人。伴随一声响亮的鸣笛，火车缓缓驶进车站，车轮轧过铁轨，发出一阵阵有节奏的"咣当咣当"声，旋即被淹没在群众的欢呼声中。

在早已步入高铁时代的浙江，通火车为什么会让龙泉人这么激动？面对我的困惑，在龙泉负责外宣工作的柳建松笑着拍了拍我的肩膀："通火车可不是小事，父老乡亲终于能在家乡见到火车了，当然激动！我也激动！"原来，地处浙、闽、赣边境的龙泉虽"翻山有路、渡河有桥"，素来有"瓯婺八闽通衢""驿马要道、商旅咽喉"之称，但因为地处山区，修建铁路需要横跨山岭，穿凿一条又一条隧道，在这样的地形条件下建一条铁路，难度可想而知。因此，龙泉人从没有在自己的家乡见过火车的身影。见证家乡通火车，这也成了长久萦绕在龙泉人心头的热切期盼。

在乡亲们的一片欢呼声中，陈年往事又浮上了柳建松的心头。古时的龙泉，主要依靠古道、山道、水路连通外界，一直到柳建松小时候也是如此。在山区长大的他，从小就练出了一副好脚力。自他懂事起，龙泉的陆地交通运输主要依靠丽浦公路、龙后公路、遂龙公路等，在这些由沙石铺就的路面上车行，方便的同时是无尽的颠簸；水路交通运输则靠竹筏、舴艋船等，沿途秀水青山，景致虽好，却也随着时代发展不能适应当今人们对交通出行的要求；至于人们常坐的客运汽车，从龙泉到丽水要4—5个小时，到杭州则要12个小时以上，快速交通体系一直没有建立起来，这也是龙泉及其周边地区一度成为欠发达地区的一个重要原因。

不过，在柳建松的成长过程中，交通状况不断改善，先是修了柏油路、水泥路，然后又建起高速公路，村村通了康庄大道。龙泉与杭州的交通距离被拉近，城乡之间的交流与沟通也变得更加顺畅。但是，龙泉人还有一个梦想没有实现——"大家心里还都盼着通火车哪！"柳建松感慨，大家都想着能够坐火车回到自己的家乡。今天，这个曾经看起来遥不可及的梦想终于在衢宁铁路沿线群众的欢呼声中实现了。

自2014年12月至2020年9月，铁路建设者们逢山凿洞，遇水架桥，克服艰难险阻，通过5年多的努力，衢宁铁路正式建成，这条正线全长379千米，起自浙江省衢州市沪昆铁路衢州站，向南经龙游、遂昌、松阳、龙泉、庆元，穿百丈山进入福建省，经松溪、政和、建瓯、屏南、周宁至宁德市杭深铁路宁德站。时速160千米的"绿巨人"火车，终于开到了沿线各地群众的家门口。

为了见证龙泉第一次通火车的历史，柳建松一家人早早起床，赶往龙泉市火车站见证火车首发仪式。

2020年9月28日，《丽水日报》记者阮春生这样记录丽水几个站点火车开通的前后经过：

汽笛长鸣，火车启动，跨山向海，铿锵前行。

今天，穿越丽水西南部庆元县、龙泉市、松阳县、遂昌县的衢宁铁路正式运营通车。承载浙西南人民全面小康的"铁路梦"，一朝梦圆！

衢宁铁路，是一条客货共线的国家一级单线电气化铁路。全长379千米的线路中，浙江段206.8千米，丽水境内159.18千米。

事非经过不知难。"衢宁铁路的上马不容易！铁路线位穿过丽水4县（市），更是市委、市政府和相关职能部门求是推进、奋力争取的结果。"回忆起衢宁铁路项目谋划与争取，市发改委相关负责人如此感叹。

…………

衢宁铁路的建成，彻底改变了遂昌、松阳、龙泉、庆元4县（市）没有铁路的历史。

86岁的龙泉市民舒喜春说："我做了60多年的'火车梦'了，今天终于实现了！"他回忆说，1959年参加省里举办的培训班时，看到十年规划图中有一条丽水通往龙泉（庆元）入福建的铁路项目。回龙泉后，他在布置新中国成立十周年展览时，将这一规划放在了地图上。当时，参观展览的群众看了很激动，纷纷问道：龙泉真的能通火车吗？舒喜春肯定地说："这是省里的规划，不会错！"

2014年12月23日，经过5年多的前期谋划推动，衢宁铁路松阳先行段正式开工建设。紧随其后，2015年11月6日，龙泉段主体工程建设正式启动；11月9日，遂昌段破土动工；11月11日，庆元段开工建设。

百万人民翘首以盼的"铁路梦"，全面开启，照进现实。

…………

历经5年建设，2020年6月，项目基本建成，顺利通过静态验收、动态验收、初步验收等工作程序，并于9月中旬通过运营安全评估。

绿水青山间，标注"复兴号"的"绿巨人"，跨山过河，穿隧越岭，北上连上海，南下接福鼎，山海从此不再遥远！

…………

跨山，向海；赋能，腾飞！

搭上衢宁铁路通车的东风，浙西南高质量绿色发展迈向新的快速车道！

当时乘坐 D9558 次列车的丽水市民吴美香清晰地记得当时的热闹场景：各个站台上人头攒动，锣鼓喧天，载歌载舞。在山区长大的吴美香一边回忆一边笑着说："你们没在山区生活过的人很难想象，我们山里人盼火车开通盼得有多苦，当时我们坐在车里看着窗外狂喜的人群，同样心潮澎湃、泪眼婆娑。"

衢宁铁路是浙江省大通道建设的标志性项目，对推动全省2小时交通圈建设、打造山海协作升级版具有重要意义。

丽水各地不通铁路，最大障碍就是大山挡路。丽水是浙江省陆地面积最大的地级市，山地占了88.42%，耕地占5.52%，溪流、道路、村庄等占6.06%，堪称"九山半水半分田"。这些绵延层叠的山脉虽然阻碍了铁路的发展，但在另一方面也蕴藏着宝贵的自然财富。因为群山叠翠，丽水被誉为"浙江绿谷"，有着丰富的森林和动物资源，植被好、水好、空气好，为久居都市的人们保留了一处原始自然之地，让人们可以在假日去吸几口清新的氧气，喝几口纯净的山泉，到山中的密林石径上徒步和露营，领略丰富的植物物种，聆听鸟儿的歌唱。

来浙工作之初，我刚好有个机会来到凤阳山的主峰黄茅尖附近采访。生于斯、长于斯的柳建松曾多次登顶此山，他的细致介绍让我对这座江浙第一高峰心生敬畏，也萌生了共同前去攀登的心愿。

于是，在一个晴朗和畅的日子，我和柳建松沿着山间小道，向着黄茅尖顶峰出发。一路上，我不仅感受到大山的雄奇险峻，也被沿途的秀美风光吸引——各种茂盛的植被蓊蓊郁郁，野生的兰花悠悠地开放，而漫山的杜鹃更是在一片青绿中火烧一样地红着，不禁让人联想到曲词中的"遍青山啼红了杜鹃"——书中戏里的好文章，此刻都转到眼前来了！

因为山上的基础设施尚不完善，半山腰的餐饮住宿和山上用于代步的索道都没有达到专业标准，所以登山的过程并不容易。然而，途中的美景却让我们暂时忘记了疲劳。登临山顶，一行人气喘吁吁，却依旧兴致盎然，四顾群山唯此独高，顿生豪迈之情。眼望层峦叠嶂，想到大山的庇护如此宽厚，大山的馈赠如此丰饶，同时也深感走出大山的不易。

面对此情此景，作为山里人的柳建松，在此刻更是打开了话匣子："山里人最期盼的是交通更便捷，也盼着龙泉青瓷与宝剑闯出更宽广的天地，同时还期待有更多人来看这里的好风景！"

当天中午，我们在山里吃了一顿农家饭。坐在风情浓郁的老房子里，山风吹过厅堂，顿觉神清气爽。移步下山，一行人对美景、美食赞不绝口，同时也和柳建松一样，期待这份风景可以为更多人所感知、分享。

当然，龙泉境内有的可不仅是伟岸雄奇的大山，当地的风土人情同样质朴醇厚，有着源远流长的历史。龙泉市区的西街，就是这样一条承载了厚重历史光阴的老街。

根据现有的史料记载，西街是龙泉现存最古老的街道，唐乾元二年（759）置龙泉县时，西街就已存在。作为龙泉最早而且是唯一商业街市的西街，自古就是闽浙南北商品的集散、互市之地。五代至宋，龙泉青瓷业鼎盛，西街自此繁华，被称为"瓷街"，瓷号众多，整船的龙泉青瓷由此经龙泉溪水运至温州，销往海内外，龙泉也就成为史书上列举的古代青瓷"海上丝绸之路"起始站之一。"渠清莫疑水浅，瓷片斑斑似鱼鳞。"传唱至今的《云水谣》生动、形象地描述了古时的这种景象。

西街最有名的当然是龙泉的剑与瓷。龙泉宝剑自春秋战国时期就闻名遐迩，龙泉青瓷一样熔铸了传承千年的工匠智慧。在某种意义上，青瓷与宝剑中蕴含着龙泉古城的精神气质。在朋友的引荐下，我走访了几个龙泉宝剑与龙泉青瓷工作室。

在沈广隆剑铺，我们见到了年逾七旬的匠人沈新培。他从十几岁起就跟随父亲铸剑，随后不断革新工艺，潜心锻造传世名剑。沈新培虽然读书不多，但他十分注重将自己对剑道的理解铸入剑中，让剑与人、剑与道合而为一。讲起龙泉宝剑时，沈新培头头是道，充满自信与赤诚。听他讲自己和父亲、儿子三代人所铸名剑的构思与特质，我们深为他们身上的匠人精神与不凡追求所折服。沈新培一家人以龙泉宝剑国家级非遗传承人的身份，做龙泉宝剑推广普及工作，可谓相得益彰。

接着，我们又来到龙泉青瓷烧制技艺代表性传承人毛文聪的青瓷研究所。他的儿子毛伟杰出来迎接我们，并热情地向我们详细介绍了父子二人的青瓷作品。从烧瓷技艺的演进到创新突破的尝试，毛伟杰都绘声绘色地向我们一一描述，我们也近距离地感受到了他对青瓷的痴迷与热爱。"怎么放弃公务员职位返乡烧瓷了呢？"面对我的询问，毛伟杰简短有力地给出了他的回答："交通方便了，大环境好了，家里老人召唤，就下决心回来了，没想到现在是越做越喜欢。"坚定的眼神中也透露着他对青瓷的爱。衢宁铁路通车后，龙泉与景德镇、建阳、德化等陶瓷产业重镇的联系会更加便利和紧密，龙泉剑瓷文化产业将在与各地日益频繁的交流互鉴中迎来发展新契机。这些年轻的艺术家正抢抓衢宁铁路通车机遇，用好"问海借力"金钥匙，探寻山海协作新路径，用自己的打拼为剑瓷文化助力。

除了像毛文聪这样有家族传承的青瓷技艺从业者，还有更多的年轻人也加入了这一行业，2022年刚刚34岁的张浩就是其中一员。张浩在大学里学的是艺术，师从青瓷大师陈爱民先生，致力于将当代的生活美学融入创作，将生动的大自然景致和生活趣味融入器物，并大胆创新，试图让器物自身去唤醒人们对生活质感的追求。性格内敛的张浩在谈及青瓷时变得眉飞色舞、热情洋溢，真挚地向我们表达了自己对青瓷的理解和期望。在张浩身上，我们感受到了年轻人的朝气与追求，触摸到了龙泉青瓷生生不息的活力，同时也对龙泉这方水土的魅力有了更深层次的理解。

从响亮悠长的火车鸣笛声到群山间开得浓烈的杜鹃花，从西街古屋中承载的历史到淬炼青瓷、宝剑的窑炉中跳动的薪火……千年古城龙泉是现代的也是历史的，是今天的也是未来的。串联起山海风情，衢宁铁路和越来越便捷的交通铺就了一条幸福的山海之路，吸引了一批批龙泉发展的守护者与建设者为之助力，仿佛一束束明光，照亮千年古城的前行路。

第三章

那些年，山里的日子

丽水古称"处州"，是浙江省辖陆地面积最大的地级市，以中山、丘陵地貌为主，因为群山绵延，林木叠翠，素有"浙南林海"之称。唐代诗人方干在《处州洞溪》中所云"气象四时清，无人画得成。众山寒叠翠，两派绿分声"，描绘的正是这番清朗秀美的丽水画轴。

秀山丽水和淳朴的民风，也是外来游客对丽水的第一印象。但是在今天，这些美丽起伏的山脉却也成了阻碍丽水高质量发展的难题：地处偏远地区加上多山脉、丘陵的地貌，导致丽水交通不便，丽水现有9个县（市、区），无一例外都是欠发达地区。如何让丽水跟上时代发展的脚步，成了丽水的领导和建设者们所急需解决的问题。

对于这个问题，丽水市委党史研究室室务会议成员、方志处处长朱晓亮有着深邃的思索。朱晓亮生长在青田，他早年工作和娶妻生子也都在青田，八九年前才被调到丽水市区工作，在这八九年间，朱晓亮深入地研究了丽水的发展历史，对丽水过去和现在的发展状况有自己的理解。可以说，他印象中的丽水比较符合这座城市的真实状态。在朱晓亮的讲述中，我们也得以一窥这座城市的发展印迹。

原来，丽水相对滞后的发展是由一些客观存在的历史和现实原因导致的。朱晓亮将其归结为这样几个原因：一是原有基础薄弱，丽水市所有 9 个县（市、区）全都是革命老根据地，原来一直作为浙南根据地，后来兜兜转转被归类为浙西南革命根据地；二是地理区位因素，丽水地处浙江经济最为落后的浙西南地区，地理位置偏远，目前交通仍不是很方便，一度被人们说成浙江的"非洲"；三是行政区划变动频繁，特别是 1952 年撤销丽水专区设置，将所属各县分别转辖至温州、金华、衢州专区（丽水、青田、松阳、景宁、云和被划到温州，缙云被划到金华，遂昌被划到衢州专区），一个地方有一个专区才会有发展规划，没有了专区就很难有整体规划发展的思路，直到 1963 年才恢复专区设置，1968 年改设地区，这导致丽水整体发展缺乏长远规划；四是交通瓶颈制约，长期以来交通不便，给丽水带来的制约是显而易见的。在十年前，光是从宁波到遂昌，就要十几个小时。交通不便，造成了人员外流，单只青田一个县，就有几十万人在北美和西欧打拼。即便近十年有了前所未有的发展，遂昌、龙泉、庆元等地也不过通上"绿巨人"列车才一两年，而景宁、云和两县仍未通火车的事实，更证实了改变丽水交通状况的复杂性与艰巨性。

朱晓亮若有所思地说道："这些客观存在的原因导致了丽水经济发展的滞后，引发了一系列民生保障问题。1978 年中共十一届三中全会召开后的 20 年，解决山区群众的温饱问题一直是丽水各级党委和政府工作的当务之急。"

1982年，丽水地委提出："进一步完善和稳定农业生产责任制，坚持不放松粮食生产，积极发展多种经营的方针，提高农业科学技术水平，走出一条农、林、牧、副、渔、工全面发展，经济效益比较好的新路子。"地委文件记录了丽水的真实发展思路与相应举措，可是，在改革开放之初，丽水依然走传统发展路径，这给已经落后的丽水在今后的发展道路上留下了更多发展难题。

1992年，丽水地委提出"两沿一镇"（即沿江搞开发，沿路办市场，集镇办工业）的发展战略和"兴山富民，兴工富县，兴商搞活，兴区升位"的奋斗目标。1994年，丽水地委提出"优化环境，扩大总量，脱贫致富奔小康"的发展战略。1999年，丽水地委提出"发展农业稳区，主攻工业富区，繁荣商贸活区，立足科教兴区，推进城镇化强区，严格依法治区"的发展战略。主攻工业的方式带来了迅速的发展，但又埋下了新的危机。

经过20多年的努力，丽水全域基本解决了人民温饱问题，但是，如期实现基本脱贫目标的同时，丽水的生态遭到严重破坏。原来，为了加速工业发展，20世纪90年代，丽水境内的4家造纸厂（遂昌、松阳、景宁、庆元各一家）开足了马力，为当地带来了很大的经济增长效益。其中，松阳造纸厂上缴的税收占到了松阳当地财政收入的52%，是名副其实的龙头企业。可是，这些没有考虑环境的工业发展造成的代价也是沉重的，近20年的超速发展，使得800里瓯江有200里是劣V类水质，就连水里的石头都是黑的！这让人触目惊心。

这时，丽水的经济发展并没有完全走上快车道，却先把压箱底的环境搞坏了。这一发展窘境一度让朱晓亮很焦虑："丽水作为后发地区有这么一个生态优势,这是立根之本。生态有了,还保留着发展的希望,生态没有了,就像拳击比赛一样,要被驱逐出赛场的。"丽水该往何处去成了转型发展关键时期丽水人的心头大事,经历了痛苦的反思、研讨、争论,人们的认识渐趋统一,还是要将丽水祖祖辈辈留下的好环境放在第一位,而为了保住丽水人赖以生存的秀美山水,丽水下决心关停污染企业。

于是,1996 年起,丽水境内的造纸厂陆续关停,改变了以牺牲环境为代价的经济发展形态。同时被关停的还有一批化工、屠宰、酿造、竹胶板制造等落后产能企业。此外,丽水对农村环境进行综合整治,在 469 个村建成集中式污水处理设施,并建成水阁污水处理厂、合成革釜残处置中心二期工程、市医疗废物处置中心等。经过不懈努力,丽水的生态环境得到了恢复。整治旧疾后,如何走今后的发展道路成了决定丽水发展的关键。

"丽水最珍贵的就是生态资源,如果生态都被破坏掉了,丽水就永远失去了可持续健康发展的机会。"这是朱晓亮对家乡发展的真实想法。这样的认知几经沉淀,最终转化为丽水坚定不移探索生态发展模式的鲜活实践。这一次,丽水人将目光投向了那些青翠的群峰。大山深处,含藏着孕育了祖祖辈辈丽水人的天然财富,在今天,这些来自大山的馈赠将助力丽水的新发展。

被称为"浙江绿谷"的丽水是华东地区的重要生态屏障,有着得天独厚的生态优势,这里沉睡着世界上最为宝贵的生态和绿色矿藏。丽水树木多,森林覆盖率达 81.7%,林木总蓄积量占浙江省的三分之一,被誉为"基因库"和"天然绿色氧吧"。丽水的水文条件也得天独厚,地处瓯江、钱塘江、闽江、飞云江、灵江、交溪等六条江河干支流源头区,是浙闽六大水系之源,人均水资源占有量是浙江省人均的 4 倍多。据国家权威部门测算,整个丽水的水能可开发装机容量为 327.8 万千瓦,约占浙江省的 40%,是华东地区最大的绿色能源基地。

1999 年 12 月,丽水地区被批准为第四批国家级生态示范区建设试点单位。2000 年,丽水撤地设市。新成立的丽水市委提出"生态立市、绿色强市"的发展战略。建设"绿谷"是对整个丽水的形象包装,依托绿色资源,培育绿色产业,发展绿色经济。这一生态效益环保型经济目标的确立,不仅能够克服地缘劣势,而且符合 21 世纪世界经济的发展方向。当时的市委工作报告记录了这样的共识:

> 随着人们生态环境意识和生命健康需求的不断提高,绿色浪潮此起彼伏,绿色时代正向我们走来。绿色产品已成为人们追求的时尚,将成为 21 世纪国际市场消费的主导,绿色经济将很快风靡全球。看准自己的优势和特色,充分利用丽水生态环境较好、绿色资源丰富的特色优势,打响绿色品牌,发展绿色产业,培育壮大优势企业,加强基础设施建设,推进全市经济繁荣、环境优美、人民富裕、社会文明。

这一段文字记录了丽水人认知的转变,也指明了丽水未来的发展方向。

在"生态立市、绿色强市"战略指导下,丽水以生态示范区建设为落脚点,开始推进生态市建设。2000 年 3 月,丽水市生态示范区创建启动仪式在龙泉举行，龙泉市百万亩生态公益林建设正式拉开了创建序幕。2001 年 5 月，丽水市人民政府编制完成并批准实施《丽水市生态示范区建设总体规划》。2002 年，丽水"绿谷"之门已经打开，生态农业、生态工业、生态林业、生态旅游和生态城市等五大绿色产业都已粗具规模，绿色食品如香菇的出口量已占中国的三分之一，并在世界多个国家和地区赢得了广泛声誉。事实证明，丽水的绿色产品带动了绿色产业发展，绿色产业又支撑起了绿色经济繁荣。立足"生态是最大优势、发展是最大实际"这个基本市情，丽水把深化生态产业合作、推动高质量绿色发展作为山海协作的主要着力点。自 2017 年以来，丽水利用山海协作，积极对接、推进生态旅游文化产业园共建，分别建成青田—平湖、云和—北仑、庆元—嘉善、缙云—富阳、景宁—温岭等 5 个产业园，同时，积极探索生态产品价值实现机制，向长三角地区源源不断输送绿色优质生态产品。

如果说走上绿色发展之路，是丽水人基于对家乡特点深刻认识的总结，那么推进绿色发展，则还需要在破与立、取与舍间做出正确选择。在这些为推进绿色发展做出的抉择中，有两件事深深印刻在朱晓亮的记忆中。

一是几经周折得以完整留存的温溪镇驮滩岛。当年，朱晓亮曾在温溪镇工作过，温溪镇是改革开放后的一个工业强镇，在镇域辖区内，瓯江水千百年来在这里冲积出一个面积 1300 亩的小岛，就是这一抉择中的主角——驮滩岛。

对于只有 0.63 万亩耕地面积的温溪镇来说，这样的一个小岛无疑十分宝贵。作为省级经济开发区的温溪镇是青田乃至丽水地区的工业重镇，这里拓展工业用地的空间接近饱和状态，像驮滩岛这样一个有着 1000 多亩平地的岛屿，水运便利，简直就是发展工业的宝地。为此，青田一度把驮滩岛规划为工业用地，并成立专门的工作班子，负责项目规划、报批以及招商工作。2007 年前后，更有一家温州的大型不锈钢企业找上门来，要在驮滩岛上投资 20 亿元建厂，生产不锈钢线材、板材和管材，投产后年产值在 150 亿至 200 亿元，年创税收将达 5 亿元。

在讨论项目建设可行性时，青田县不仅请了专家，还特地请了当地百姓。到底该不该在这样一个江心岛上建厂？经过四五个月的激烈讨论，政府最终决定顺应民意，放弃百亿工业项目，保护瓯江绿心，暂停对驮滩岛的工业开发。如今的驮滩岛，已经被开发为生态旅游景区，每天来游玩的当地群众和游客络绎不绝。驮滩岛回到了温溪人记忆中家乡最美的样子，成为难得的瓯江绿心，为保护瓯江源作出了贡献。

二是对炉西峡的保护，这次保护行动的有趣之处在于它和媒体舆论监督密不可分。《丽水日报》的两名资深报人金小林和丁子洋曾在《中国记者》发表了一篇名为《地市党报如何"巧"做舆论监督？》的文章，记述了这一事件的经过：

> 2006 年 10 月，"新闻调查"版记者在景宁畲族自治县采访时无意中了解到，该县境内有一个在"驴友"中享有世界十大峡谷之一盛誉的炉西峡。该峡谷全长 40 千米，集秀、奇、险为一体，更有短尾猴和娃娃鱼等国家级保护动物生长其中。
>
> 就是这样一个原生态峡谷，却面临截流开建水电站的厄运。面对"驴友"和当地群众的呼吁，记者随即展开调查，并很快写

出了监督文章《谁来拯救炉西峡？》，准备刊发。然而，就在文章出清样前几个小时，终因拟建的炉西峡水电站项目早在2001年就被市计委受理立项、前期投入已有数百万元，各方压力颇大，出于顾大局考虑，决定撤下《谁来拯救炉西峡？》一文。

但是《丽水日报》并没有就此放弃对炉西峡的关注，而是改变策略，换一种方式监督，从正面去挖掘炉西峡的美和价值，很快改写成了《美丽的炉西峡我们爱你！》一文，配上图片在"瓯江特刊"版面上整版刊发，并非常巧妙地、好似不经意间在文末点了一下，此景或许在不久的将来要与人们说再见了，因为截流开发在即。其实，此文的所有用意，就在文末的非常巧妙、看似不经意间的这一点。没有这一点，就是非常普通的一篇游记类文章，正是这一点，点出了全文的用意，美景即将不见，生态建设竞争不过经济需求。

文章见报后，其反响不亚于一篇重磅的舆论监督稿件：不仅引发了长三角地区甚至全国的"驴友"徒步行走炉西峡的热潮，还得到时任市委主要领导批示。市委主要领导还带领相关领导走了一趟炉西峡，统一各方思想，现场解决一些前期准备留下的问题，最终决定停止开发。

可以说，"炉西峡事件"的报道正是地市报一次科学的、艺术的舆论监督。炉西峡的水电开发项目，是当地党委、政府作出的决定，《丽水日报》作为市级党委、政府的喉舌，公开批评县级党委、政府的决定，显然是不合适的。但是，我们通过反面题材正面做的策略，最终达到了保护炉西峡的目的。

为了守护绿水青山，丽水放弃了工业致富的捷径，先后关停了污染严重的造纸厂，否决了炉西峡小水电建设、驮滩岛百亿钢厂等多个高污染、高耗能的工业项目。炉西峡得以保存其"华山之险峻、黄山之大气、三峡之蜿蜒"的天然景致，用常绿的山野迎接四方前往探寻幽谷清奇的来客。

而今，在这方自古秀美的土地上，青山碧水相映成趣，用古老自然的馈赠滋养着新一代丽水人，向前往山中的游客讲述过去和今天的故事。一条瓯江自夹岸青山和丽水市区间淙淙而过，向前奔流，续写着属于明天与未来的丽水新华章！

第四章

致富密码点亮乡村

"怪石奇峰出洞天，浪传姑妇此登仙。松洲花落宜春酿，雍牖城高带暮烟。雨沫山头螺髻洞，风生洞口骆云连。相逢仙释成三笑，回首溪桥柳色鲜。"

这是明代诗人李永明对地处缙云五云街道的周村村发出的礼赞。位于仙都风景名胜区婆媳岩下的周村村，好溪水环村而过。今天，在村民的经营治理下，周村村有了全新的面貌，在新时代谱写着致富经。我慕名从缙云县城出发，准备专程前往这座依山傍水的小村进行实地考察。

车行没多远，就到了周村村。村党总支书记刘利军早早地等在村口，一见到我就热情地挥手。刘书记一直乐呵呵地笑着，就像这里的每一位朴实勤劳的农民一样，带着一股敦厚的、纯朴的亲切劲儿。经过交流才知道，刘书记还是一个典型的创业能手，一个返乡带领乡亲致富的好干部。在带领我参观周村村的过程中，他将自己和周村村的故事娓娓道来。

1999 年前后，二十几岁的刘利军带着筹措到的一百多万元资金，前往广东经商。"当年我的条件还不错，我父亲的积蓄，加上从亲戚、朋友那里借到的钱，总共一百多万元，这是一笔不小的资金了。"忆及年轻时的创业故事，笑容浮上刘利军的嘴角，"当时年轻，带着一股子的闯劲，我们开一辆货车、带着三辆摩托车和满载的鸭苗，就南下经商去了。"

所谓的经商，其实是南下广东江门去养麻鸭。养麻鸭是当年缙云人的创业拿手戏。早年间，缙云的创业客都是赶着麻鸭上路，遇水则停，一路把麻鸭赶到广东。到了 20 世纪 90 年代末，刘利军他们也是沿着这条先辈们创业的路子往南闯荡，不过这时的交通比原来方便了许多，刘利军一行人的资金也相对充裕，有条件闯出更大的一番天地。

带着充足的资金，一行人一到广东就包下了养殖场，做起家禽饲养和水产养殖的工作。刘利军是个福将，到了广东，他先养麻鸭，在江门承包了 100 多亩养殖场，等到生意逐渐做大，又在汕尾、惠州、台山、阳江等地包下了一万多亩养殖场，开拓了养鱼、虾等水产品的新业务，随着生意越来越好，他的养殖场一天就可以赚几万元。在广东的业务欣欣向荣时，刘利军并没有忘记自己的家乡，他的心中始终牵挂着好溪畔的美丽小山村。2014 年，刘利军的父亲生病，他回家照顾父亲时看到家乡还没有发展起来，便萌生了带领乡亲们一起致富的念头。

说干就干，刘利军把广东的生意交给亲友经营，自己则留在周村村带领村民共同致富。为人厚道又颇具领导素质和经营能力的刘利军，很快赢得了父老乡亲的信任，大家纷纷推选他做村里的党总支副书记。看到村子破败，他开始带领乡亲们整治村容村貌；发现村民做事人心涣散，他就着手举办慈孝文化节以聚拢人心。在村里干了几年后，刘利军的声望越来越高，2017年又被推选为村党总支书记。刘利军带领乡亲们在打造村庄基础设施、完善服务配套功能、丰富乡村旅游内涵等方面持续发力，一步一步将周村村打造为风景优美、经济繁荣的现代美丽乡村。

从2019年到2021年，周村村得到山海协作项目的支持。在刘利军的带领下，村里累计完成投资600多万元，先后建成便民服务中心、老粮仓（幼儿园）改造项目、后山游步道、集装箱烧烤吧、日本甜柿观光采摘园等多个项目。2020年，周村村共计接待游客3万人次，村集体经济收入达113万元，村民人均收入达2.4万元。2021年，接待游客5万人次，村集体经济收入达120万元。村庄环境得到美化、亮化，配套设施日趋完善，乡村旅游方兴未艾，成功创成美丽乡村精品村，原来落后的小山村成为美丽宜居、山水宜人、产业兴旺的乡村振兴新样板，进一步打响了"慈孝周村"金名片。

从仙都缙云赶往侨乡青田的一路上，我一直感动于刘利军的赤诚与担当，同时也在思考一个问题：如果没有像刘利军这样的能人牵头，落后的乡村又能依托什么推动乡村振兴工作呢？

车子一路前行，穿过无数条隧道，通过一座座桥梁后，停在了青田县汤垟乡干坑村圩潭。在这里，有一个嘉兴平湖与丽水青田共同选定的山海协作项目——金山婆土灶馆。恰好是这个土灶馆，向我揭开了乡村振兴崭新的一页。

金山婆土灶馆的名字由来很有意思，背后承载着土灶馆老板的故事。原来，"金"是老板的姓氏，老板叫金如灵，在欧洲生活过，他的儿子在意大利做红酒和家具生意，家具有很多的样品，样品的英文是"sample"，音译为"山婆"，所以叫金山婆。金山婆土灶馆项目占地715平方米，建筑面积816平方米，项目总投资158万元，于2018年8月8日正式对外营业。土灶馆由土灶体验区和咖啡吧两部分组成。土灶体验区内设单锅土灶8座、双锅土灶3座、大厅1间、包厢3个、房间5间，可同时容纳240人体验、就餐。咖啡吧内可提供西餐、咖啡等，是一个集农家土灶、夏日游泳、农耕体验于一体的经营项目。

咖啡氤氲着香气，被陆续端上来，喝了几口后，我连声感慨："原来这里有这么好喝的咖啡！"听到我对咖啡的赞叹，农家乐老板金如灵走了过来，笑着给大家介绍："在欧洲生活了20多年，生活习惯也有点欧化了，我在家平时也喜欢喝点咖啡，这都是自己亲手做的，算是比较地道的欧洲口味。"

谈出了兴致，金如灵搬来椅子和我一起坐下来，细致地介绍咖啡的品种和味道，一行人聊得起劲，慢慢从磨咖啡问到金如灵参与金山婆土灶馆这个项目的原因。他笑着回答："在欧洲生活多年已经比较适应了，但看到家乡搞起了这个农家乐项目，又是政府主导在建，我就动了心，想和政府一起把这个项目做好。"金如灵在荷兰和意大利生活过多年，他在荷兰开过饭店，又在意大利和女儿一家一起生活了许久。也许是乡情牵挂，在国外飘荡了20多年之后，无意中得知当地政府要牵头建造农家乐，金如灵就顺势加入其中。意料之外的是，做着做着，不但把农家乐做大了，还彻底改变了金如灵的生活轨迹。

　　说到为什么会到干坑村的圩潭建了这样一个农家乐项目，当初参与这个项目的其他人也都来了兴致，你一言我一嘴地谈开了。汤垟乡党委书记林雷向我们介绍："金如灵承租土灶馆 10 年，租期的第一年要交 70000 元租金，随后每年增长 2000 元，到 2021 年底，金如灵已经交了 78000 元了。这样等于每年村里都有了一笔固定收益，对村里来说是一笔不小的收入。"

　　青田县招商中心主任叶永青全程参与了项目的选址建设，他接过林雷书记的话："当初和青田结对的嘉兴平湖市决定拿出 30 万元作为山海协作项目的启动资金，建立起一个帮扶项目，我们经过反复考量，最后决定把项目落实到圩潭。因为这里山清水秀，人员往来频繁，如果能建起一个文旅项目，一定会大受欢迎的！"定下地址后，项目在先期投入了平湖市支援的 30 万元，随后，以此为撬动点，青田县各级部门先后投入近 70 万元，剩下的一部分钱则由金如灵主动投入。事实证明，叶永青的眼力十分好，金山婆土灶馆一开张就赢得了各方的称赞，到现在，生意越做越红火，人来客往，十分兴隆。

　　仔细盘点了这一项目面世的前后历程，大家对于山海协作的作用有了更为清晰的认识。叶永青感慨："如果没有山海协作，金山婆土灶馆的用地指标是拿不到的（建在滩涂上）；山海协作的重要性不在于启动资金有多少，而是有了这一项目的撬动，更多的部门和志同道合者得以参与其中。"至于山海协作项目如何推动才更有成效，叶永青则表示："山海协作搞了这么多年，最开始是搞几个扶贫项目，量不大所以成效也不明显，后来是走一起奔小康的路径，而今则是依托平台推动发展。在这一过程中，选准项目、精心打磨至关重要。在策划、推进、落地金山婆土灶馆项目的过程中，参与的各方审慎考虑、精准谋划，将对的项目、对的团队、对的时机都精准把握好，基础做扎实了，一个项目想不成功都难。"

从侨乡青田出发，我又奔赴云和县。作为全国最大的木制玩具生产、出口基地，云和还有一个梦幻的名字——"童话云和"。我此行的目的地便是有着"童话云和"之称的石塘镇长汀村。

长汀村一直都是山海协作发展的见证地。早在山海协作启动之初，宁波北仑就与丽水云和结对，从一开始零星落地的小项目，如修一段路，到2016年长汀沙滩建成营业之后的大规模改造，长汀村在山海协作的推动下实现了全新的蜕变。

长汀村曾因坐拥瓯江"黄金水道"而繁荣，后因紧水滩水库建设，失去"水道"优势而逐渐走向没落，全村三分之二人口外迁，80%的村民在外务工，长汀成了交通不便、经济薄弱的留守村。"也就是十几年前，当地一个老人春节时请客，请遍了全村人，一张十人桌都没有坐满。"村支书的一句话令人不胜唏嘘。

幸运的是，这种情况并没有持续下去。近几年，宁波北仑和丽水云和两地以"绿水青山就是金山银山"理念为引领，以乡村产业兴旺为协作重点，将长汀村作为两地山海协作乡村振兴示范点，因地制宜，完善振兴规划，开展项目帮扶，推进农文旅融合发展，逐步实现了长汀村的精彩蝶变。

如何让背山面水、自然禀赋优越的长汀村再现辉煌？两地经合部门从研判协作空间到分析发展方向，结合村庄治理、"网红"景点、精品民宿、农旅融合等项目，从"拆违治乱"解决"脏乱差"问题入手，再结合县、镇、村"头脑风暴"爆发"金点子"创意，以北仑的万人沙滩项目为出发点，提出并实施以"云里看海，山里玩沙"为构想的"长汀淡水沙滩"项目。

第一阶段，县、镇充分利用包括山海协作援建资金在内的各类帮扶资源，先期筹集200万元，用来拆违整治腾出的荒废滩涂和湖面资源，建成了长约1千米、平均宽度30米的丽水及周边县市唯一的淡水沙滩。

第二阶段，北仑投入援建资金并争取到宁波市级部门的资金用以基础设施提升，建设了游船码头、游客接待中心、生态停车场、沙滩栈道等项目，按照景区标准来改建村落环境。2018年，长汀村成为首批AAA级景区村。

自长汀沙滩建成至2021年底，长汀村已累计接待游客220多万人次，实现乡村旅游收入4500多万元，村集体累计创收近400万元；全村农家乐、民宿从零起步发展到15家，床位65个，餐位1130个；在沙滩从事摊位、阳光伞经营户达20户；全村23户贫困户依托沙滩产业全部实现脱贫；全村有211人在沙滩创业就业，实现了从80%离村外出务工创业到80%重新回流返村发展的大反转。在如今的长汀村，可以听到许多村民回乡创业的故事。

1987年出生在长汀的钱杰，就是这些创业故事中的主人公之一。在钱杰家的"汀南丝雨"民宿里，我见到了这位说起话来慢条斯理、文质彬彬的年轻人。谈起家乡的变化和创业故事，钱杰向我打开了话匣子。出乎我预料的是，在早些年间，钱杰和当地村民还需要坐渡船回村里，没有其他途径，一旦渡船停了，大家就回不了家。小小渡船成了连接长汀村跟外界的"生命线"，就像沈从文的《边城》中翠翠和爷爷守着的渡船，虽有几分诗情画意在里头，但实在跟不上快速发展的时代脚步，造成了许多不便。"直到前几年，离村子不远、横跨云和湖的桥修起来，我们回家才方便了。"

回家的交通问题解决了，但日常的生活又如何呢？钱杰告诉我，交通便利一些后，村民的日常生计没有得到多大改变，还是要依靠种田维系："山区田少，只能靠种香菇获得一些收入，我们有时也打打鱼补贴家用……改革开放后，家里有亲戚在无锡开超市，我毕业后也带着从亲戚、朋友那里筹措到的 20 万元资金和全家人到苏州开超市。"超市的生意一开始还不错，但近几年受网购影响，越来越不好做，对于钱杰而言，转机发生在 2017 年，回家看到村里翻天覆地的变化后，返乡创业的想法在他的脑海中萌生了。

的确，钱杰眼里看到的家乡变化是巨大的：村里横跨云和湖的桥修通了，基础设施也慢慢好起来，原来负责摆渡的渡工和他的儿子在村里开起了第一家农家乐，投资 80 万元的农家乐在运营第一年就收回了三分之二的成本，2016 年村里建成沙滩后，新投入的 200 万元当年就回了本，最多的一天村里更是来了 18000 位客人。长汀沙滩带来了游客和生意，也带火了当地人创业的热情。比如：一个长汀小伙子原本在北京打工，他的老板发现了这里的经济潜力，就租了他家的房子开起了民宿，小伙子就从打工仔摇身一变成了房东。这一故事被村里人津津乐道，也是长汀村经济效益与发展潜力的有力证明。

在这些创业故事与家乡巨大变化的撼动下，钱杰改造了自己的老房子，准备守在家门口做民宿生意。2018 年，和父母商量后，钱杰投入 150 万元对老房子进行改造，改造出 6 间客房，将民宿取名为"汀南丝雨"。钱杰的民宿在 2019 年国庆节正式营业，生意颇为火爆，开业不到一年，就赶上了原先他开超市一年的收入。

钱杰的民宿火起来并非偶然，这和近几年长汀村的旅游布局密切相关。2019 年，原长汀村、高畲村、大源口村、黄庄村、北溪村等 5 个行政村合并成新的长汀村，现共有 363 户 928 人，村庄规模和旅游资源在原有的基础上进一步扩大。在打造长汀村乡村振兴 3.0 版本的过程中，北仑、云和两地委托中国美术学院风景建筑设计研究总院有限公司，经过半年多的踩点和数据分析，编制长汀村乡村振兴发展规划，确定了 11 个共建项目。自 2019 年开始，两地陆续投入近 500 万元，启动规划内的 5 个项目，解决了村民饮用水、道路拓宽等民生问题以及长汀沙滩提升等富民"造血"项目，落地精品民宿酒店等联合招商项目 1 个。就这样，长汀逐步成了以沙滩景区为依托，以民宿、农家乐为主打的农村产业，以汀州、船帮、古民居为文化传承的农文旅融合发展的"网红"村，为当地群众建造、经营民宿提供了环境。

见到了周村村的麻鸭，品尝了金山婆土灶馆的咖啡，又体验了长汀的"汀南丝雨"民宿，我此行收获颇丰。接下来，我要去的是一个"计划外"的目的地——龙泉市张畈村。龙泉是我在丽水相对熟悉的一个市，这次调研，我本来只是想到西街走走，寻找千年古城龙泉的乡愁印迹。不过，当地的同志颇为热情，邀请我多走走、多看看，张畈村就是这次多走走、多看看的"收获"之一。

以往从杭州来龙泉，我多是乘高铁先到莲都，然后再换乘汽车。这次则不同，从景宁开车到龙泉，过龙泉界不久，就到了张畈村。

张畈村是安仁镇"一镇两线"文旅规划布局的重要节点。村庄坐落在 328 国道旁，群山环抱，林木四合。村域范围内，古树林立，600年树龄的大樟树傲然挺立于村口，迎送四方来客。另外，村落中的古建筑如戴氏祠堂、上处大屋、赐福祖社等保存完好，加上宋代周氏一门五进士的千古流传的史话，给古村带来历史纵深感与浓浓书卷气。

规划完好的古村落离不开一个好的领头人，村书记潘建平就是这样一位优秀的建设引导者。潘建平曾在宋城集团工作过一年，回乡当选村书记后，开始接手古村整治与乡村振兴工作。在带领我们参观古村落时，潘建平自豪地向我们介绍："张畈村离省道很近，又被群山环抱，谁都不敢想这里能搞出什么名堂。但是我们争取到萧山—龙泉山海协作共建支持的'进士名村'项目之后，注重突出深厚的人文底蕴，借历史文化资源做文章，竟然使曾经破落的古村重新焕发生机，这就是山海协作的力量！"

村里争取到的"进士名村"项目促成了张畈村的蝶变。项目启动以来，萧山区政府计划三年投入援建资金 1000 万元，如何使得这么大一笔资金落地见效，让古村焕发新颜，亟须头脑清醒、务实肯干的带头人，潘建平就承担起了这样的考验。"越是援建的资金，越要想尽办法用好每一笔钱，不辜负大家的信任，让村庄发展见到实效。"潘建平是这样说的，更是这样做的。利用已到位的 630 万元援建资金，他牵头落实张畈村"金榜题名广场""五贤遗址园""向日葵基地"等民生实事项目，精心开发研学路线，推出多种旅游产品，还整治环境问题1200 多处、建设绿道 3000 多米、规划停车场 600 多平方米，一并打造了 328 省道升级国道后的入村沿线景观，为"进士名村"的建设奠定了坚实的基础。

　　在潘建平的引领和大家共同建设的推动下，张畈村的自然环境变美，文化魅力也日益呈现，古村重焕生机——不仅外来游客越来越多，而且返乡创业的年轻人也开始多了起来。目前，首批回村发展的十几个年轻人中，有的办起了玩具厂，有的开起了农家乐，有的开始种植精品水果，共计创造就业岗位 100 多个，为乡村振兴攒足了"人气"。2020 年，村民人均可支配收入达到 2 万元，村集体收入 47 万元，其中经营性收入达 22 万元。文旅融合，推动魅力经济发展初见成效；齐心协力，共助昔日破败古村重焕新颜。

　　乡村是推进山海协作的重要观察点，也是推进山海协作的初心所在。从周村村到金山婆土灶馆，从长汀村到张畈村，一个个故事，一个个案例，都验证了共同的道理：以山海协作推进乡村振兴，需要一些好项目，更需要有一个好带头人；打造乡村振兴样板地，靠以前的简单帮扶方式已经行不通，只有综合施策、全域推进、营造良好的产业发展氛围，才能让乡村振兴从规划变为现实，实现乡村的精彩蝶变，托举乡亲们美好生活的明天！

第五章

一程风雨一程歌

一程风雨一程歌，从经济的合作到各种创业项目的发展，山海协作带来的效益是巨大的。不过，作为这一工程的见证者，还有一个愿望始终萦绕在我的心头——我想找到一个更为独特的视角来了解这一协作的演化过程。我希望，这个视角能够更富意蕴与内涵，既与山海协作相伴共生，又留有更深远的成长空间与耐人寻味的故事，将山海协作的这支欢歌传唱下去。那么，这一视角可以是什么呢？

经过认真地寻觅与考察，我最终把目光锁定在丽水市职业高级中学（简称"丽水职高"）。十年树木，百年树人，教育事业是一个地方发展前行的巨大动力，作为当代教育事业中重要的组成部分，职业中学的作用不容小觑。我想，丽水职高就是山海协作接力赛中的重要一棒。

2022 年 1 月，我前往位于丽水市莲都区的丽水职高，受到了李立金校长的热情接待。在李校长的陪同下，我参观了校内的山海协作职业技能培训基地、浙江省首批综合性公共实训基地、浙江省餐旅服务实训基地。在各个实习基地中，学生们正全神贯注地学习和实操，一张张稚嫩却认真专注的脸上充满了朝气，像洒落在窗棂上的明亮阳光。提起学生，校领导们都赞不绝口，对这批年轻人寄予很大的期望。年轻人举手投足间洋溢着的自信也让我切实感受到山海协作职业技能培训基地已经步入正轨，具有蓬勃向上的发展力量。

李立金校长介绍说，早在 2004 年，宁波市和嘉兴市就在浙江省山海协作办与丽水市协作办的牵头下，先后与丽水职高设立山海协作劳动培训基地，共投资 1070 万元建成数控、机械电子、汽车运用与维修、烹饪等实训中心。基地建成后，学校每年向宁波、嘉兴等地推荐近千名毕业生。这一方面解决了学校工科学生的就业问题，另一方面也满足了宁波、嘉兴企业对技术工人的需求，成就了双赢的局面。2011 年，新校区实训大楼建成后，宁波—丽水职高山海协作实训基地、嘉兴—丽水职高山海协作实训基地重新挂牌，实训基地先后被评为中央财政职业教育专项资金扶持的实训基地和浙江省首批综合性公共实训基地（首批五所基地之一）。

为达到更好的实训效果，近几年，学校又在办学过程中对实训基地进行了适度改建。2018 年，旅游和酒店专业实训基地（嘉丽山海园）利用援建经费进行了整体改造，对学校 5 号楼 1—3 层进行了智慧化、实景化、功能多样化改建。改建工作使得实训基地的实训功能得到进一步强化，在西餐、中餐、茶艺、客房、礼仪、插花、竞技、调酒、咖啡烘焙、智慧旅游、酒店前厅等全新的实训室中，学生可以现场感受不同企业不同岗位的实际工作内容和流程标准，实现真正意义上的"上学即上班",达到最大程度上的产教一体。与此同时,实训基地还引入"智慧教育"的概念和思维,建立起智慧旅游教室,应用虚拟仿真、人机交互等技术,整合信息化实验教学资源,打造虚拟仿真及 VR 技术支撑下的创新虚拟教学平台。2021 年,学校又投入 30 万元资金用于建设学校的专业研讨室以及对师生专业成果展示厅的改造建设,在新的展示厅中,将会陈列近年来学校各专业师生竞赛成绩、专业作品,记录学校一路的发展历程和办学成果。

山海协作项目启动以来,从丽水职高走出去的学生很多。走出学校大门后,这些学生都凭借着在校园习得的技能去书写各自的精彩人生。"我们送出去的学生都掌握了很好的技术,能干、负责,为我们学校赢得了很好的声誉,助推学校越办越好!这些年轻人是我们学校也是丽水的骄傲!"李校长自豪地说。

丽水职高的成功不是偶然的。大山里的学生希望走出大山,海的那一边对产业工人和人才的渴求同样强烈,正是基于这样两个相同的期盼,丽水职高的这些实训项目才能越办越好、越办越有市场,它是山海协作结出的又一硕果。如今,丽水职高规模越办越大,在丽水职高附近,其他新兴的职业教育也在迅猛发展。随着丽水的发展,更多的年轻人留在丽水为家乡建设出力,这是丽水人举双手赞成的大好事。

除了丽水职高,在调研山海协作的过程中,丽水还有两个创新之举让人眼前一亮。

第一个创新之举是丽水无水港的建设,这个被称作"将'出海口'搬到'家门口'"的项目,通过海铁联运,实现了丽水人梦寐以求的快捷交通。丽水的地理位置相对偏远,为了更好地呼应群众需求、改善投资环境、加快外向型经济发展，丽水市政府构建了丽水无水港这样一个公共物流平台，使得交通、物流能够更便捷。

从深山里打通一条海运通道，这是早就盘旋在丽水人脑海中的梦想，借力山海协作纵深推进的东风，无水港项目迎来了新的转机。一直关注无水港项目进展的丽水市发改委区域合作处处长雷艳芳向我介绍："内陆城市都有开通内陆港的要求，丽水一直在努力推进这一项目，却很多年开不了港。究其原因，一个是在技术支撑上存在问题，另一个就是在航道物流的设计上难以突破瓶颈。趁着山海协作这一良机，丽水市政府找到宁波市政府，希望为丽水争取一些技术支撑和设计支持，宁波市也积极地为丽水联系宁波舟山港的相关项目负责人。宁波舟山港负责专业布局的同志来到丽水，手把手指导开港要做的工作，例如如何报关、订舱、运输，提供了宝贵的技术指导与智力支持。根据规范化流程，丽水开始与宁波舟山港通力合作，把丽水无水港建设成宁波舟山港的子港，从丽水出去的所有外贸企业标准箱都不需要提前预约就可以优先登陆宁波舟山港 VIP 港位，且每一个港位给丽水出港的外贸企业一个标准箱 500 元的优惠支持，这对丽水的外贸企业是一个极大的利好。"

2017 年 7 月，无水港作为丽水、宁波两地山海协作重要项目之一，由浙江海港下属的宁波舟山港团队驻点进行业务帮扶。2018 年 5 月，两地签署深化合作经营协议后，宁波舟山港派人担任无水港的总经理和业务经理。从 2017 年底开通运营以来，无水港不断完善海港功能，业务量从无到有、从小到大。截至 2020 年底，已完成业务量 48581 标准箱，其中海铁联运 30070 标准箱，为推动尽早打通陆海通道，完善内陆港口功能作出了重要贡献。

借力港口资源，丽水无水港还建成了绿色物流通道。通过构建绿色物流网络，推动丽水至宁波舟山港的海铁联运业务拓展，物流服务辐射丽水市各地近40家企业；构建多式联运体系，建成内外贸结合、散集货互补的物流集散基地，连接瓯江流域码头航线，打造丽水公、铁、水多式联运物流新模式；打造陆海联动通道，融入陆、海、河统筹发展。

借力港口功能，丽水提升了物流整体效率。通过海铁通道，把"出海口"搬到"家门口"；开通CCA（全程运输服务）业务模式运营，直接将船公司服务引到家门口，延伸码头堆场功能和临港仓储功能到丽水，方便企业就近还提箱。以纳爱斯集团为例，原来出口货物从提箱到完成装箱，需要10个小时，现在一个小时就能完成。同时，海铁联运的政策补贴精准到每个标准箱，帮助企业降低物流成本，增强了发展动力。如纳爱斯集团90%的货量通过海铁联运出口，一年可节约陆路物流成本70多万元。

依托服务功能，无水港引领了物流产值回归。以海铁联运为抓手，完善临港服务功能，方便企业在家门口办理业务。无水港启动属地报关、进出口全程代理等业务，夯实物流通道建设，引导本地企业物流产值回归。如外贸公司海陆丰的集装箱货仓从温州迁回丽水，相关的订舱、报关、运输等业务也能就近在无水港办理。

通过这几年的建设，无水港公共物流平台为丽水进出口增添了一条便捷、高效、绿色的物流通道，极大地保障了出口货物安全和装船出运的即时性，为外贸企业规避了公路运输不可控因素带来的风险，减少了因缺箱、无舱位、无车或有车延迟进港被甩箱而带来的滞箱、加载、合同违约等隐形成本。

另一个创新之举，是丽水青田县与嘉兴平湖市首创跨县域"消薄飞地"模式。该模式开启了"活血帮扶、区域互动、合作共赢"的薄弱村集体经济发展、区域经济平衡发展的全新模式，既解决了发达市缺少空间、缺少指标的困境，又破解了结对地区经济薄弱村发展难题，助推结对地区的内生动力。

平湖是嘉兴打造全面接轨上海示范区的"桥头堡"，青田是全省26个山区县之一，两地本着"各自掏出口袋中最好的东西"的合作原则，创新提出"飞地抱团"的产业合作模式，充分发挥青田充裕的土地指标和平湖成熟的产业配套两大互补优势，以指标换资金、以资金换物业、以物业换收益；平湖则借此补足用地指标短板、拓展发展空间、吸纳山区人口、夯实产业基础，实现了 1 ＋ 1 ＞ 2 的目标。双方建立三供三保机制，即青田"供土地指标、供钱投资、供人管理"，平湖"保障落地、保障招商、保障收益"的"飞地"开发机制。在此基础上，双方达成双赢协作机制。前 5 年采用包租固定回报的方法，5年后平湖每年按项目地方财政分成部分 50% 的标准，以财政奖补的形式予以返还青田，达成"产业落地在平湖、扶贫增收在青田"的双赢协作机制。

同时，为更好地推行"飞地抱团"精准消薄、消困模式，青田成立强村公司，引导 265 个经济薄弱村筹资入股参与，265 个经济薄弱村实现年均每村增加经营性收入 7.4 万元。低收入家庭筹资持股，实现精准增收。青田协助低收入农户 10239 户 19205 人筹集资金 1.71 亿元，入股"飞地"二期项目，实现低收入家庭年均户增收 1000—2000 元。在此基础上，建立健全产权界定、股权设置、股权管理、收益分配、资金管理等一整套制度；建立低收入家庭入股山海协作"飞地"项目的对象准入、动态调整及退出审核机制，确保帮扶政策精准实施。

此外，青田和平湖两地坚持改革创新、开放合作，推动山海协作不断向纵深发展，持续扩大改革成果，加速青田融入长三角一体化发展。两地探索建立市县"飞地"、镇街结对、村企共建的对口专题合作机制，确定合作项目，探索"飞回来"协作机制，邀请平湖参与青田山海协作生态旅游文化产业园开发建设。两地通过人才互派交流，将平湖的人才、资金、技术、经验、市场要素融入青田发展，在教育、医疗、文旅、农业、侨联等领域进行战略合作，如在平湖开设青田农特产品体验店，平湖市第一人民医院和青田县共建共济山海联盟，两地旅游线路推介，两地文化走亲等。两地发挥县级"飞地"项目引领作用，健全项目评审、多元投入、收益分配机制，引导村集体利用收益进行二次造血，如探索村集体入股小溪水利枢纽开发项目。青田还举一反三，通过大镇带小乡、强村带弱村、中心带边缘等形式，发展县内跨乡镇、跨村"飞地"项目 39 个，带动 168 个村集体经济实现增收；探索"村两委＋乡贤会"模式，引导在外乡贤、华侨等人才"飞回"乡村任职创业，想方设法盘活山河、林地、办公楼等集体资产，实现村集体经济增收。

青田、平湖"飞地抱团"的合作模式，率先探索出了山海协作升级版，解决了经济薄弱村、低收入家庭融资难、投资难的问题，打通了投资"两地最优质资源"协作项目的渠道，为精准帮扶提供了新的思路。一程风雨一程歌，和从丽水职高走出去的年轻人一样，"飞地抱团"合作模式为山海协作提供了新的发展思路与动力源泉，谱写着"新山海经"的又一新篇章！

山海携手

借船出海

第二部分

第一章

"清大线"忧思录

"江南好，风景旧曾谙。日出江花红胜火，春来江水绿如蓝。能不忆江南？"在这首广为传诵的《忆江南》中，白居易从直觉与情感两个层面刻画了意境深远的江南印象，浙江，也正像白居易和无数文人墨客所描写的一样，山川湖海充满了诗情画意，一直以来都享有"诗画江南、山水浙江"的美誉，让人无不为之魂牵梦萦。

的确，浙江的地理环境得天独厚：北濒太湖，西部和南部有天目、怀玉、仙霞、洞宫等山脉，东临大海，有舟山群岛和其他许多岛屿作为屏障，形势天成，在地理上自成一体；地貌形态多样，共分浙北平原、浙西丘陵、浙东丘陵、金衢盆地、浙南山地、海滨岛屿六个区域，形成了丰富多彩的自然景观。

不过，在这些各异的景观中，浙江的山却远没有浙江的水来得有名——西湖和千岛湖、富春江和新安江的名字闻名遐迩，但为人们熟知的名山却寥寥无几。如果在浙江如诗如画的山海之间，用一条直线将临安清凉峰镇和苍南大渔镇连接起来，将会出现一条发展不平衡的区域分割线，这就是"清大线"。

在"清大线"的西南侧，分布着丽水、衢州以及杭州建德、淳安，温州苍南、泰顺等县市。这里群山绵延，耕地稀缺，是浙江省发展相对落后地区的核心区块；在"清大线"的东北侧，则集聚着自古繁华的杭嘉湖绍平原及甬台温地区，水系纵横，土壤肥沃，经济发展总体趋好。"清大线"的存在，是浙江启动山海协作的起点，也是浙江推动省域均衡发展的初心所在。地理上的"清大线"，不应该成为阻隔浙江山海互通、协同发展的障碍，更不该成为不可逆转的阻碍浙江推进乡村振兴、全面小康、共同富裕的绊脚石。

随着区域发展不平衡问题日益严重，越过这条"清大线"，正成为浙江高质量发展建设共同富裕示范区必须要迈出的一步，浙江各界也在为之努力。为此，我前往衢州、丽水等地进行调研、采访，追溯当地的发展脉络，从往鉴来，以古鉴今，寻找跨越"清大线"的真知灼见与不懈探索。其中，千年古城衢州给我留下了深刻的印象。

衢州始建于东汉初平三年（192），1994年被列为国家历史文化名城，有"东南阙里、南孔圣地"的美誉，文脉绵远流长，地理位置颇具优势。

从文化上看，这里有江南地区保存最为完好的古代州级城池衢州府城、全国重点文物保护单位衢州府城墙、复建的天王塔院、文昌阁等历史文化古迹。衢州还是圣人孔子后裔的世居地和第二故乡，是儒学文化在江南的传播中心，历史上儒风浩荡、人才辈出，位于市区的衢州孔氏南宗家庙是全国仅有的两座孔氏家庙之一。

在地理位置方面，衢州位于浙江省西部，钱塘江上游，金衢盆地西端，南接福建南平，西连江西上饶、景德镇，北临安徽黄山，东与省内金华、丽水、杭州三市相交。与各地接壤和交通便捷、建城较早的地缘优势，使得衢州成为历来兵家必争之地。清代顾祖禹的《读史方舆纪要》记载："守两浙而不守衢州，是以浙与敌也。"

"优渥的文化条件和独特的地缘优势，使得衢州的经济发展并没有因为战事频繁而处于后发行列。"衢州市档案馆地方志编纂处副处长钱道本分析道。与省内其他区域相比，衢州虽未处于经济发达的中心或沿海地带，但某些行业相对发达，整体上也曾短暂居于全省前列。

在衢州市档案馆，翻阅浩如烟海的卷宗，我发现低调的衢州曾有产业兴盛、经济发达的辉煌时刻。钱道本看出我的疑惑，给我细数了衢州的发展历程。

首先，衢州依托地域优势具备的发达的交通运输业，与同处山区但交通不便的丽水不同，历史上的衢州尽得交通之利。由唐至清，衢州一直处于南北交通要道，前往邻近省份的道路比较畅通，是浙、闽、赣、皖毗邻地区主要的货物集散地之一。天启《衢州府志》载："凡江以南，皆自衢而达之。故衢以四达名，不独以三衢山名也。"

衢州连通江西。早在唐代，张九龄开凿大庾岭，把浙江、江西、广东等地联系在一起，衢州也因此处于浙江进入江西、广东的交通要道，还有从江西广丰到达衢州江山的广江线，纵横千里，十分便捷。衢州连通福建，与福建相接的交通要道主要分为两条：第一条要道源自唐末仙霞岭路的开通，这使得衢州成了由浙江进入福建的重要关口，随着时间的推移，这条路线越来越重要，由此出入的官商日渐增多，沿路的清湖镇逐渐由一个小村庄发展成为一个大镇，成为浙闽交通运输上的要冲和重要的商贸集散地；第二条主要通道是经过常山的水路兼行道，福建的货物经过分水岭绕江西过常山，然后可以直下钱塘江。衢州还与安徽连通，从衢州开化县前往安徽的徽开古道至今依然保存完好。衢州与省内各地的水路交通更是便捷通畅，大宗物品到达衢州后主要靠钱塘江运往杭州等地，江山、衢江区、龙游通船，开化和常山则以竹筏运输。

文化传承和地理之便，造就了衢州历史上的高光时刻。

钱道本认为，古代衢州经济的高光时刻出现在宋代。当时的衢州，城镇分布密集，是两浙南路城镇分布密度最高的州之一；衢州成为两浙重要的税收来源，宋熙宁十年（1077），衢城商税为三万九千三百八十三贯八百七十二文，数额仅次于当年的杭州，位列浙江境域内各州第二，可见当时商品流通量之大；北宋衢州进士数量居浙江境域第一，这也从侧面说明了当时衢州的经济社会发展程度。

其次，衢州的造纸业在古代也十分知名。史料证明，隋唐及两宋时期，国内的造纸业中心由北方转移到南方，浙江范围内见于史料记载的造纸地为衢州以及越州、婺州三州。明清时期，衢州造纸业颇为兴盛，如有生产竹烧纸的龙游和清代浙江重要的纸类贸易中心溪口村。

另外，颇值一提的还有誉满天下的"龙游商帮"。龙游商帮是中国传统"十大商帮"之一，包括衢州府所属各县商人，其中，以龙游商人人数最多，故以"龙游"命名。这一商帮兴起于明代中叶，在明万历年间有"遍地龙游"之语，至清代逐渐衰落。主要经营山货、纸张、刻印贩书、珠宝古董、长途贩运、农业屯垦、矿冶等，经营范围遍及浙江、山西、云南、福建、广东等地，以投资上"敢为天下先"的精神和"海纳百川"的胸怀闻名于世。

时代的脚步前行到近现代，衢州的交通业、造纸业还有商贸业依然能在省域乃至全国叫响。在交通运输业上，近代早期，衢州的衢江、钱塘江航运仍比较发达。1928年后，常玉公路、衢江广公路、衢兰公路、江浦公路、开化华埠至江西婺源公路、遂安（今淳安县）至开化公路先后开通，水运衰弱，以衢州为中心的公路网络初步形成。1933年，杭江铁路修通，经衢州、龙游、江山到达江西玉山。商贸业则在民国时期较为兴盛。四省边际的交通地位推动了衢州商贸业的发展，衢州城内有来自福建、江西、安徽以及省内宁波、绍兴的商铺，主要经营食盐、药材、海货、干果、油料等。1916年，衢属五县全部成立商会。另外，衢州的蜡纸行业也全国闻名。1938年，勤业蜡纸厂从上海迁至衢州南郊，发展迅猛。1942年，蜡纸厂扩大生产，此后，又在杭州设立分厂，在上海设立加工厂。该厂影响极大，堪称民国时期的全国性龙头企业。

新中国成立后，衢州形成以重工业体系为主的工业结构。20世纪50年代，国家投资兴建衢州化工厂，衢州逐渐形成以化工、建材、机电、食品、纺织、造纸等产业为主体的工业体系。衢州化工厂发展成为全国最大的氟化工先进制造业基地和浙江省最大的化工基地——巨化集团。以重工业体系为主的产业特点多年来深深影响着衢州。衢州撤地建市的时间为1985年，时间与金华一致，早于丽水、台州、舟山等市，这与其工业结构是紧密相关的。

可以说，历史上的衢州靠着自身的地理位置、资源禀赋和人民的勤劳勇敢争来了属于自己的荣光。但是，到了近些年，尤其是改革开放后，衢州的发展却被其他领先的地区拉开了差距。

说到这里，钱道本叹了一口气。

尽管历史上就有水路和陆路交通优势，但是衢州因地处内陆山区、地理位置相对较差的区位条件的限制，资金、技术、人才等要素不容易在这里聚集。20世纪80年代，包括浙江在内的全国各地开始实施非均衡发展战略，部分区域受益于优先发展的政策扶持，衢州并没有搭乘上这次发展的东风，反而与发达地区的差距越来越大。

此外，产业转型缓慢也导致衢州错失不少发展机会。计划经济年代，衢州形成了以重工业为主的工业结构，非国有制经济所占比重很小，产业结构的特殊性导致经济转型比较缓慢。长期的计划经济发展模式也深深影响着衢州人的思维方式和行为模式，人们没有赶学比超的忧患意识。一直到20世纪末，衢州工业发展速度低于全省平均水平，经济未能取得应有的突破和快速发展，与发达地区的差距越来越大，慢慢落到了浙江省内发展的后一梯队。

最后，衢州在发展过程中缺少科学的谋划，经济社会发展的前瞻性不够，发展局面一度比较被动。多年来，衢州一直以农业作为发展根基，直到2002年才提出"工业立市、借力发展"的战略，错失了很多发展机遇。

"所以说，时代不会让人躺在功劳簿上发展，我们还是要学会与时俱进，努力奋斗啊！"钱道本总结道。

对以衢州、丽水为主，包括泰顺、文成等地的历史欠账加以研究，是为了更好地解决制约这些地方发展的问题，这是一种纠偏，更是一种政治远见。从全省层面推动均衡发展，就需要通过切实举措跨越地理上的"清大线"，让人、财、物充分流动起来。

"是不是可以这么说，山海协作为促进这种流动提供了绝佳的平台？"我问钱道本。

"我认同这个说法。"钱道本点点头。

山的那一面有着迫切的发展需求和积极的前进态度，海的这一边也在不断加深携手发展的认识，谋求共同的进步。山与海互动起来，才能抓住政策机遇，早日跨越"清大线"。

在山海联动的过程中，这一协作也在不断深化。早期，山海协作主要以项目帮扶的方式展开，带着扶贫的性质，一事一议、一项目一开展，成效相对有限，不过也很好地助推了人、财、物的流动和人们思维方式的转变。到了后期，山海协作逐步发展为推动平台建设，"飞地"、山海协作工业园区纷纷出现，这都为推动省域均衡发展作出了实质性的贡献。从最初部分发达地区只看重欠发达地区的土地指标，到后来合作双方真正朝着互惠互利的方向发展；从最早的将发达地区的落后产能项目流向欠发达地区，到欠发达地区与发达地区共谋新兴产业布局；浙江的山海协作已由小变大、由浅入深，成为深刻影响浙江经济发展的一项根本举措。

作为山海协作的重要战略区域，衢州从一开始就敞开胸怀去拥抱、对接、落实山海协作这一改变浙江全省发展格局的重大举措。"山海协作工程"始于2002年，2002年8月，衢州成立了衢州市"山海协作工程"领导小组，各县（市、区）领导小组也相继成立。衢州山海协作在产业合作、消薄帮扶、劳动力培训转移等方面都取得了较好成绩。

通过政府统筹、协调，山海协作促进了经济要素的流通，为衢州等地带来了项目资金和人才，转移了劳动力，带来了产业升级和转型，促进了发展思路的调整、发展模式的转换，使得衢州市生产总值增长加速。

山海协作成为破解区域发展不平衡不充分问题的有效举措，也是当下浙江高质量发展建设共同富裕示范区的主要路径。令人欣慰的是，发展思路的转变、发展模式的调整，并不限于衢州、丽水等欠发达地区，杭、嘉、湖、甬、绍等发达地区同样看到并受益于协同发展的难得机遇。无论是各种"飞地"建设还是山海协作工业园区的强力打造，无论是山海协作广度的扩展还是深度的开掘，都预示着一个山海携手、互为依托的全新发展格局已经为浙江经济社会发展安装上新引擎。

从历史深处回望衢州的发展，过去的被动接受已经转向合作共赢，过去的单兵突进已经转换为集团作战，衢州在新时代的高光画卷正在徐徐展开。通过山海协作这一平台，各地同借山之利、共享海之便，山呼海应、借船出海的发展格局正在孕育成型，为浙江经济社会发展提供了更为纵深的道路与更加充足的后劲，山海携手，越过"清大线"的美好明天指日可待！

第二章

念好"新山海经"

"山海协作"的名称是在推动山海互帮共建的活动中酝酿成型的。"清大线"的存在，让浙江越来越清醒地意识到省内欠发达地区的发展问题，在这样的背景下，浙江省开始了一场名为"双转移"的行动，即产业从发达地区向欠发达地区转移，劳动力从欠发达地区向发达地区转移。因为欠发达地区基本在山区，发达地区大多在海边，于是就有了"山海协作"这个名字，山海协作成了浙江省在今天谱写的一本"新山海经"。

2002年4月，浙江省委、省政府全面实施"山海协作工程"，将沿海的发达地区与山区的欠发达地区"结对捆绑"起来，实现优势互补。推动发达地区、省级部门支持欠发达地区社会事业发展和新农村建设，促进发达地区与浙西南山区、海岛的欠发达地区的协调发展、共同繁荣。

时任浙江省委书记习近平把"山海协作工程"作为"八八战略"

的重要内容，并将其提升到事关浙江发展大局的战略高度。他指出，实施"山海协作工程"，是缩小地区差距，促进区域协调发展的有效载体；是培养新的经济增长点，不断提高我省综合实力的必然要求；是促进共同富裕，实现人民群众根本利益的重要举措；必须作为一项德政工程、民心工程抓紧抓好。（摘自习近平《干在实处　走在前列——推进浙江新发展的思考与实践》，P210—211）

自 2002 年实施山海协作以来，沿海地区与欠发达山区积极开展全方位、多层次的交流合作，走出了一条"造血"帮扶、双向互动、合作共赢的具有浙江特色的区域协调发展之路。欠发达地区获得了资金，引进了项目，打造了平台，加快了发展；沿海地区拓展了发展空间，加快了转型升级。

在浙江省发改委，我看到了这样的统计：2002—2019 年，浙西南山区县通过山海协作，累计获得省财政专项、结对援助、土地指标外调等渠道资金近 100 亿元；引进并落地特色产业项目 11289 个，到位资金 5845 亿元；经济强县帮助 26 县建立了 20 多个山海协作实训基地，累计培训了就业劳动力 135 万人次；推动建设省级山海协作产业园（生态旅游文化产业园）27 个，引进产业项目 854 个，累计到位资金 842 亿元，累计实现固定资产投资 1005 亿元，累计实现工业总产值 642 亿元，2019 年末，产业园就业人数 1.5 万人。

山海协作的实施，有效促进了山区内生发展动力的不断增强，同时，也为沿海发达地区产业转型升级拓展了空间，呈现出"山"与"海"互促共进的良好局面。

为推进山海协作工作，浙江省委、省政府坚持将一张蓝图绘到底。

2003—2012 年，省委、省政府在欠发达地区轮流举办了 10 届山海协作系列活动，历届省委书记、省长都参加了有关活动并发表重要讲话，要求各地各部门把实施"山海协作工程"作为一项政治任务抓实抓好。2018 年初，浙江省委、省政府出台《关于深入实施山海协作工程促进区域协调发展的若干意见》，旨在推进山海协作向更宽领域、更高层次提升，为促进 26 县加快发展、推进"两个高水平"建设发挥更大作用。浙江省委、省政府于 2018 年、2019 年分别在衢州、丽水召开全省"山海协作工程"推进会，在财政收入、干部互派、结对合作等方面加大统筹力度。

浙江着力于山区与沿海优势的共同发挥、造血与输血的同步增进，推动各结对市县谋划建设了一批山海协作平台。截至 2021 年底，共计有 9 个山海协作工业产业园、18 个山海协作生态旅游文化产业园以及 29 个"飞地"园区投入开工建设，山海协作共建平台覆盖 26 县。

浙江用自身 20 年实践证明，这里的山海协作决不是一般意义上的扶贫，而是从一开始就着眼于全省生产力和人口的空间布局优化，促进发达地区加快发展、欠发达地区跨越式发展的携手共进式协调发展。山与海携手同行，不仅为"山"的这边发展提供了新引擎，也为"海"的那边拓展了发展的新空间。山呼海应、共同发展，形成良性发展的生动局面。这是怎样的大手笔，更是何等气魄！

而今回望，浙江"山海协作工程"走过的 20 年路径脉络清晰。

2002 年 4 月—2003 年 7 月，是山海协作的强力启动阶段。山海协作最早起源于浙江实施的省内区域合作、帮助欠发达地区加快发展战略。2002 年 4 月，浙江省人民政府办公厅转发了省协作办《关于实施山海协作工程帮助省内欠发达地区加快发展的意见》，由此正式拉开了全省实施"山海协作工程"的序幕。同年，习近平同志任浙江省委书记，他极为重视"山海协作工程"，明确了山与海的协作、山与海的握手、山与海的对接，明确了发达市县与欠发达市县的结对关系，探索了市场经济条件下结对帮扶"造血型"的省内扶贫开发新模式。2003 年 7 月，在浙江省委十一届四次全会上，把统筹区域发展纳入"八八战略"的总体部署，提出要进一步发挥浙江的山海资源优势，大力发展海洋经济，推动欠发达地区跨越式发展，努力使海洋经济和欠发达地区的发展成为浙江经济新的增长点。（摘自中央党校采访实录编辑室《习近平在浙江（上册）》，P2—3；习近平《干在实处 走在前列——推进浙江新发展的思考与实践》，P210）

　　2003 年 8 月—2015 年 8 月，是山海协作的全面实施阶段。在此期间，《关于全面实施山海协作工程的若干意见》正式印发，并相继出台了《浙江省山海协作工程财政贴息资金管理暂行办法》《山海协作工程"十一五"规划》等一系列政策文件，各有关部门按照职能分工制定相应配套政策，形成了山海协作的政策指导体系。2007 年 6 月，省第十二次党代会报告明确把加快欠发达地区发展作为"创业富民、创新强省"总战略的重要组成部分。2009 年，浙江开始实施新一轮"山海协作工程"，着力在基本公共服务和低收入群众增收两个方面加快推进欠发达地区跨越式发展。2012 年 8 月印发的《关于推进山海协作产业园建设的意见》，积极引导经济强县制度、产业、科技、服务、人才等创新要素向加快发展县梯度转移，全省首批 9 个省级山海协作产业园建设正式拉开帷幕。

2015 年 9 月—2017 年 5 月，是山海协作的深化发展阶段。在此期间通过的《关于制定浙江省国民经济和社会发展第十三个五年规划的建议》，提出了"深入实施山海协作工程，打造山海协作工程升级版"，在此期间印发的《关于进一步深化山海协作工程的实施意见》，进一步明确了"十三五"期间山海协作的重点任务是推动 26 县与经济强县同步实现全面小康。

2017 年 6 月起，山海协作进入省级提升阶段。先是省党代会再一次提出要"充分发挥山海并利优势，着力打造'山海协作工程'升级版，进一步拓展协作内涵、完善协作平台、深化协作机制，支持'飞地经济'发展，不断增强山区和革命老区自我发展能力"。随后出台的《关于深入实施山海协作工程促进区域协调发展的若干意见》，提出通过打造山海协作升级版，进一步发挥山海协作的机制优势，促进浙西南山区与东部沿海地区的交流与合作，实现更高质量的区域协调发展。

山海携手，借船出海，浙江的山海协作成效显著。2015 年，浙江泰顺、景宁等 26 县全部摘掉"欠发达县"的帽子，全面消除家庭人均可支配收入 4600 元以下的贫困户。由此，浙江省不再考核 26 县 GDP 总量，转而着力考核生态保护、居民增收，并开始着力关注与解决"两不愁三保障"、家庭人均年收入 8000 元以下情况、集体经济薄弱村等问题，2020 年实现"三个清零"，"山"与"海"之间的差距进一步缩小。

这些成果并不是山海协作的终点，山海协作仍在继续升级。在宁波余姚中意宁波生态园的中意启迪科技城里，有一栋入驻了几家企业的 4 层小楼，这座不起眼的小楼，与远在 300 多千米外的浙西南山区松阳县有着割不断的联系，续写着"新山海经"的故事。

2019 年，中意宁波生态园与松阳县联手，整合了松阳全县 48 个薄弱村的集体资金 2990 余万元，采取"飞地抱团"模式，按股集中统一投入，购置了这幢厂房。中意启迪科技城负责代管运营，积极发挥优势，帮助松阳招商引资，并以每年 10% 左右的包租固定回报方式给参股村提供收益。

"目前，我们已支付了两年的费用，每年 310 万元左右，总计 620 万元。"浙江中意启迪投资股份有限公司运营总监张丽告诉我。

包租固定回报仅仅只是个开始。"飞地"建设将进一步激活两地的优势资源，有利于双方通过资源互补，深化多方位合作，走上共同富裕之路。

"'飞地'相当于一座桥梁，让我们可以和松阳县有更多的交流，从而赢得更多的合作机会。"张丽说。

"飞地"的模式在不断推广，"飞地"的内涵也在不断深化。为持续深化山海协作，浙江支持山区 26 县到省内地区投资建设产业、科创、消薄等三类"飞地"。目前，淳安—西湖等 30 个山海协作"消薄飞地"通过审核，将带动 26 县的 2745 个集体经济薄弱村实现消薄增收。金磐扶贫经济开发区、江东杭千扶贫开发区，宁波与丽水、诸暨与遂昌等"工业飞地"和衢州海创园、丽水海创园、杭州绿海"飞地"等"科创飞地"加快推进。

通过打破常规的创新机制，"飞地"建设让"山"与"海"深度牵手，走出了一条合作共赢的发展之路。除了"飞地"模式之外，在高质量发展建设共同富裕示范区的背景下，浙江还将启动实施"山海协作八大行动计划"，推动浙江实现更高质量的区域协调发展。

一是实施山海协作平台提升计划，增强山区发展内生动力。以构建山区特色生态型现代产业集群、打造"百亿级"山海协作产业园为目标，深入推进产业数字化、园区智能化改造，把山海协作产业园打造成山区生态工业发展的主平台；抓住杭州城西科创大走廊建设契机，谋划建设面向浙西南山区的省级"异地科创中心"，做强杭州（衢州、丽水）海创园等"科创飞地"平台。

二是实施山区人才科技引育计划，培育山区发展新动能。这里包括共建产学研合作载体、共同推动产业科技创新孵化、建立面向山区的职业技能培训基地等计划，同时加大山海协作干部挂职力度，在省委组织部选派100名干部到26县挂职锻炼的基础上，根据工作需要增加发达地区干部到结对县挂职人数，进一步发挥干部在打造山海协作升级版中的主力军作用。

三是实施开放合作计划，拓展山区对外开放新空间。这里包括依托宁波舟山港优势，支持衢州、丽水"无水港""喂给港"建设，也包括加强与义乌合作，实现借船出海，还包括大力支持浙西南山区主动接轨上海，打造长三角大花园，支持浙、闽、赣、皖四省边际合作，打造浙、闽、赣、皖旅游合作区。

四是实施山海协作百村振兴计划，加快山区乡村振兴步伐。这里既包括共建"消薄飞地"、共建乡村振兴示范点，也包括提高消费帮扶的针对性、有效性，如依托发达地区市场优势，引导龙头企业、农产品批发市场、电商企业、大型超市采取"农户（基地）

＋合作社＋企业＋市场"的模式，在受援地区建立生产基地，发展订单农业，打造区域性特色农产品品牌。

五是实施公共服务共享计划，提升山区群众的获得感、幸福感。这包括加大教育医疗人才交流力度、推动建设医疗教育合作平台和积极引导发达地区各类资本到浙西南举办或合作举办有规模、有特色的医疗服务机构、教育机构等。

六是实施山区最美生态旅游线路打造计划，提升山区全域旅游能级。这主要是指以山海协作旅游文化产业园建设为契机，加大浙西南省区旅游资源整合和联动开发力度，打造山区最美生态旅游路线图，打响长三角康养基地、山水休闲乡愁文化体验、文化创意基地、海洋休闲度假区、红色旅游基地五大品牌。

七是实施山海协作平台共建推进计划，探索区域协调发展新路径。这主要是指一方面到2025年实现山区26县"产业飞地"建设全覆盖，这些产业基地不小于1平方千米，主要在大湾区新区和省级高能级平台为山区县谋划；另一方面在山区26县县域范围内谋划建设3平方千米左右的特色生态产业平台，与山海协作"产业飞地"形成两翼齐飞、资源共享之势。

八是实施山区基础设施合作推进计划，构筑区域一体化发展新格局。这主要是指聚焦补齐基础设施短板和推动江河流域上下游协作，如推动构建"铁、公、水、空"一体化交通体系，推动浙西南高铁、高速公路、农村四好公路建设等，探索建立钱塘江和瓯江上下游生态环境共享机制等。（以上8段摘自浙江省发改委文件）

从"飞地抱团"到"山海协作八大行动计划",跨越"清大线"没有捷径,跨越"清大线"时不我待,浙江正一步一个脚印地迈在携手共进的道路上,为谱写"新山海经"燃烧着激情,贡献着力量!

第三章

从智造新城看筑巢引凤

在衢州智造新城，我见到了这里的管委会党委委员叶利明。做事精干、谈吐温和的他，已经在招商局、开发区工作了大半辈子。

"2003 年，我就到衢江区招商局工作了。衢州的招商引资从最初的资源换资金，到后来的平台建设、产业升级，包括人才、孵化项目导入，直到眼下的产业升级、数字化，逐步提升，从当初的给政策鼓励来，到高新产业主动来，真是有了很大的变化。"叶利明提到了衢江区早期的招商引资，那时还是衢江区提供用地指标，对方提供资金。

衢江经济开发区成立于 1991 年，1993 年升级为省级开发区。2002 年，浙江启动"山海协作工程"，开发区一边找资金、一边抓招商。当时，包括衢江区在内的衢州基础薄弱，借助新的平台，金华、温州、宁波、杭州等地的产业得以流到衢州，实现了部分产业的转移。

"直到最近，我接待的一些客商还说，五六年前来衢州，讲起产业只有化工、凿岩机、空压机，别的产业是真没有。直到这几年才开始有新材料产业冒出头来，比如铝电新材料、氟硅新材料等化学品，还有特种纸，山海协作的功效还是很大的。现在的衢州，产业能级提升，在浙、闽、赣、皖四省边际来说，制造业平台是最完备的。无论是规划、配套还是产业体系都是最完善的。"

说起眼下的衢州新材料产业体系，叶利明的话语中有说不完的硬气："智造新城的工业平台已经超过周边的几个市，周边几个市的产业很分散，我们这里很集中，现在区域竞争发展靠产业，未来发展也靠产业，竞争力的提升主要靠这个。我们的新材料板块包括正极、负极、电解液等，没有哪个区域或开发区有我们这样完备的动力电池新材料产业，我们招商引资很有优势，因为产业配套齐全，讲通俗些，我们现在产业辨识度很高。支柱产业就是新材料，包括动力新材料、氟硅新材料、电子化学品。不要小看电子化学品，芯片离不开电子化学品，需要七八十种，国内这七八十种材料里面只有 40% 实现了国产化，我们这里就有其中一半。以前来考察和现在来考察的企业，态度是完全不一样的，以前是请他们来都不愿意来。举个例子，电子化学品比如正极材料，有液体，如果包装了再运输，成本很高。现在讲'双碳'、能耗，电子化学品直接输送到下游企业，不用包装再外运，很多下游的产业也就都集中过来了。产业链齐全了，龙头企业也就愿意前来落户了。"

对于叶利明提到的智造新城，我很好奇，衢州市招商中心投资促进二处处长李兰英，为我就这一产业平台的前世今生进行了解读——

2020 年 8 月，智造新城（绿色产业集聚区）、国家级衢州经济技术开发区、高新技术产业园区等"多区合一"挂牌运行，规划面积

121 平方千米。智造新城目前已集聚巨化集团、华友钴业、仙鹤纸业、五洲特纸、牧高笛、立昂微电子、永和制冷、韩国晓星、开山集团、艾森药业、旺旺集团等重点企业 1100 多家，其中规上工业企业 318 家，主板上市企业 11 家，国家级高新企业 184 家，已经形成产业链完备的氟硅新材料、锂电新材料、电子化学材料、特色轻工、芯片及传感器、智能装备制造、生物医药与大健康等七大产业集群，规上工业总产值迈入千亿元大关。

智造新城辖区内现有两个山海协作产业园：柯城—余杭山海协作产业园规划面积 6.42 平方千米，由柯城、余杭两地共同建设、协同运营。从 2013 年 3 月两地签订共建山海协作产业园协议至今，园区基础设施配套趋于完善，已进入产业和项目培育成长期。2020 年，产业园固定资产投资完成 35.03 亿元，同比增长 7.8%。其中政府性投资完成 4.89 亿元，同比增长 34%；工业投资 30.14 亿元，同比增长 5.5%。完成规上工业总产值 29.7 亿元，同比增长 8.4%；亩均工业增加值 113.5 万元，同比增长 10.2%。实现税收收入 1.68 亿元，亩均税收 26.1 万元，同比增长 10.6%。衢江—鄞州山海协作产业园成立于 2013 年 7 月 7 日，规划面积 5.3 平方千米，现已开发 4.5 平方千米，产业园已建成科技创业中心（高层次人才创业园），规划总用地 19.9 亩、总建筑面积 21317 平方米。产业园致力于打造军民融合创新示范区，打造以先进制造业为支撑的军民融合产业集群，目前已有 4 家军民融合持证企业。

在智造新城中，有一处让叶利明特别自豪：整个衢州城市规划空间是 255 平方千米，其中，由几个原来的开发区合并而成的智造新城就占了 121 平方千米。叶利明每次到省里开会，都会被人羡慕地问起新城的开发情况。叶利明则表示,智造新城并没有因为占地面积大而随意开发,而是精益求精。

"现在,智造新城宁愿留白等好项目,也决不轻易将宝贵资源转让给落后产能项目。几个开发区集合成智造新城后,就可以把资源更好地整合起来,使其布局更加合理、要素统一集中分配,配套和功能性设施也可以整合起来用。"

"有政策的支持,我们也愿意创新和学习。"叶利明表示。

为创新山海协作方式,智造新城管委会主动出击,先后组团前往江苏宿迁考察学习苏宿工业园的成功经验,前往杭州富阳、滨江、大江东等地对接"园中园"项目合作。2018 年,智造新城与原大江东集聚区开展合作对接,签订合作框架协议,挂牌成立杭州大江东产业集聚区——衢州绿色产业集聚区山海协作联络处,在浙江省率先开展集聚区间山海协作。2019 年 4 月,大江东集聚区和现杭州经济技术开发区合并设立钱塘新区,重点发展生物医药、数字经济及智能制造、汽车及零部件、航空航天、新材料等产业,双方继续寻找产业链合作的契合点,不断深化山海协作成果。

在"创新飞地"布局方面,2014 年 10 月,智造新城在上海张江高科技园区内,租赁建筑面积 1.3 万平方米的厂房,打造上海张江(衢州)生物医药孵化基地。该基地重点培育、引进生物医药产业企业,已先后引进 11 个顶尖人才项目,其中美汀诺、杜安生物两个项目已完成孵化,并导流回衢州实现产业化,柏拉阿图项目孵化进展顺利。2017 年,智造新城在杭州未来科技城购置总建筑面积 2.7 万平方米的杭州绿海"飞地",通过积极对接杭州城西科创大走廊,探索"创新孵化在杭州，产业在衢州"的引才、引智、引技、引高端产业新模式。杭州绿海"飞地"于 2018 年 12 月正式开园，主要承接余杭区生物医药、电子信息、新材料等新兴产业，加快"基金＋""互联网＋"等新经济、新业态的对接。现已入驻企业 6 家，都导流回衢州创办企业。

在上海、杭州打造"创新飞地"的同时，智造新城也在北京、深圳等国内创新发展前沿城市建设北京中关村产业协作园区和深圳前海创业园。

加强横向合作与"创新飞地"的布局，使得智造新城迎来跨越式发展的新契机：2017—2020 年，智造新城发展能级实现大跃升，规上工业产值从 497.8 亿元跃升到 976.7 亿元，增幅达 96%，2021 年这一数字达到了 1300 亿元，到"十四五"末期，这一数字有望超过 2000 亿元。

"智造新城的另一大工作亮点，是推动高端产业资源转化落地。"叶利明介绍道。近年来，智造新城持续深化与杭州、宁波、嘉兴等地产业对接合作，着力引进和培育氟硅新材料、锂电新材料、电子化学材料、特色轻工、芯片及传感器、智能装备制造、生物医药与大健康等主导产业。2002 年至今，累计签约山海协作产业合作项目 459 个，协议投资额 1193.4 亿元，到位资金 428.4 亿元。华友钴业、金瑞泓、爱森药业原料药和胶囊、杉杉锂电池材料、利华新材料、纳晶等一大批投资规模大、科技含量高的龙头型、产业型山海协作项目相继落户智造新城。特别让人兴奋的是，2021 年 5 月 17 日，总部设在嘉兴桐乡，由上市公司华友钴业投资的浙江时代锂电材料国际产业合作园项目正式签约落户智造新城，项目总投资约 479 亿元，同年 7 月开工建设，并成功列入省长工程和省重大产业项目，有望成为推动衢州工业经济高质量发展的里程碑式项目。

在衢州采访调研期间，我特意驱车前往智造新城，沿着浙江时代锂电材料国际产业合作园转了一圈，沿途所见的蓬勃建设场景令人印象深刻。

"华友钴业是一家专注于钴镍铜资源开发、新能源锂电材料制造、钴新材料深加工的高新技术企业，主要产品为锂电正极材料、钴新材料以及镍钴铜锂金属。展望 2022 年，中国经济稳中求进，新能源汽车快速发展，锂电材料需求增长，在这样的经济环境、产业环境下，我们有信心创造更好的经营业绩，以突破性进展成果迎接公司创立 20 周年！"华友钴业衢州区管理中心副总经理舒黎昌为我介绍道。

此外，作为杭衢山海协作的一个重要落地项目，金瑞泓的高科技项目实现了"研发在杭州，生产在衢州"的合作模式。作为半导体芯片重要原料的硅片又被称为"信息时代的钢铁"。硅片的尺寸越大，纯度越高，垄断情况也越严重。杭州的新材料企业立昂微电子具备 8 英寸、12 英寸硅片大规模产业化的能力。2017 年初，立昂微电子决定将旗下子公司金瑞泓科技（衢州）有限公司的项目落户在原衢州绿色产业集聚区，力图在衢州把公司打造成中国半导体最大的硅片生产基地。立昂微电子旗下 2 家衢州公司已累计完成固定资产投资 31.08 亿元，基本实现年产 240 万片 8 英寸硅片、年产 180 万片 12 英寸硅片的产能。2022 年，金瑞泓计划总投资超百亿的年产 360 万片集成电路用 12 英寸硅片项目也将开工建设。

2002—2022 年，在山海协作协调发展、共享发展理念的引领下，智造新城高水平建设了一批绿色产业发展平台和项目，高质量建设了一批人才、科技合作项目，绿色发展水平和发展能力明显提高，进一步推动形成区域协调发展的新格局。

"衢州的智造新城现在还有 1.5 万多亩用地指标，这是衢州产业发展的潜力所在，接下来就是引入什么产业、什么企业的问题。当前，衢州的高新园区在全国 670 多家高新园区的排位中位列第 17 位，前年排在第 34 位，预计到'十四五'末期，应该可以排进前十。"谈及未来发展，叶利明信心满满。

智造新城的不懈探索将充分证明——唯有精心搭建合作舞台，加快生产要素配套、生活要素完善、功能要素优化，才能为承接产业、深度合作探索出切实可行的路径。衢州打造智造新城之举，是山海协作创新道路上迈出的崭新一步，而智造新城筑巢引凤之举，则是为山海携手描绘最新、最美的图画。

第四章

从常山阿姨到胡柚新生

常山县东足可惜，山光半紫溪全碧。柳屿阴中轧轧车，桑畴径里青青麦。溪流终日伴人行，隔岸青山唤得鹰。石季伦家新步障，李将军画小园屏。多情小艇招贤渡，载我溪南看山去。黄昏我宿溪自行，只有青山伴人住。

这是宋代进士项安世在诗歌《常山县》中描绘的景象，山光水色、柳荫桑径和麦苗小舟，勾勒出一幅安适宜居的美丽图画。诗中说的，就是今天的浙江常山县。常山县以常山命名已有1300多年，历史悠久，有着深厚的文化积淀。生活在这片土地上的人们敦厚质朴、吃苦耐劳，"常山阿姨"的家政服务远近闻名；这里的物产丰饶，出产的常山胡柚色泽金黄、柚香袭人，声名远播。这次，我专门到常山进行调研，就是想深入了解常山阿姨这一品牌的形成过程，并实地考察常山胡柚的延伸开发与深加工。

我首先来到位于常山县何家村的常山阿姨学院，接待我的是常山县妇联主席郑丽，她边走边向我介绍这里的发展概况。常山阿姨学院是一座集理论、实训、餐饮、住宿于一体的"巾帼家政服务"专项培训基地，由全省家政龙头企业"巾帼西丽"与浙江树人大学联合共建。基地原来是何家中学校址，于2017年改建为常山阿姨学院，教学内容涵盖中西式烹饪、家具保洁护理、绿植园艺、衣物洗涤、居家养老护理、母婴护理等，形成了从招生、培训到就业的一条龙管理模式。截至2021年底，这里已经开办了60多期家政类技能培训班，培训了3000多人，带动妇女增收数亿元。

"我们不仅重视基础家政服务技能的教授，更重视融入常山特色元素，增设'好人之城''孝善常山'特色文化和'常山三宝''常山贡面'特色美食等本地课程，为的就是让每个常山阿姨都能讲常山故事、弘扬常山文化。"通过郑丽的介绍，我得出这样的结论：常山阿姨不仅是简单的服务者，更是常山文化的弘扬者、传播者。有了这样一份扎根本土的文化积淀，常山阿姨这一品牌才能越打越响亮。

原在常山县融媒体中心工作、现在专门负责常山阿姨服务中心的周洁梅笑着说："我自己现在请的就是常山阿姨，这是我在怀孕时就提前找好的。晚了，就请不到啦！"自20世纪八九十年代起，常山阿姨就已经名声在外。常山阿姨在外面工作几年，回家就能盖起大房子，为小家小户的家庭增收带来了实实在在的贡献。不仅如此，日益远播的常山阿姨名声还为常山人赢得了好口碑。常山县委、县政府因势利导，成立常山阿姨学院，不但提升了常山阿姨这一品牌，更为当地群众增收致富和弘扬常山文化进一步打开了通道。

常山阿姨为什么能够打响家政服务品牌？

这要从游林村妇女迈出的第一步开始说起。20世纪80年代，面对封闭的生活环境、贫瘠的产业资源，游林村妇女敢于挑战、勇于开拓，成为全县首批走出大山从事家政服务的妇女，远赴温州、宁波等沿海城市学技能、谋发展，形成了"一批人塑造一个品牌，带出一个产业"的常山阿姨精神。游林村妇女靠着"一个带一个，一批带一批"的办法不断壮大队伍，不断激励当地人闯出去、走回来、富起来，成为远近闻名的"阿姨集中村""保姆专业村"。近年来，游林村共有80余名妇女在外从事阿姨工作，每年都带回数百万元资金。

彭花英就是从游林村走出去的常山阿姨代表。2005年，三十出头的她和丈夫一起做猪肉生意，不幸遭遇猪流感，生意一落千丈，陷入困境，入不敷出。祸不单行，同年11月，彭花英的丈夫在工作的时候不慎摔伤了腿，需要一大笔钱做手术，生活更是难以为继。为了给丈夫治病、供儿子读书，彭花英经朋友介绍加入了月嫂的行列。

初入月嫂行业的彭花英在工作伊始充满了忐忑，她不熟悉这个行业，生怕因为自己的疏忽让小宝宝们得不到很好的照顾。但同时，骨子里的韧劲和常山阿姨们的相互鼓励，也让她相信勤能补拙。坚定了这样的信念后，彭花英抽时间看了很多育儿书籍，积极参加各种育儿培训班，不断充实自己的知识，争取凭借自己的日常努力与学习提升为小宝宝们提供更为周全、科学、合理的照顾。

除了科学知识和技能武装之外，在像彭花英这样的常山阿姨身上，更可贵的品质是对宝宝的责任心与爱心。在做月嫂期间，彭花英曾照顾过一个生病刚出院的宝宝，宝宝的体质很弱，医生叮嘱需要随时观察宝宝的呼吸情况，给宝宝吸氧，否则便会有生命危险。怀抱着这个脆弱的小生命，彭花英在第一个晚上整夜都没敢合眼，一直盯着宝宝的呼吸情况，生怕出现纰漏。就这样，有惊无险地度过了第一夜。到了第二天晚上，刚给小家伙喂过奶，一切似乎都很正常，看着情况好转，彭花英和小宝宝的家人感觉舒了一口气。可是，就在洗完奶瓶后，细心的彭花英发现了不对劲——宝宝的嘴唇在泛紫！她赶紧按照医生的叮嘱给宝宝吸氧，然而，呼吸机却在这时出了故障。眼看着宝宝的唇色越来越深，一家人急作一团，不知如何是好。紧急关头，彭花英用之前的急救知识对宝宝实施抢救，直到120急救车到来。大夫说幸亏抢救及时，不然宝宝已经不在了。看到宝宝的情况稳定下来，彭花英长长地舒了一口气："这是我应该做的，我是月嫂，一定要照顾好这些小宝宝。"她说话的时候，眼中有光。

在月嫂这个行当中，彭花英接触了形形色色的客户，也见识到了人间的冷暖。不过，无论面对怎么样的客户，她都一直努力工作，在工作过程中积累的经验和技能也让彭花英变得更为坚强、自信。她的乐观开朗、勤奋上进、任劳任怨，感染着雇主，也带给同村姐妹们信心。常山阿姨的好口碑，正是无数个像彭花英一样的常山阿姨一点点打拼出来的。

在今天的常山，这样的阿姨群体还在不断壮大，同时，常山阿姨们的信息档案也得到不断完善。我驱车来到白石镇草坪村，发现这里的育龄妇女都已经在村里建了档，档案里记录了家庭、品行、健康、从业经历、技能等五个方面的信息。"这些信息都是我们村妇联一家家摸排上来的精准信息，便于及时进行动态管理。"草坪村妇联主席应丽说道，"建档，一来为常山阿姨有多少储备摸清了底数，二来可以确保每一位外出就业阿姨的基本信息精准可靠。"可靠的人品能力和完善的信息档案使得这一行业更加有保障，常山阿姨也渐渐树立起了品牌。

品牌树立起来了，就能带来经济效益。一位常山的老领导跟我分享过一个招商引资的案例：一位姓锯的小伙子，与朋友合伙借钱做生意，生意亏了，大伙儿各奔东西，唯有他带着仅剩的钱回头找债主，说先还 5 万元，并承诺剩下的慢慢还。看到小伙子有担当，债主非但不生气，反而对他颇为赏识。后来债主受邀到常山游玩，小锯偶然间得知他正考虑在南方投资大型农业机械工厂，便把线索提供给招商部门，由此促成了 20 多亿元的投资。如今，小锯已在这家企业的常山工厂任职管理岗位。

在草坪村里，我看到了为育龄妇女设立的面积 200 平方米左右的理论教室和 6 个实训教室。在解决妇女劳动就业需求之余，草坪村的妇女也实现了增收创富。2018 年到 2021 年底，村里共举办 25 期培训班，1800 余人次参加，带动了村集体和妇女姐妹增收 100 余万元。

常山阿姨这一品牌能够走红，凭借的是常山阿姨的高素质、好口碑，而在常山阿姨品牌打造的过程中，政府及时出面进行系统培训和支持背书同样起到了重要的作用。

常山阿姨的培训项目并非首创，在常山，政府部门出面为提升群众劳动技能开设培训班已经成为传统。早在 2003 年，常山县委、县政府就从加快农村人力资源开发的角度，提出"劳动力结构调整比农业结构调整更重要，减少农民才能富裕农民"的理念，确定"以农村劳动力转移促进农民增收，以劳动力结构调整促进农业结构调整"的工作思路，把做好农村劳动力培训和转移就业工作摆在农业、农村工作的突出位置，充分运用财政等各项扶持政策，多渠道、多层次、多形式狠抓提高农村劳动力素质培训和转移就业工作，探索出一条"政府推动、市场运作、院校合作、社会参与"的新路子，积极推动农民增收和创业创新，使常山县成为浙江省"千万农民素质工程"的发源地。

多年来，常山县紧紧围绕"服务农民、服务发展、服务人才"的培训宗旨，着力打造一支扎根基层、致富有方、帮带有力的农村实用人才队伍，为乡村振兴提供了人才保障。截至 2021 年年中，常山县已累计投入各类资金 5500 余万元，组织农民培训累计 14 万余人次，推动农民转移就业约 9.9 万人。

推进山海协作、发展当地经济，最终靠的是人。海那一边的帮扶是锦上添花，翻山越岭、踏平坎坷最终要靠的是自身能力的提升。常山阿姨能够创出品牌，常山农民培训能够取得实效，源于常山人的自强不息，也依托于当地政府的务实引领。有了这样的探索、集聚了这样的力量，再艰难的"清大线"都可以跨越过去。

正是看到这一点，浙江推进山海协作一直把推进干部交流和人才培训当成重要任务来抓。省委组织部明确开展园区共建的经济强县 5 年内选派 2 批干部到结对县挂职，具体为每个经济强县分别派出 1 名优秀处级干部和 3 名左右科级干部。当前，浙江省委组织部已选派100 名干部到 26 县挂职锻炼。各结对市为加大山海协作力度，在完成省定任务的基础上增派干部和医生、教师骨干到浙江西南山区挂职。据统计，这几年杭州和宁波两市派出干部和各类专业人才超过 100 人。

同时，各发达地区充分发挥资源优势，推动结对双方开设山海协作班、共建职业技能实训基地 20 多个，为结对地区开展致富带头人和职业技能培训，已累计培训致富带头人 800 多人和就业劳动力 135 万人次。

政府牵头打响常山阿姨品牌，让我们看到常山人的勤劳淳厚与敢为人先。常山的青山秀水不仅孕育了这样美好的人情与精神，也孕育出了丰富的物产，常山胡柚就是其中响当当的特产。常山胡柚跻身浙江出产的众多时令水果而毫不逊色，颇具辨识度，其远播的声名既和常山胡柚的品质密切相关，也得益于近几年常山借助山海协作对胡柚的大力推介与项目支持。

常山胡柚汁水饱满、入口清新，但其酸度较高，作为水果食用或者做成果汁，并不一定能赢得大众的青睐。在常山调研期间，当地同志非要请我到常山县白石镇走走，车到白石镇才知道，主人是想让我看看这里的"柚香谷"项目。在这里，能够看到常山胡柚是如何经过培育、加工和推介走向各地的。

"柚香谷"项目由一家来自上海的企业投资，规划面积 10400 亩，计划打造为华东地区一流的种植、养殖、农产品初加工、生态循环农业、休闲观光农业、现代农业示范区与高档民宿、商务会议、旅游、休闲、拓展相结合的田园综合体。

走在"柚香谷"，只见这里已经完成 1800 余亩、60 万株柚苗基地（主要为日本香柚、胡柚、香橙、满头红、葡萄柚等，基本达到了柚类品种全覆盖）和观赏台、游客接待中心建设，之后还将陆续在 7 个乡镇 15 个村建立香柚基地，最终累计建成面积在万亩以上。这里提到的日本香柚在日本是一个历史悠久、家喻户晓的品种，已经被开发成 100 多种产品，涉及饮料、烘焙产品、调味品、酒类、个人护理产品、保健品等多个大类，产业链非常成熟，产业潜力巨大。

"柚香谷"建设的初衷是为了实现胡柚和日本香柚的优势互补。胡柚加工产品的软肋在于它的香味和口感不足，日本香柚的特点是味道浓郁，两者综合，恰恰能够提升常山胡柚加工产品的香味和口感。该基地以常山胡柚和日本香柚为原料，已开发十多款不同口感的酵素饮品，受到广大消费者尤其是青少年的喜爱。但由于日本香柚产量少、价格高、采购成本大，该基地便决定自主育苗和种植，从基地开始做全产业链。试种取得成功后，基地开始在白石镇大面积连片流转土地，于 2017 年进行育苗种植，2018 年建立 60 万株的苗圃，计划标准化种植达到万亩，预计年果品总产量可达 30000 吨。

"柚香谷"项目的发展定位是打造像日本香柚产品一样的全产业链，以消费需求为导向，从种植源头做起，全程参与技术研发、食品加工、分销物流、品牌推广、市场营销等每一个环节，实现食品的安全可追溯，形成安全、营养、健康的柚子系列产品供应的完整过程。目前，公司产品主要有双柚汁、柚子山药汁、蜜炼柚子茶、胡柚酵素和小零食。产品销往全国，偏重大中城市，主打长三角地区，单价在 5—20 元，部分产品单价在 30 元以上。产品的生产车间位于常山县经济开发区，占地面积 112 亩，日均出货 1000 箱，2021 年带动群众直接或间接增收达 5.6 亿元。

"柚香谷"项目还将园区基础设施建设与园区生态、景观建设相结合，投资 3500 万元，深度开发农业功能，发展休闲农业、体验农业，多地建设项目管理中心、游客接待中心、高端民宿和火车餐厅等配套设施，计划用 5 年时间打造一个以双柚为主题的集吃喝玩乐游购养学于一体的旅游目的地，年接待游客 30 万人次以上。镇里的书记黄泽文，是一个毕业于中国人民大学的"80 后"硕士生，做事认真专注，也很有拼劲和头脑。提起"柚香谷"，他不无骄傲地说道："这个项目是国内目前最大的柚子全产业链基地，在市场占有率、主导权方面具有绝对的规模优势。"

"柚香谷"项目的意义在于抓住了群众身边的一个致富项目，推动这个项目的动力既来自市场的潜力，又有政府的助力。在项目资金出现问题时，政府及时出面帮助协调、解决问题，推动项目如期向前推进。因为大家都看好在常山胡柚上做出成绩后的带动效应，这一项目还得到了省、市、县各级领导的关注与支持，不断蓬勃发展。

历经 20 年发展，山海协作在浙江早已深入人心。而浙江山海协作的成功之处，不只在政府层面的全力推动，更重要的是通过政府引导激发了市场的力量。这也是山海协作的活力所在。而今，"柚香谷"项目的破土而出与初试牛刀，可为这一做法做一新的验证。

从常山阿姨到成为中国国家地理标志的常山胡柚，这片古老的土地孕育、滋养着美好的风土人情，也将这里的丰饶与美丽故事播撒开去。有意思的是，我离开常山到龙游采访的时候，无意中听说龙游的青少年也喜欢喝双柚汁，不禁为之心头一喜。当常山胡柚遇到日本香柚，当地方企业与政府联动，一个胡柚的新生时代正在缓缓拉开帷幕，一如在这座历史悠久的小城中，一代新人正在将属于今天的故事娓娓道来。

第五章

村里来了城里老师

"那 3 年,是我教学生涯中最特别的 3 年。"衢州龙游中学首届"山海班"班主任徐益民感慨万分,2016 年"山海班"开班时的场景仍历历在目。

"镇海中学每年都会派名师、骨干教师到我们学校挂职,开展导师带徒、专题讲座、示范课等活动,发挥示范引领作用,让龙中学子足不出户,即可聆听名校教师的教学。可以说,我们是'一个班级,两套老师'。"徐益民说起两所学校老师间的交流就兴致勃勃,"镇海中学的老师们能教出好学生是有道理的,他们的教学常规做到了极致,我们在他们身上学到了很多。"

2015 年,龙游、镇海两地在衢州地区率先开展山海协作的优质教育协作,两地以龙游中学、镇海中学结对共建为基础,通过开展全领域协作、全要素保障,教育协作延伸至龙游基础教育各个阶段、教育管理各个环节。龙游中学"山海班"高考录取屡创历史新高,2021 年特殊类型招生控制线上线率达 98%，上浙江大学录取线人数有 40 多人，其中清华大学、北京大学录取 2 人，占衢州市各县（市、区）清、北录取人数的三分之二。2015 年 11 月，"山海协作镇海中学·龙游中学创新人才联合培养基地"在龙游中学揭牌。2016 年，首届龙游中学"山海班"开班。每年，镇海中学名师团队到龙游开设示范课 160 余节，开设讲座 50 余次。龙游中学每年选送 90 余名优秀学子赴镇海中学交流学习，与镇海中学学子同班共师、同堂共学、同考共析。镇海的浙派名校长、特级教师等一大批名师工作团队还在龙游开展多学段（学科）导师带徒活动，亲自向一批青年教师传授教学技艺，助他们快速成长，为龙游培养了一批名校长、名优教师。此外，龙游中学学科竞赛的优秀学生可以得到镇海金牌教练的指导与培训，甚至与镇海顶尖学生携手赛场逐鹿。此举提升了龙游中学学科竞赛成绩，为学生参与后续的名校自主招生打下坚实基础。镇海、龙游两地还全面开展义务教育、幼儿教育合作。龙游组织全县 74 所中小学、幼儿园与镇海全面结对，创新"人才联合培养""教师挂职互派"等模式，这些年来，两地学校交流互访 210 余次，互派挂职教师 160 余人次，开设示范课 400 余节、讲座 110 余场，让龙游学子在家门口享受到镇海优质的教育资源。

"互访交流已经成了两地老师的日常，而且这种交流不仅停留在义务教育和高中段，还延伸到了学前教育和职业教育中。"龙游县教育局干部俞仲侃介绍。

"归根结底，是老百姓对于优质教育资源的渴求。如何盘活教育资源，让我们的教育既让老百姓看到立竿见影的成效，又服务教育长远的可持续发展，我们引入了镇海这股'活水'。"俞仲侃表示，"我们要从镇海模式中学习他们扎实的教育作风和先进的教育理念，让老百姓获得实实在在的教育幸福感。"

龙游、镇海的教育合作，是山海协作深化与拓展的一个具体体现。山海协作奏响了一首共同富裕的幸福歌，这种幸福感的营造，不仅体现在经济方面，还需要落实到有关民生的各个细节。在进一步贴合民生的实践中，丰富协作内涵，才能巩固稳定这一项目，将其做深做实，做成真正惠民的好项目。

与发达地区相比，山区的差距不仅体现在促进经济发展的技术、人才等高端要素的缺乏上，教育、医疗等公共服务也相对滞后，这些客观现实要求从省域层面进一步丰富山海协作内涵，围绕实施"富民、惠民、安民行动计划"，高质量建设一批社会事业和民生合作项目。"山海协作工程"始于经济领域的帮扶与合作，深化与拓展则要看高端要素的加强与公共服务的共享。

山海协作深度推进，公共服务共享成为重头戏。各结对县市近几年重点在教育、医疗、文化等方面加强对接交流，结合"校际结对帮扶""双下沉、双提升"等活动载体，谋划合作项目，开展文化走亲活动，推动结对地区深化合作，促进优质公共资源共享。截至 2021 年底，全省实现了省级优质医疗资源对 26 个加快发展县的全覆盖，15 家省级三甲医院分别和 26 县的医院开展合作办医。通过校际结对、联合办学、互派教师，推进省内 1500 所中小学开展结对合作，推动 8 所省属高校与衢州学院、丽水学院开展结对合作。

海有海的襟怀，沿海地区敞开怀抱，以奔涌的浪花，拥抱山那边的伙伴。

山有山的坚韧，借靠海那一边的助力，以屹立之姿，扎根辽阔的大地，携手耕耘美好的明天。

在龙游县发改局，我看到了这样的数据：为切实帮助龙游教育解决现实问题，镇海教育局等单位每年都筹集资金支援龙游偏远地区学校建设，5 年来累计筹措援助资金 400 多万元，共完成泽随实验学校书法、美术教室改建等 6 个项目。镇海还积极开展"手拉手、结对子"活动，发动镇海社会各界构建全方位助学体系。镇海民盟发动盟员捐赠 12.5 万元用于资助结对生的营养午餐，镇海区红十字会落实 4 万元帮扶资金购买教室空调，镇海区女企业家联谊会设立助老扶幼慈善公益基金，两地携手推动公益事业蓬勃开展。

我想，镇海与龙游在教育领域的山海协作能够形成品牌效应，应该在于合作双方拿出诚意、投入真金白银推动教育事业均衡发展。教育事业在这里蓬勃发展，正以春风化雨之态，滋润着新一代的美好明天。

在江山市人民医院，我见到了刚刚准备出院的小璐。

"她有点害羞。"小璐的母亲告诉我，"娃住了 3 天就能出院了，在我们老家要一个多月嘞。"

小璐的母亲是从湖南山区来江山打工的，小璐 2022 年满 14 岁，还在念中学，一直被痔疮困扰。在湖南当地医院，医生建议她采取手术治疗，但是术后需要一个多月的康复时间，这让正处于紧张学业中的小璐有些犹豫。

"有没有更好的办法呢？或者去其他医院看看？"一次偶然的机会，小璐的母亲了解到邵逸夫医院肛肠外科专家"下沉"在江山市人民医院。于是，小璐的母亲抱着试一试的心态，趁元旦放假前，带着小璐来到了她打工的城市，到江山市人民医院求诊。在邵逸夫医院下沉专家和江山市人民医院医生的共同诊疗下，采用了创伤小、愈后好的经肛门腔镜下混合痔套扎手术。术后第三天，小璐就顺利出院了。

据了解，2021年4月起，邵逸夫医院与江山市人民医院开始了新一轮山海协作提升工程，共有13名专家常驻江山，其中8人为副高及以上职称，11人兼任相关科室业务主任，邵逸夫医院全面推进对相关学科业务托管，并且由一名专家兼任江山分院常务副院长。江山市人民医院肛肠外科作为本轮4个重点托管学科之一，在派驻专家王晓炜的帮助下，相继开展了结直肠肿瘤腹部无切口手术、经肛门腔镜下直肠肿瘤切除、混合痔套扎、藏毛窦切除等新技术。

"接下来，我会继续将自己的临床经验分享给科室同事，帮助大家提升业务水平。"王晓炜说。他希望在江山市人民医院开展"日间无痛病房"等新项目，进一步完善诊疗流程，提升患者的就医体验，让更多江山及周边的患者受益。

自2013年"双下沉、双提升"建立结对协作关系，江山市人民医院学科技术水平、科教能力、医院管理水平等持续提升，门诊人次从45.1万增长到57.5万，住院人次从2.4万增长到3.3万，药品收入占比从38.9%下降到29.1%，门诊均次费用、住院均次费用年均增长均在5%以内。2020年，市域就诊率达89.07%，基层就诊比例达65.1%，"小病不出村，大病不出县"的分级诊疗格局更为稳固。

山海协作的动能是巨大的。山有山的雄浑，海有海的开阔，山海携手，浙江将努力越过"清大线"，共同迈向更为美好的未来。今天，山海协作也正一点一滴地改善着人们的生活，就像金星村名誉书记郑初一的一番感慨："依托山海协作的好政策，金星村人均收入比十年前翻了好几番，村子的环境也发生翻天覆地的变化。我希望山海协作带来的经济社会发展的最新成果能够让更多人有实实在在的收获。"

相信随着山海协作的内涵进一步丰富，"山海协作工程"进一步深化，在未来，这种实实在在的收获会惠及更多人，富足、快乐的生活也会走进千家万户！

第三部分

向东是大海

第一章

天堑变通途

　　浙江向东，是大海，舟山就在浙江东北部大海的烟波浩渺间。

　　"遥山万叠云散，涨海千里，潮平波浩渺。烟村院落，是谁家绿树，数声啼鸟。"这是宋代著名词人柳永《留客住·林钟商》中的词句，也是在舟山群岛登高后所能眺望到的景象。舟山群岛港湾众多，岛屿星罗棋布，由超过 1390 个大小岛屿（面积 500 平方米以上）组成，相当于中国海岛（面积 500 平方米以上）总数的 20%，海域面积 22000 平方千米，陆域面积 1440 平方千米，是中国第一大群岛。从地图上看，舟山群岛就像一盘散落的玉珠。

　　地处中国东部黄金海岸线与长江黄金水道交汇处的舟山，是东部沿海和长江流域走向世界的海上门户之一，也有着发展海洋经济得天独厚的条件——港口、渔业、旅游、油气等主要海洋资源均处全国领先地位。然而，由于远离陆地，交通闭塞，地理分散，淡水资源缺乏，舟山经济社会等各方面在很长一段时间里都处于相对落后的水平。对于舟山来说，滔滔海潮既给人民带来了得天独厚的自然资源，也如无涯天堑一般将人民"困"在这远悬海外的孤岛上。

舟山独特的地理位置，在古代典籍中早有记载。元大德年间，由昌国州判冯福京和州官郭荐纂修的《昌国州图志》中记录道："舟山，在州之南。有山翼如，枕海之湄，以舟之所聚，故名舟山。"这一记录说清了舟山地名的由来——舟山原指城南的一座小山，因其拥有独特的地理位置而作为舟船停泊之山。长期以来，因一水相隔，舟山孤悬东海，海岛经济发展受到极大制约。这一地理环境也形成了舟山人千百年"非舟楫不相往来"的出行模式。

除却官方的文档记录，当地人对于"孤岛"则有着更为深刻的认知，形成了一些民间流传的俗话。如"石米舟山"，意思就是，从宁波出发，如果顺风顺水，当天便可抵达舟山，可万一天公不作美，则需带上一石米才能保证旅途中食物不会消耗殆尽。在这种情况下，海洋——这一舟山人的宝库，同时也成为他们出行的"拦路虎"。很长一段时间内，舟山居民往返大陆和各个岛屿不得不依靠舟楫。"要出岛办事先看天气、海况""出不了岛只能算自己走背字"都是舟山人无奈的写照。

此外，还有"走过三关六码头，吃过奉化芋艿头"的俗语。"三关"指的是山海关、嘉峪关和镇南关，各处东方、西方、南方，相距遥远；"六码头"是指当时的五口通商地——广州、厦门、福州、宁波、上海，以及武汉的汉口。老一辈的舟山人都会把自己去过"三关六码头"抑或是"吃过奉化芋艿头"当成茶余饭后炫耀的谈资，可见"孤岛"时代的舟山交通不便的程度有多严重。

长期以来，陆路交通建设的相对滞后，使得舟山所谓的区域优势并没有转化为其发展的利好。

改革开放以来，我国沿海地区包括一些内陆地区的经济发展十分迅速。特别是加入 WTO（世界贸易组织）后，上海、辽宁、山东、福建等省（市）都在大力调整产业结构，掀起一轮发展海洋经济的热潮。

相比之下，舟山与其他沿海地区的发展差距逐渐显现、越拉越大。"尽管与大陆一海之隔，然而这一隔，不仅是产业之隔，而且是发展水平之隔，更是发展理念之隔。"对于 20 多年前舟山的情形，曾任舟山市委副书记、市长的郭剑彪印象深刻，"基础设施比较差，既没有通路，也没有桥，高压线输送的容量也只有十万千瓦。想发展却不知道怎么发展。"

如何破局？ 2002 年，浙江开始实施的"山海协作工程"开启了舟山发展的"高速公路"。其主要做法是以项目合作为中心，以产业梯度转移和要素合理配置为主线，通过发达地区产业向欠发达地区合理转移、欠发达地区剩余劳动力向发达地区有序流动，从而激发欠发达地区的经济活力。

2003 年 7 月，在深入调研后，时任浙江省委书记习近平同志在省委十一届四次全会上首次系统提出"八八战略"，明确提出"进一步发挥浙江的山海资源优势，大力发展海洋经济，推动欠发达地区跨越式发展，努力使海洋经济和欠发达地区的发展成为全省经济新的增长点"。

（摘自中央党校采访实录编辑室《习近平在浙江（上册）》，P3）

这一理念，让舟山人意识到，他们所面对的广袤的海洋可以释放出无穷大的活力。这也为舟山多年来的努力指明了又一个新方向，这一新方向的提出，也离不开舟山此前的摸索与探寻。

"早些年，舟山一直靠海吃海，因为交通不便，只能走'以渔为本'的发展道路，2000年之前，渔业经济基本上占全市经济的'半壁江山'，是典型的'渔兴则兴、渔衰则衰'时代。但是大规模的捕捞让'渔衰'的时代提前到来。舟山发展只能另觅他途。"郭剑彪说起他初到舟山时的印象。

从20世纪90年代开始，一座座跨海大桥横跨在群岛之间，这是舟山为连通各个岛屿，推动交通经济发展迈出的重要一步。

走在岑港大桥的桥面上，望着高耸入云的桥架，迎着拂面的习习海风，邱建英的思绪飘回到了20多年前："图纸上简单的红线和蓝线将岛屿连接到了一起，可真正要建设起来却没这么容易，每一个桥桩打在哪里，打多深都需要仔细规划。"

彼时的邱建英是舟山大陆连岛工程总指挥，据他回忆，当时舟山百姓对于跨海大桥的渴望已经到达了顶峰，而最大的制约因素源自技术和资金。

"1997年3月开工，1999年5月试通车的朱家尖海峡大桥是舟山人民跨过天堑的第一次试水，也为后来的大陆连岛工程的开展打下了基础。"邱建英说。朱家尖海峡大桥全长2907米，采用预应力混凝土大直径管桩技术，这开创了中国跨海大桥的先河，成功克服了大管桩难以穿透海底砾石层的问题。

朱家尖跨海大桥通车4个月后，舟山大陆连岛工程第一座跨海大桥——岑港大桥正式开工建设。

岑港大桥跨越岑港水道，连接舟山本岛的岑港和里钓岛，全长

793 米，设计通航等级 300 吨级，主桥为 3 跨 50 米的先简支后连续的预应力 T 形梁桥，和 1999 年 12 月动工建设的响礁门大桥以及 2000 年 3 月开工的桃天门大桥一起构成了舟山连岛工程的一期工程。

21 世纪初，连岛工程粗具雏形。

而后，在时任浙江省委书记习近平同志的支持下，连岛工程的核心项目——西堠门大桥和金塘大桥的建设也被提上日程。

2002 年 12 月 18 日，初到浙江不久的习近平在参加省委十一届二次全会舟山组讨论时，就对舟山的发展给出了明确思路，他指出："舟山应该充分利用自身的资源，充分发挥渔、港、景优势和区位优势，发展成为海洋经济发达的地区……舟山港口开发的前景非常广阔，临港工业的发展也有潜力，旅游业则更具优势。总之，要把海洋开发这篇文章做深做大。"做好海洋开发的文章，发展海洋经济，这就是习近平对舟山发展的方向指引。

浙江省委十一届二次全会召开后不久，2003 年 1 月，习近平就第一次来到舟山调研。在实地察看连岛工程时，他说："连岛大桥如果建起来了，对舟山的发展是一个根本性的推动。"

习近平指出，基础设施的互联互通，是一个区域开放的基础，更是海洋经济与海岛发展的"牛鼻子"，发展海洋经济，首先要加强海洋基础设施建设。加强基础设施建设，建设跨海大桥势在必行。（以上 4 段摘自中央党校采访实录编辑室《习近平在浙江（下册）》，P81、P87—88）

这也正是百万舟山人日思夜盼的。

然而，当时舟山财政总收入也不过 10 多亿元。一期工程虽然已经开工，但作为连岛工程中核心项目的西堠门大桥、金塘大桥却因为技术问题和资金问题一时难以开工。

"即便不吃不喝，建好跨海大桥起码需要 15 年左右。"郭剑彪回忆说。市政府只能采取"一次规划，分期实施"的办法，举债造桥。

正是在习近平果断决策和积极推动下，连岛工程建设步伐加快。

每次来考察调研，习近平都会询问舟山大陆连岛工程建设的进展情况。后来更是多次作出指示：

"舟山大陆连岛工程等大项目的开工建设，必将进一步改善沿海和海岛生产生活环境，促进海洋经济的发展。"

"连岛工程对于开发舟山港和舟山的全面开发，都有重要的战略意义。"

"将来如果有连岛工程了，对海岛就可以更好地开发利用，不仅对舟山发展起作用，而且对全省经济发展起到积极作用。"

"舟山如果作为海洋经济强省建设打头阵之地，这么多岛屿要开发，很多战略部署在舟山，连岛工程是必要的。在过去，你们靠自身力量搞了一些小岛的连岛工程，现在应该'宜将剩勇追穷寇'，把这一工程进行到底。"（以上 6 段摘自中央党校采访实录编辑室《习近平在浙江（下册）》，P88—90）

....

"有了省委、省政府和习书记的支持，我们心里也就有了底！"郭剑彪说，"二期工程中的西堠门大桥和金塘大桥总投资超过 100 亿元，按照国家发改委对重大基础设施建设的规定要求，总投资资金的 35% 需要提前到位。"虽然有了各方支持，但资金的问题却让郭剑彪犯了难，他知道，仅凭财政收入是完全不够的。

2004 年，得知这个难题后，习近平召开省财经领导小组工作会议，在听取汇报后，拍板作了一个重大决策，由省交通集团出资 51%，宁波出资 25%，舟山出资 24%。（**摘自中央党校采访实录编辑室《习近平在浙江（下册）》，P90**）

郭剑彪说，让宁波参与进来和舟山共同出资，这是他当时做梦都没想到的。此外，因为舟山财政比较困难，省财政再拿出 1 个亿给舟山，作为注册资本金使用。

解决了资金问题后，接下来就是国家审批问题。

2004 年 10 月，习近平等省领导陪同国务院分管领导来舟山调研时，又专题汇报了舟山跨海大桥工程，并希望能争取早日审批。同年 12 月 30 日，郭剑彪带着市里的同志一起到北京，向国家发改委汇报审批工作并得到支持，如期拿到了国家正式批文。

2005 年 2 月，舟山大陆连岛工程最为关键的一环——西堠门大桥、金塘大桥项目获国家正式立项，作为大陆连岛工程二期工程，是舟山有史以来最大的基础设施建设项目。

时间来到了 2009 年 12 月 25 日，对舟山人来说，这是一个将海岛时代和大桥时代一分为二的日子——这一天，舟山跨海大桥全线开通，这距 1999 年舟山大陆连岛工程正式动工已经过去了 10 年。

这一天，习近平专门发来贺信，指出："舟山跨海大桥全线建成通车，是我国桥梁建设史上又一重大成就，是浙江迈向大桥经济时代的又一生动体现。舟山跨海大桥的建成，对改善海岛民生、推动海岛经济社会跨越发展、促进浙江经济社会协调发展、推进长三角地区联动发展，对大力发展海洋经济、维护国家海洋权益、巩固我国东南海防具有重大意义。"（以上4段摘自中央党校采访实录编辑室《习近平在浙江（下册）》，P91）

对于经常往返舟山各地的市民来说，漫长的等待是值得的，曾经的天堑已有通途。舟山跨海大桥全线总长近50千米，包括岑港大桥、响礁门大桥、桃夭门大桥、西堠门大桥、金塘大桥5座大桥和9座谷桥、2座隧道、6处互通立交。其中，5座大桥总长约25千米。大桥通车后，舟甬两地居民来往从两个多小时车程缩短为不到一个小时，加上已经建成的杭州湾跨海大桥，舟山经杭州湾南岸到达上海的车程也缩短到三个小时，舟山全面进入大桥时代。

今天，当我们再次翻开舟山的地图时，可以清晰地看见一条条线段已经将舟山群岛这盘散落的玉珠串联起来。而金塘岛，就是玉珠中闪耀的一颗。

金塘岛是舟山定海距大陆最近的大岛，也是"中国螺杆之都"。1982年，金塘诞生第一根螺杆；1985年，涌现第一批塑机螺杆创业者。但它真正的蓬勃发展是在近十年。

"金塘大桥通了以后，金塘螺杆产业发展迅猛，不光是物流更方便了，更重要的是人才引进和信息交流更多了。大桥一通，公司就引进了六七位全球螺杆行业的顶尖研发人才，对企业的帮助很大。"华业公司负责人夏增富是金塘人，在螺杆行业里打拼了34年，他的奋斗故事也印刻着金塘岛的发展历程。

轻啜一口茶，点上一支烟，话匣就此打开。

1987年，土生土长的金塘人夏增富在金塘创办了定海华业塑料机械厂。但在工厂起步初期，因为交通不便，不仅货物经常不能按时到达位于宁波北仑的码头，客户和人才也不愿意来到金塘岛这个"小地方"。

"来趟金塘还不如去趟东南亚方便。"夏增富回忆起以前客户们经常跟他说的话。

"现在有了跨海大桥，基本上货物的进仓时间都能精确到小时，客户来厂区参观、谈生意也都能做到当天往返了。"

烟雾缭绕中，夏增富似乎想起了什么，他弹了弹烟灰。"人才流失，是最让我心疼的，但是想想很正常，人往高处走没什么不对。交通不便的偏僻地方，我们拿什么跟大城市比啊。那个时候，我做梦都希望能造个大桥和大陆连起来。"

如今，越来越多的人才愿意走进金塘，留在金塘。

现在，夏增富的企业里 70% 都是外来务工人员。

"交通方便了以后，人流量自然就多了。企业的技术也和国际越来越接轨了。"夏增富说，经过 30 余年的发展，华业公司的生产规模已跃居全球第一，产值位居全球前三，"相信在未来几年，我们将进一步拉开和国外企业的距离！"

金塘的发展正是舟山群岛发展的一个缩影。

舟山的前进脚步并未停止，这些年，舟山相继建成以东西快速路、鱼山大桥、富翅门大桥、秀山大桥、新城大桥、江南大桥改扩建等"一路五桥"为标志的一批重大项目，形成了舟山市交通建设的新一轮高潮。这些公路和桥梁类型丰富、规模巨大，将千岛之城紧密地联系在一起。

2021 年 12 月 29 日，随着舟岱大桥建成通车，宁波舟山港主通道项目全线建成通车。这条全长 28 千米的跨海大桥宛若一条矫健的巨龙，腾跃在东海灰鳖洋上，彻底结束了岱山岛"海上悬岛"的历史。大桥通车以后，舟山本岛与岱山岛成为一体，方便了千千万万往返之人。驱车行驶在舟岱大桥上，映入眼帘的是海天一线的景致，耳畔传来的是浪涛声，心里由衷感叹：进出舟山确实方便多了。

以桥连岛，意味着产业经济和旅游经济的发展机遇。随着越来越多的大型企业、项目落户舟山，舟山正紧密融入长三角经济圈，融入"一带一路"和长江经济带，同时正加快舟山江海联运服务中心的建设进程。

在蓬勃发展的当下，舟山人始终无法忘记，正是习总书记当年的高瞻远瞩和循循善诱，改变了他们的思想观念和发展理念。短短几年，舟山实现了从海岛时代、大桥时代、新区时代到自由贸易试验区时代的"四级跳"。而今，串联起东海之滨各个海岛的一座座桥，正昂首向着浩瀚的太平洋，尽情描绘着舟山群岛新区的宏伟蓝图。

第二章

从河埠码头到港通天下

迎万船来仪，送舟行天下。

浙江拥有 6500 千米的海岸线，全国居首，港口众多，其中又以宁波舟山港体量最大。据统计，2021 年，宁波舟山港完成年货物吞吐量 12.24 亿吨，连续 13 年位居全球第一；同时，全港完成集装箱吞吐量 3108 万标准箱，继续位居全球第三。

以山海为盟，从河埠码头到今天的港通天下，宁波舟山港走过了充满风风雨雨的漫长历程。从各自为战到两港融合，宁波舟山港借着山海协作和海洋经济发展的春风，为浙江腹地企业提供新的海上贸易通道，助推浙江区域协调发展。

20 世纪 70 年代，浙江余姚河姆渡遗迹中出土了柄部为圆形、桨叶呈柳叶形的柄叶连体木桨。有桨必有船，由此可见，早在 7000 年前，河姆渡先民就已经有了舟楫之便，用于捕捞以及邻近氏族之间的交通往来。河姆渡先民的航海活动也是中国目前发现年代最早的航海活动。

因为地理环境的优势，古代明州（今宁波）港是"海上丝绸之路"中的重要一站。来自日本、朝鲜半岛的货船想进入中国，必须要在明州港"验明正身"后，才能将货物四散到各地。一直至明代，明州港都是官方指定的允许东南亚货船进港的唯一合法港口。

明代之后，为避国号之讳，取"海定则波宁"之意，明州改名为宁波府，宁波港的称谓也由此而来。

清代中后期，连绵不断的战争让宁波港一度沦为半殖民地性质的港口，甚至长期处于功能停滞的状态。直到1953年，上海区港务局宁波分局的成立，改变了宁波港多头领导、各自为政的局面。

1978年，党的十一届三中全会后，改革开放的春风也吹拂到了宁波，宁波港随之进入高速发展阶段。

1982年竣工的10万吨级北仑矿石中转码头，使宁波港转为海港。这也是我国第一座现代化的10万吨级矿石中转码头。而后，北仑矿石中转码头逐步走上了发展红（铁矿石）、白（化肥）、黑（煤炭）等货种的"一专多用"之路。

1983年投产的镇海煤码头，打破了浙江省煤炭供应只能由上海港通过火车或船舶转运的局面，奠定了宁波港从小型港口过渡到大型港口的基础。

1986年建成的吞吐量为20万吨的镇海液体化工专用泊位是我国当时第一座5000吨级液体化工专用泊位。

在同一时间段，舟山港也踏上了历史的舞台。

1987年，成为"东方大港"项目之一的老塘山一期1.5万吨级码头正式投入使用，舟山正式结束了无深水码头泊位的历史，几天后，这个万吨级码头迎来了它的首位客人——装载着 1.28 万吨水泥的万吨远洋货轮"东光号"。

"当时，所有的码头工人都难以抑制激动和紧张的心情，很多人都是第一次见到万吨货轮。"1986 年毕业后就入职老塘山码头的钟满祥便是亲历者之一。隔了 30 多年再度回忆当年的情境，钟满祥的激动心情仍然溢于言表。

后来，老塘山从 1 万吨级码头升级到 20 万吨级码头，从 10 吨门机设备升级到 40 吨门机设备，作业效率也从 30 个小时接卸 3300 吨水泥到 24 小时接卸 7.3 万吨散货。"从小打小闹到今天 20 万吨级码头，老塘山港区的发展正是舟山港发展的一个缩影。"钟满祥不会忘记"老塘山"的每一次"升级"，那些画面都深深地印刻在他的脑海里。

同样是 1987 年，沈家门、定海、老塘山三个港口合并为舟山港。至此，浙江东部宁波港、舟山港的两个港域才正式走上了正轨。当时的人们不会想到的是，近 20 年后，互为毗邻的宁波港和舟山港的命运将会更加紧密地交织在一起。

2001 年底，中国加入 WTO，这为浙江两大港口带来了挑战，但更多的则是机遇。

一方面是全球性资源配置使大宗货源大幅度增长，港口可以借势腾飞；另一方面是处在同一港区、同一锚地的宁波、舟山两港各有优势：宁波港起步早，具有资金、业务、管理优势，另一头的舟山港虽然陆域腹地小，但是岸线资源多。

如何发展？唯有取长补短，资源互通，采取一体化发展策略。

2003 年 1 月，时任浙江省委书记习近平第一次到舟山调研，就看到了舟山港口资源的优势和潜力，开创性地提出要"加快宁波舟山港一体化进程"。

　　后来几次到舟山调研，习近平始终把港口当作关注的重点。他从全省、全国的视野分析舟山港口的地位作用，并为舟山港确立了一个全新的定位："舟山现在既是上海国际航运中心的一部分，又是宁波和舟山港口一体化的一部分，将来两个中心合围过来之后，更烘托出这里也是一个中心所在，变成了'台风眼'。"（以上两段摘自中央党校采访实录编辑室《习近平在浙江（下册）》，P94）

　　曾任舟山市委副书记、市长郭剑彪的手上有这样一组数据：2004年，舟山港 7300 万吨的吞吐量在全国排在第九位；宁波港的吞吐量是2.2 亿吨，排在全国第二位、全世界第五位。

　　"当时，如果能把宁波港和舟山港合起来，不仅能资源互补，而且吞吐量也能达到 3 亿吨，可以一举排到世界第二位。"郭剑彪说，习书记提出的一体化发展就如同一颗蓝色的种子埋在大家的心里。

　　"实际甚至会起到 1 + 1 > 2 的效果。"郭剑彪说，正如习书记一直强调的"促进发达地区加快发展、欠发达地区跨越式发展是统筹区域发展的核心"。宁波港有航运业务、港口规模、管理水平等方面的优势，但发展的空间受到限制；舟山有土地、岸线等优势，但开发程度相对较低。宁波需要有这种空间，舟山需要加快发展，两港一体化，恰好可以实现优势互补、合作共赢。（摘自习近平《干在实处　走在前列——推进浙江新发展的思考与实践》，P202）

　　2005 年 12 月，浙江省政府正式成立宁波—舟山港管委会，推进两港在规划、品牌、建设和管理上的"统一规划、统一建设、统一品牌、统一管理",宁波港、舟山港一体化进程正式拉开序幕。

2015 年 9 月 29 日,宁波舟山港一体化工作取得里程碑式进展。由原宁波港集团、原舟山港集团整合组建的宁波舟山港集团有限公司揭牌,宁波舟山港从此替代了"宁波—舟山港",开启了以资产为纽带的实质性一体化进程。

去掉这"一横"后,浙江全省沿海港口一体化整合形成了以宁波舟山港为主体、浙东南沿海港口和浙北环杭州湾港口为两翼、联动发展义乌港及其他内河港口的"一体两翼多联"的港口发展格局。2016年,宁波舟山港的货物年吞吐量达 9.2 亿吨,并连续 8 年位列全球第一;集装箱吞吐量 2156 万标准箱,居全球第四位。

今天,站在距宁波舟山港北仑港区 3.5 千米外的舟山金塘岛上,周边的一座座码头可尽收眼底。

大浦口集装箱码头就在不远处,这里曾经只是一片滩涂地。随着宁波舟山港一体化进程的推进,两港把首个合作建设的集装箱码头落于金塘岛。自 2005 年 5 月开建,2010 年试投产以来,这里已有国际航线 16 条,航区覆盖西非、东非、俄罗斯等地。

"一体化催生了大浦口的今天。"舟山金塘人屠益辉是码头的桥吊司机,坐在数十米高的桥吊上,感受最深的就是身下这个港区的巨变,"每增加一个泊位、一个自动化设备,对于码头来说都是崭新的一页。"

巨轮穿梭靠离,桥吊作业忙碌,一个个集装箱或搭乘货船,或搭乘集卡前往各地……老塘山五期码头上,繁忙作业的景象每天都在上演。2021 年,老塘山中转公司粮食货物吞吐量为 1316.72 万吨,较上年增长65.73%。2022年1月，该作业区完成粮食吞吐量131.88万吨，同比增长36.24%，实现"开门红"。

"数据喜人，得益于宁波舟山港一体化发展。"钟满祥说。2006年，随着一体化进程的推进，老塘山港区的规模也实现了"三级跳"，如今已然成为浙江沿海大型中转基地，坐拥老塘山二期、三期、五期3个码头、8个装卸泊位，成为最大靠泊能力达到20万吨的对外开放公用性综合码头。

其中，港区还依托舟山江海联运服务中心功能，持续提升粮食分拨能力，拓展外省粮食业务，先后成功引进国内西南地区和华东地区的粮食新业务。

"港口，是舟山奔向世界的起跑线，'一体化'则是一个助推器。"在甬舟公司副总经理黄博文看来，这些年，甬舟公司集装箱吞吐量连年走高，2020年吞吐量达到136万标准箱，已经投产3个泊位，另有2个泊位正在建设。

"今天，宁波舟山港让世界看到了'一体化'的效应。"宁波舟山港股份有限公司董秘蒋伟见证了两港整合的全过程。他说，港口是国民经济基础性产业和对外贸易的晴雨表，也是区域经济发展的一个引擎，宁波舟山港的发展是宁波、舟山两地这些年发展的一个缩影。

近年来，在宁波舟山港一体化运营的基础上，嘉兴港、温州港、台州港和义乌国际陆港等相关港口资产的整合也相继完成。

"从资源的角度来看，随着港口运输生产的快速增长，码头建设力度的不断加大，宁波舟山港未开发的深水岸线所剩不多，这也是限制今后港口发展的短板。而温州港、嘉兴港等浙江沿海港口则因为腹地经济等诸多方面的原因，处于'吃不饱'的状态。宁波舟山港可以通过协同方式，发挥其他浙江沿海港口集群优势，进一步推进港口发展，打造世界级港口集群。"蒋伟这样说。就在 2020 年底，宁波舟山港收购了大股东旗下的浙江省内其他港口业务，完成了真正意义上的省域港口资源的一体化整合。

因渔而起，因港而兴。对于舟山来说，港口在舟山城市发展战略中的主导位置也越发清晰了。

2008 年，虾峙门口外 30 万吨级国际航道通过竣工验收并投入试运行，这也是亚洲第一条 30 万吨级人工航道。

2012 年 11 月，舟山武港矿石码头陆域工程通过验收并投入运营，这是中国当时最大的铁矿石中转码头。该年，舟山构成"五纵八横"的主体航道网络。

2016 年，随着载运 17.3 万吨铁砂的马绍尔群岛籍船舶"SAVINA"轮顺利靠泊，当时国内七大 40 万吨级泊位之一的舟山鼠浪湖矿石码头正式对外开放，同年即完成铁矿石接卸量 730.8 万吨，并在随后的 2017 年、2018 年、2019 年先后突破 1600 万吨、2400 万吨、3000 万吨，实现"三年三大步"。

而后，舟山更是开启了通江达海的江海联运时代。2016 年 4 月 19 日，舟山江海联运服务中心获批成立。2021 年，江海联运量已达 2.8 亿吨。同年，舟山市制定出台了《深化舟山江海联运服务中心建设方案》，组建江海联运工作专班，深入沿江港口市场对接，与武汉、黄石、九江等地的近 20 个港口达成合作意向。

除了不断完善港、船等硬件之外，舟山还将提升航运软服务作为工作重点之一。2015年，舟山江海联运公共信息平台正式上线运行，随后相继与长江航运物流公共信息平台、国家交通运输物流公共信息平台互联互通；2019年，江海联运公共信息平台2.0版上线，将原本分散的数据进一步整合在一起，从船舶进出港、货物装卸仓储、江海物流跟踪、现代航运服务、数据监测分析等方面为涉港涉航企业提供服务。

2020年3月30日，在宁波舟山港穿山港区，回想起与习近平总书记见面交谈的场景，宁波北仑第三集装箱码头有限公司桥吊司机、全国劳动模范竺士杰难掩自豪与激动，坚定地说："总书记带给我们鼓舞，我一定会撸起袖子加油干！"

就在前一天，习近平总书记来浙江调研，第一站就来到了宁波舟山港穿山港区。"总书记一直挂念着港口，"宁波北仑第三集装箱码头有限公司总经理方剑波说，"总书记一直很关心。当年，宁波舟山港就是在总书记的牵线下'联姻'的！"（据新华社杭州4月1日电，2020年，《习近平在浙江考察时强调 统筹推进疫情防控和经济社会发展工作 奋力实现今年经济社会发展目标任务》）

也正是这段"姻缘"让宁波和舟山的港口迸发出从未有过的能量。

今天，宁波舟山港已经开辟了260多条集装箱航线，连接全球190多个国家和地区的600多个港口；同时拥有19条海铁联运班列及多条成组线路，业务辐射15个省（区、市）。

从当年的河埠码头到今天的港通天下，宁波舟山港锚定当年目标，一路乘风破浪、不断远航。那颗当初在浙江埋下的蓝色的种子正在发芽成长，今后必将成为令国人自豪的东方巨港！

第三章

海岛"生金"

一直以来，海岛旅游是舟山的一张"金名片"。

舟山群岛历史文化悠久，地貌风情独特，古称"海中洲"，蓝天碧波、绿岛金沙和白云阳光构成了海岛的主色调，有着发展旅游业得天独厚的优势。这里，无数传说与迷人风光吸引着人们前来探寻：相传秦代徐福东渡寻求长生不老之药，经过的"蓬莱仙岛"就是舟山境内的岱山岛；"海天佛国"普陀山更是家喻户晓，名扬天下；还有近年来新兴的蚂蚁岛、花鸟岛……

"素练宽裁白社衣，普陀烟里现幽姿。日长读彻楞伽了，闲折柑花供祖师。"这是南宋词人刘克庄的诗句，诗中描写的正是香烟缭绕的普陀山，这也是讲到舟山旅游不得不提的名胜。

普陀山原名梅岑山，因西汉末年梅福在此修道而得名。相传唐咸通四年（863），日本僧人慧锷从五台山奉观世音菩萨像回国，船经普陀山洋面受阻，数番前行皆不能如愿，遂靠岸请下佛像，由张姓居民就地供奉，称其为"不肯去观音"。在此后的一千多年里，普陀山香火渐盛，来往香客、游客络绎不绝。

作为舟山的"金名片"，"十三五"期间，普陀山旅游业发展呈现强劲势头。2016—2020 年，普朱功能区累计接待游客 7710.8 万人次，创旅游收入 595.8 亿元，分别实现年均增长 14% 和 15.2%。

可以说在舟山旅游领域，普陀山在很长一段时间里都是"一枝独秀"。

那么，如何能做到"百花齐放"呢？

早在 2003 年 1 月，时任浙江省委书记习近平在舟山调研时就为舟山旅游业发展擘画了新的蓝图：舟山海域面积广阔，渔、港、景资源丰富，区位优势十分明显，发展海洋经济的条件得天独厚。还要充分发挥"景"的优势，建设海洋旅游城市。发展海洋旅游业，既要发掘自然旅游资源，更要注重文化底蕴和人文精神。（*摘自中央党校采访实录编辑室《习近平在浙江（下册）》，P81—82*）

这也成了这些年舟山发展海岛旅游锚定的方向。

蚂蚁岛，就是舟山群岛中又一个有名的旅游地点。位于普陀区西南方的蚂蚁岛，陆域面积不足 3 平方千米，在广袤的海洋里小得犹如一只蚂蚁，可以说是"岛如其名"。但是，从最初的孤悬海外、设施简陋的小岛到今天游客络绎不绝的观光点，蚂蚁岛上发生的故事可一点也不渺小。

我从普陀沈家门码头乘船出发，半小时就到了蚂蚁岛。一上岛，除了矗立在远处的青山，首先映入眼帘的就是"艰苦创业、敢啃骨头、勇争一流"12 个大字。

"这就是要提醒咱，好日子都是咱靠双手拼搏来的！"72 岁的李河珠是土生土长的蚂蚁岛人，在岛上待了一辈子，也见证了蚂蚁岛的变迁。

"我们是从一穷二白走过来的。"李河珠打开了话匣子，给我介绍起蚂蚁岛的过往。

过去，岛民长期靠近洋张网作业方式捕捞，生活很艰苦。1953 年 7 月，乡党总支提出要打破亘古以来单一的近洋张网作业方式，到远洋去捕鱼。但是，外海作业需要造大捕船。怎么办？

为了筹集足够的买船钱，全岛妇女用 3 个月时间搓了 12 万斤草绳，又通过草绳织就草绳网，用来捕海蜇，赚了 9600 元，购买了小岛第一艘大捕船，并将其命名为"草绳船"。直到今天，李河珠依然记得搓草绳的每一个步骤。

继"草绳船"之后，全岛村民又自发捐献 450 余只铜火囱，变卖家里的金银首饰，兑换了 9500 元现金，购得另一艘大捕船——火囱船。蚂蚁岛迈出了渔业大发展的脚步。

依靠出海捕捞，岛民的生活发生了巨变。在蚂蚁岛创业纪念室内，还保留着蚂蚁岛生产合作社社员的收入账本。从账本上可以看到，1955 年，不少社员一个月能拿到二三十元的收入，在当时，这算得上一笔可观的收入。

从小船换大船，从合作社船到自家买船出海，蚂蚁岛上百姓的生活日益富足。然而，随着捕捞量的连年增加，近海渔业资源逐渐枯竭。岛上许多以捕鱼为生的渔民只能另谋生路，在当地政府的推动下，他们将目光转向了传统工艺与特色旅游。

1999 年，蚂蚁岛对岛上传统家庭作坊的虾皮生产方式进行升级，更换设备和生产工艺，提升了产出效率；而后，乡政府开始推进红色旅游项目，加快推进三八海塘、红船广场、长沙塘路特色步行街等新建改造工作，同时开发了"勇争一流皮划艇""共筑三八海塘""鱼拓画"等旅游体验项目，打造了蚂蚁岛精神红色教育基地。

此外，蚂蚁岛还采用"政府主导＋企业开发＋居民参与"模式，成立了蚂蚁岛红帆旅游发展公司、渔家民宿"互助提升小组"，对岛内开发、民宿建设、业态培育等实行统一的规划、调度。

经过多年的努力，如今的蚂蚁岛已焕然一新。"蚂蚁山，蚂蚁山，蚂蚁原是'癞头山'。山上是石岩，山下是沙滩。"这句顺口溜，曾经是蚂蚁岛风貌的真实写照。时过境迁，今天的蚂蚁岛早已经"乌鸦变凤凰"，不仅道路整洁，绿树成荫，曾经的"癞头山"也变成了森林面积 1760 亩、植被覆盖率达 70% 的"生态绿岛"。

"这几年，蚂蚁岛变化很大，路上干净了，环境美了，来的游客也多了起来。"74 岁的丁荷叶退休后成了岛上红色教育基地讲故事队的队长，一到节假日就会给上岛的游客讲解蚂蚁岛当年的故事，他自豪地向我介绍蚂蚁岛的变迁历程。

村民邹吉叶则带着曾经一起艰苦创业的渔嫂在蚂蚁大道开起了农家乐。"如今来岛上的游客很多，直接带动了店里的生意。我们的海鲜价钱公道，连邻居们都频频光顾。"邹吉叶开心地说。这两年，在海岛旅游的推动下，他的生意越做越红火。

据统计，2021 年，全岛接待游客逾 19 万人次，旅游收入达 4883 万元。2018 年 6 月至 2021 年 12 月，蚂蚁岛旅游人数累计超过 50 万人次。

环境美了，景点多了，不仅来的游客多了起来，而且不少外地人也来此创业，来自安徽的李峰便是其中之一。2018年，在朋友的推荐下，李峰来到了蚂蚁岛，开了一家餐饮店。

"2020年共接待游客2000多人次。忙的时候，一天能接待100多人同时用餐。"为了最大限度安排好客人就餐，李峰在院子里安放了两个"蒙古包"当餐厅，"现在招聘了6个人帮忙才忙得过来哩！"

蚂蚁岛发掘自身优势，顺应时代需求的发展轨迹正是舟山许多海岛沿着"八八战略"的指引，依托山海优势发展的一个缩影。而在舟山群岛的北端，静静矗立着另外一个与蚂蚁岛的发展有着相似之处的美丽小岛——花鸟岛。

花鸟岛形如展翅欲飞的海鸥，岛上林木秀美，充满了鸟语花香，故名花鸟岛。在清代，岛上的灯塔曾是亚洲东部地区第一灯塔。当时，这里也是上海、宁波及长江内河等开埠口岸去往日本以及南洋的必经之路。从空心岛到今天各个社交媒体上的"网红打卡点"，如今，花鸟岛的知名度比以往更胜一筹。

我从嵊泗本岛出发，乘船一个半小时，便到了花鸟岛，远远就能看见一座乳白色的灯塔高高地矗立着，繁花绿树点缀着岛上蓝白相间的房屋。即便正值冬日淡季，岛上依旧人头攒动。

"过去的花鸟岛就是名副其实的空心岛和老人岛，下午五六点钟太阳一落山，岛上就再难看到人了！"花鸟乡党委书记杨玉斌口中花鸟岛的模样现在早已难寻踪迹。

1987年，老家在重庆奉节的杨玉斌来到嵊泗当兵，一留就是18年。退伍后，他本有机会到舟山市区工作，但最终选择留在朝夕相处多年的嵊泗，以营级干部的身份转业成为嵊泗县安监局一名普通干部。

"当兵的时候就上过岛，被它秀丽的自然风光吸引，但因为交通不便、基础设施落后，而且没有产业支撑，岛上只剩下 800 个老人，想要发展很困难。但要想村民过上好日子，就不能原地踏步。"2016 年 9 月，杨玉斌被任命为花鸟乡党委书记，刚接过接力棒的杨玉斌苦思冥想，最终锚定了发展旅游业的方向，"碧蓝的海水、原汁原味的渔村样貌以及岛上的郁郁青林就是花鸟岛最核心的竞争力。"

杨玉斌的想法和习总书记当年在浙江工作时提出的思路不谋而合。

在接下来的几年时间里，花鸟乡干部按照"品质旅游示范岛、绿色低碳示范岛、共建共享示范岛"三岛融合发展的思路，带领群众修水库、修缮古建筑、整治环境、建设基础设施、铺设海底电缆，甚至还先后引进了许多科技感十足的项目来提升基础设施建设水平，如建设新能源照明设施，新建雨水循环系统、低温热解和厨余垃圾的堆肥技术等系统。

经过几年的发展，原来的"空心村"不见了，取而代之的是年轻人蜂拥而至、游客们恋恋不舍的"网红村"。今天的花鸟岛，不仅有海岛的浪漫、渔村的乡愁，也有都市的科技感。乡村的振兴，带来了更为宜居的生态环境，也吸引了许多年轻人返乡创业。

黄俏慧出生在花鸟岛，不过并非土生土长，她 6 岁时就去了台州亲戚家读书。毕业后，她常年奔波在外独自打拼，做过销售，开过店，也积累了一些资本。2018 年，听到家乡在发展旅游业，黄俏慧便萌生了返乡创业的念头。"当时我就在想，我家位置这么好，面朝大海，不把资源利用起来就真的浪费了。我觉得我一定要回来，经营一家面朝大海、春暖花开的民宿。"

仅两年，黄俏慧的投资成本就已全部收回，如今，她还成了花鸟乡民宿联盟的秘书长，为当地民宿经营者建起沟通的桥梁。

"本地村民可以不出岛，不外出打工，从事民宿行业的话，基础月工资都在三千元以上。原来一些民宿一年只有三五万元的收入，现在已经是三五十万元的收入，有的精品民宿甚至超过百万元。"这两年，看着村民们脸上的笑容越来越灿烂，杨玉斌也乐在心里。

"桃花影落飞神剑，碧海潮生按玉箫"的桃花岛可以圆你心中一个武侠梦；东极岛成了大家心中的诗与远方；"海上香格里拉"秀山岛不仅是天然氧吧，更是海滨乐园……今天，舟山旅游早已不是当年的"东海佛国"一枝独秀了，而是"岛岛是景"，实现了真正的百花齐放。

山有所呼，海有所应。

2017 年 6 月，金华磐安、舟山普陀两地开展全省新一轮的山海协作，按照"优势互补、互惠互利、长期合作、共同发展"的原则，签订了共建协议。

次年，磐安—普陀山海协作生态旅游文化产业园项目启动，落地磐安云山区块，规划面积 7.5 平方千米，核心区域 3.56 平方千米，致力于打造文化艺术、健康养生、生态旅游等多业态融合发展的产业示范区，双方各出资一亿元组建磐安县生态旅游发展有限公司，实行实体化开发运作。

根据《磐安—普陀山海协作升级版"12345"工程实施方案》，两地每年开展一次文化走亲，实现两地文化共融；互派两名干部人才，深化科技人才合作；开展乡镇、教育、医疗三个领域结对，推进社会事业合作；设立四个营销窗口，加强经贸招商合作；挂牌五个协作景区，共推旅游深化合作。

近年来，浙江更是在全省范围内推进包括宁波象山花岙海岛公园，温州洞头海岛公园，舟山定海、普陀、岱山、嵊泗海岛公园，台州大陈、大鹿、蛇蟠、东矶海岛公园十大海岛公园建设工作。连续三年将十大海岛公园建设工作列为省政府工作报告重点任务，坚持一张蓝图绘到底、干到底，持续推动海洋经济发展。

浙江省文化和旅游厅负责人说，全力推进海岛公园建设，要更加突出打造标志性成果，突出选商引资、文旅融合和山海协作。计划到2022年底，全面建成十大海岛公园；海岛公园地区年接待游客总数达到1亿人次，旅游总收入超过1500亿元，项目总投资突破1000亿元，带动20万群众参与旅游产业共建。

随着一个个风情各异的小岛和文旅项目破土而出，近年来，舟山充分发挥"景"的优势和区位优势，以"一核一轴两圈多岛连线"进行总体布局。

普朱管委会相关负责人表示："长江经济带、长三角一体化、全省'四大建设'以及甬舟一体化等战略叠加赋予了新区重大机遇。"舟岱大桥开通后，岱山更是迎来了旅游热潮。2022年春节期间，进出岱山岛的车流量约11.9万辆次，通过舟岱大桥进岱山岛的约5.8万辆次，出岛的约6.1万辆次……

踏金沙逐浪，赏海岛风情。而今的舟山群岛，百花齐放，百岛共辉，秀美的风光与别样的风情正吸引着游客纷至沓来，也带动着海岛居民的生活越来越好。在这里，海岛正在"生金"。

第四章

向海而生

在舟山，1390 余个岛屿散落在 2 万多平方千米的海面上，波光粼粼的蓝色大海围绕着这些美丽的小岛，也为岛民们提供了丰饶的海洋资源，"向海而生，靠海吃海"是舟山人传承至今的生活方式。

其中，地处朱家尖、普陀山和桃花岛的三角黄金地带的沈家门，就承载着舟山渔业的辉煌记忆。沈家门向来有"渔都"之称，是中国最大的渔港和海产品集散地，也是世界三大渔港之一。

沈家门的历史由来已久，追溯其发展历程，可以书写浩浩荡荡的一部长篇。

时间的洪流来到了改革开放以后，经过机械化改造，有了技术支撑的舟山海洋渔业发展迅速。一时间，千帆竞发、万点渔火。这一渔业发展的东风，带来了广泛的辐射效益，带动更多的舟山小村庄依靠捕鱼业富裕起来，漳州村就是其中一个。

依山而建的漳州村位于朱家尖东部的一隅，与当地许多渔村一样，这里的百姓世世代代也以打鱼为生，养成了"面朝甲板背朝天"的生活习惯。因为渔船简陋，作业方式落后，直到 20 世纪 70 年代初期，漳州村还是贫困村。

"船是没有动力的木帆船，不大，只能坐几个人，全靠海风吹和船橹摇。一遇到稍大点的风浪就晃得厉害，很危险。"漳州村的任央昌当了大半辈子的渔民，见证了村子当今的富裕，但也始终忘不了这里曾经的艰难光景。

据任央昌回忆，20 世纪 60 年代，全村村民住的几乎都是茅草屋，家家吃了上顿没下顿，只能靠外山归来的渔民将水产拿到集市上换回的白薯和米面充饥。

当地的百姓以渔为生，他家也不例外，祖辈数代都是渔民。小时候，父亲出海，用的是木帆船。16 岁那年，任央昌也成了渔民，摇着橹，驾着老式木帆船出海谋生。任央昌勇敢能干，在风浪里来去几年后，很快就成了捕鱼的好手。1969 年，因为捕鱼能力出众，任央昌当上了机帆船的"船老大"。3 年后，因所指挥的机帆船捕获量遥遥领先，他又被大家推选为漳州渔业合作社负责人，成了名副其实的"带头船老大"。

这期间，渔船也正在发生着迅速的变革。机帆船很快将木帆船取代，动力、吨位显著提升；20 世纪 80 年代以后，带冰作业逐渐普及，渔船不必每天回港卸货。

渔业的高速发展使得这个小渔村发生了巨变。20 世纪七八十年代开始，村里不仅盖起了船厂、冷冻厂，还成立了漳州渔业公司。短短十多年，村民住宅也从原来的茅草屋升级成了瓦房，家家户户建起了新楼房。

可是，好景不长，渔船捕捞能力提升、海洋气候环境的变化、海水酸化等一系列原因使得东海渔业资源迅速衰退，大黄鱼、乌贼、带鱼等东海主要经济鱼类急剧减产。不过，困难并没有吓倒勇敢、勤劳的渔民们，随着渔业资源的变化，舟山渔民积极谋求新出路，舟山渔业经历着转型升级。

"近海无鱼了，外海也无鱼了，怎么办？只能到更远的公海去。"原浙江省水产局局长吕来清说。20世纪80年代中期开始，舟渔公司开始探索发展远洋渔业。1985年2月27日，4艘渔轮驶出沈家门平阳浦港，40名船员在资深"船老大"王希楷、施浙海的带队下，开赴西非，吹响了舟山渔民进军国际大洋渔业领域的号角。

时间进入21世纪，舟山市政府办公室发布了《关于进一步开展新一轮山海协作工程的实施意见》，深化了特色优势产业领域合作，积极引导山海协作企业参与国家远洋渔业基地等七大基地建设。

金枪鱼、鱿鱼、石斑鱼、墨鱼、北极虾、海参斑、大西洋真鳕……随着舟山远洋渔业人的深拓，一些在东海几乎绝迹的野生海产，开始"游"到国人的餐桌上。

在舟山长峙岛大洋世家总部会议室里，技术人员以及远洋渔船"船老大"正在讨论着近日的捕捞情况以及下钩地点。会议室的液晶屏上，各类信息一应俱全，正呈现着公司位于世界各地的船队的船只状态、大海洋流情况以及区域水温……这张由电子信息组成的图联通起总部与捕捞现场，总部工作人员随时都能把可能出现的鱼汛反映给"船老大"，"船老大"也随时能将现场信息反馈回总部。

位于定海干览镇的舟山国家远洋渔业基地则有着另一派火热的场景：数艘远洋渔船靠泊在码头边，起重机正挥舞着铁臂，将鱿鱼、金枪鱼等跨洋而至的远洋海货从船上卸下，再通过冷链中转送往基地冷库和周边水产加工企业……

自 2015 年舟山获批启动国家远洋渔业基地以来，这里已经聚集了150 余家远洋渔业产业关联企业，冷库总容量达到 35 万吨，形成了集远洋捕捞、水产品加工、进出口贸易以及国内终端市场销售于一体的全产业链经营模式。

2021 年，基地的水产品现货在线交易服务平台——"远洋云＋"交易系统结束试运行，正式投入使用。此刻园区内的"远洋云＋"供应链服务平台大屏幕上，正实时显示着中国远洋鱿鱼的价格指数。此外，产品名称、买卖方向、单位价格、商品数量等信息也都一目了然。

"以前采购远洋海货，贸易商需要和捕捞企业、货主进行多方议价，费时费事，现在的价格都公布在网上，一清二楚。"远洋海货贸易商老王说。平台的搭建成为供销双方实时交流的平台，市场价格公开透明，为大家缩减了时间成本。

经过几年的发展，舟山国家远洋渔业基地已经成了远洋渔业发展的风向标。基地不仅吸引了上下游企业纷纷入驻，中国农发明珠工业园等一批重大项目也在此落地，主打"研学游""渔市游"的定海远洋渔业小镇更是为基地增添了活力……

如今的舟山国家远洋渔业基地内，一二三全产业链协同融合发展格局已初步形成，基地已然成为集渔业、母港、贸易、旅游于一体的国际化、现代化的产业区，致力于打造中国远洋渔业产业集聚区、中国现代渔业产业化示范园区、中国渔业对外开放重要的海上门户。

数据显示，"十三五"期间，舟山市远洋渔业资格企业从 33 家发展到现在的 37 家；远洋渔船总数从 460 艘发展至 598 艘，占全国的五分之一以上；年捕捞量从 42.6 万吨增长到 54.2 万吨，约占全国的 22%，其中鱿鱼产量达到 39 万吨，占全国的 60% 以上，被誉为"中国鱿钓渔业第一市"。

靠海吃海，渔业养殖和捕捞业一样是舟山人的传统营生。在远洋渔业蓬勃发展的同时，养殖业的转型升级也为舟山渔业的发展注入又一针强心剂。岱山养殖业的发展，就是这一转型中的出色代表。

位于长江口南端、杭州湾外缘、舟山群岛中部的岱山是全国十大重点渔业县之一，全县六镇一乡均有海水养殖。

"从前，这里的人大多以打鱼为生。后来渔业资源减少，一些渔民'洗脚上岸'，也就成了养殖户。"岱山渔业局渔业科副科长罗峰说。岱山海产养殖始于 20 世纪七八十年代，那时候，养殖户大都是"各自为战"，只有零星分散的池塘养殖，面积也只有 1600 多亩，养殖方式简陋，产量和效益不高。

为了提高养殖户的效益，1986 年，岱山县政府成立水产开发指挥部，结合"万亩低洼盐碱地养鱼高产技术开发"项目，掀起了开发盐碱地、发展水产业的热潮，同时县政府决定给予一定补助，进一步调动起了群众的开发热情。自此，全县池塘养殖面积逐年增加，在探索中逐步形成了"上农下渔""上经下渔""上枣下渔""上畜下渔"等多种种养结合的有效模式。

21 世纪初，随着经济效益提高，岱山引进饲养难度小的南美白对虾，水产养殖面积呈"井喷式"增长，并于 2003 年达到 22000 亩的峰值。

不过，随着技术的发展和生态优先理念的兴起，这种占地面积大、资源利用率低下且污染相对较大的养殖模式逐渐被淘汰，标准化的大棚养殖以及高效的工厂化养殖日益兴起。

在岱山兴东水产养殖公司，原本的露天养殖场被搬入了厂房。宽敞的厂房里整齐排列着十余个饲养池，每个水池里都安装着水管，与厂房一侧的循环水处理体系相连。

2017 年，公司投入 800 余万元，新建了一整套"工厂化循环水饲养体系"。养殖场工程师孔令宏兴奋地向我介绍："我们采用的是'工厂化循环水饲养体系'，通过这套设备既能达到水产养殖率先实现'零排放'，同时还能增加产量，提升产品质量，可谓一举多得！"

孔令宏说，因为鱼儿在成长过程中会产生粪便等废物，要保持水体洁净，就需要对水体系统进行循环。首先，产生的废水经过管道进入沉积池，对粪便等粗颗粒废弃物进行沉积；紧接着，出来的水经过精细过滤后进入紫外线消毒器，在此过程中，绝大部分细菌和病毒会被消除。经过这样一个循环，洁净的水体又重新被输回鱼池内，既节约了水资源，又为鱼儿的成长提供了健康的环境。

养鱼先养水，水质是决定产值和质量的关键因素。"工厂化循环水饲养体系"就是经过水处理设备将饲养水净化处理后再循环使用，然后实现节省资源的饲养形式。"这套新体系我们也叫它'内循环'，水的重复使用率在 95% 以上；而传统饲养是开放式的流水饲养，每天的换水量则在新体系的 300% 以上。"孔令宏解释道。

如今，类似的标准化生产模式在岱山并不少见。在长涂叮咀，一组周长达 60 米的巨型深海网箱成了大黄鱼养殖的法宝。"深海网箱养殖的大黄鱼虽然成活率比起普通的养殖模式低一些，但其营养成分 85% 接近野生大黄鱼，所以在市场上很受欢迎。"作为革新养殖方式的弄潮儿，舟山岱衢洋有限公司一位负责人直言他们尝到了养殖模式革新的甜头。

相较于 21 世纪初期的传统围塘养殖模式，近年来的岱山以"提质增效"为发展方向，引导养殖户向标准化、集约化、设施化、良种化、循环化以及信息化发展，今天，"无废"养殖业已经成了岱山养殖业新的风向标。县内不少养殖企业通过环保手段，在减少废水排放的同时，不断提升产量，增加产值。截至 2021 年底，岱山全县共有养殖面积 8054 亩，其中大棚养殖面积超过 1000 亩。科技赋能使得养殖技术不断取得新突破，也让家门口的辽阔海域成为岱山人取之不尽的"聚宝盆"。

与此同时，在舟山市水产研究所科研基地，美洲黑石斑鱼的规模化养殖也取得了新的突破。

舟山市水产研究所副所长李伟业说，浙江属于亚热带季风气候，冬季气温偏低，养殖不耐寒的鱼类难度很大。所以，在经过对比研究后，他们在几年前把目光瞄准了广温性鱼类——美洲黑石斑鱼。美洲黑石斑鱼生长周期短，15 个月就能长到 600 克左右，达到上市标准，而且能适应较大范围的环境温度，在舟山乃至浙江均可实现全年养殖，是海水养殖业的理想品种。

目前，美洲黑石斑鱼驯养成活率在 85% 以上，已规模化繁育苗种

150 万尾。同时，舟山市水产研究所还构建了包含普通网箱养殖、深水网箱养殖、工业化全封闭循环水养殖等多种模式的美洲黑石斑鱼生态高效养殖技术体系，已在舟山 8 家企业示范养殖。

"浙江是海洋大省，舟山是海洋大市。"舟山发展要坚持"采取宜港则港、宜渔则渔、宜养则养、宜工则工、宜贸则贸、宜游则游的原则，走出具有浙江特点的海洋经济发展路子。"这是 2003 年 1 月 5 日，时任省委书记习近平来到舟山调研后所作的指示，也是舟山一直以来迈步前行的方向。（摘自中央党校采访实录编辑室《习近平在浙江（下册）》，P81—82）

蔚蓝的大海为舟山带来了如梦如幻的美景，也为舟山人提供了丰饶的海洋资源，向海而生，是舟山人与生俱来、无法摒弃的生活方式。今天的舟山人，正遵循着习总书记当年所说的"宜渔则渔、宜养则养"，结合祖祖辈辈的经验智慧，走出一条具有时代特色的新型海洋渔业之路，向着万顷碧波的更深更广处开拓前行。

第五章

开放以兴

位于东南沿海的浙江，是海洋资源大省，拥有海域面积 26 万平方千米，是陆域面积的 2.6 倍。辽阔奔腾的海洋，孕育了浙江人开阔的眼界和胸襟，同时也蕴藏着无限的生机和经济动能，早在 2002 年 12 月，习近平初到浙江时就深刻指出，海洋是浙江的一大优势，要求"做好海洋开发的文章"。（摘自中央党校采访实录编辑室《习近平在浙江（下册）》，P80—81）

接着，习近平以舟山为起点，用 4 个多月的时间先后跑了 18 个沿海县（市、区），并在 2003 年 8 月 18 日召开的第三次全省海洋经济工作会议上，提出了建设"海洋经济强省"的奋斗目标。他说：海洋是浙江未来的希望，我省要在新一轮竞争中继续保持领先地位，必须进一步拓宽思路，开阔视野，在海陆联动中发展海洋经济，使海洋经济成为我省新的经济增长点，走出一条具有浙江特色的海洋经济和陆域经济联动发展的路子。同年，浙江省委出台了《关于建设海洋经济强省的若干意见》。海洋经济强省建设的大幕徐徐拉开，浙江成为"海洋强国战略"的先行先试者。2022 年 1 月 17 日，浙江省两会《政府工作报告》指出，浙江将大力推进海洋强省建设，进一步加强山区和海洋协作发展，打造"山海协作工程"升级版。（摘自习近平《干在实处 走在前列——推进浙江新发展的思考与实践》，P216—217）

"海洋生产力"的深度挖掘，为浙江经济新一轮发展启动了新引擎。2017 年 4 月 1 日，中国（浙江）自由贸易试验区（简称"浙江自贸区"）在舟山呱呱落地。根据总体方案，浙江自贸区的实施范围为 119.95 平方千米，涵盖舟山离岛片区、舟山岛北部片区、舟山岛南部片区三个片区。

舟山离岛片区，面积 78.98 平方千米，鱼山岛重点建设国际一流的绿色石化基地，鼠浪湖岛、黄泽山岛、双子山岛、衢山岛、小衢山岛、马迹山岛重点发展油品等大宗商品储存、中转、贸易产业，海洋锚地重点发展保税燃料油供应服务；舟山岛北部片区，面积 15.62 平方千米，重点发展油品等大宗商品贸易、保税燃料油供应、石油石化产业配套装备保税物流、仓储、制造等产业；舟山岛南部片区，面积 25.35 平方千米，重点发展大宗商品交易、航空制造、零部件物流、研发设计及相关配套产业，建设舟山航空产业园，着力发展水产品贸易、海洋旅游、海水利用、现代商贸、金融服务、航运、信息咨询、高新技术等产业。

与此同时，浙江自贸区内的海关特殊监管区域，将重点探索以贸易便利化为主要内容的制度创新，重点开展国际贸易和保税加工、保税物流、保税服务等业务；非海关特殊监管区域重点探索投资制度、金融制度等体制机制创新，积极发展以油品为核心的大宗商品中转、加工贸易、保税燃料油供应、装备制造、航空制造、国际海事服务等业务。

推动油品全产业链投资便利化和贸易自由化，这是浙江自贸区区别于其他自贸区最突出的亮点。在2017年3月31日召开的国务院新闻办发布会上，时任商务部副部长王受文指出，浙江自贸区的重要内容就是要通过建设国际海事服务基地、国际油品的储运基地，来推动对外贸易发展。以石油产业链为切入口，浙江进入自贸时刻，这将为舟山乃至浙江的发展，打开一条新的通道。

2017年4月1日挂牌当天，总投资180亿元的油品储运基地项目在离岛片区的岱山黄泽山岛开工，目前舟山在建和待建原油、成品油库容超过4770万立方米，相当于3.3个西湖。

石油产业链的发展也促进了不少地区的繁荣：舟山的鱼山岛，几年前还是悬水孤岛，如今已崛起为一座现代化的绿色工业城，浙石化的大项目经过如火如荼地全面建设，已经如期完成；仅有5平方千米的呑山岛，已从一个荒滩成为一座举世瞩目的大型石油储运基地，成为当之无愧的全国最大单体石油岛；得益于浙江自贸区的创新政策，中化兴中石油转运（舟山）有限公司保税燃料油租罐量、保税船加油直供量以及船加油牌照客户群体数量3年实现了100%的增长……

发展前景一片向好的浙江自贸区，还吸引了多个大项目。浙江国际油气交易中心总经理赖新说，这几年，感触最大的就是舟山片区的集聚效应越来越强，目前已经集聚了油气产业链相关企业超过7200家。围绕油气全产业链建设，119.95平方千米的浙江自贸区现已聚集了 4797 家油品企业，已有 7 家全球排名前 10 名的油气巨头落户浙江自贸区，一条涵盖商品储运、中转、加工、贸易等的油品产业链逐渐完备起来。

为保证各大项目顺利运行、产业蓬勃发展，浙江自贸区非常注重各项制度的及时革新，这是浙江自贸区与时俱进的活力源泉。

围绕制度创新的核心任务，浙江自贸区争创"浙江自贸速度"。在一系列制度创新推动下，舟山打造起东北亚保税燃料油加注中心，保税船用燃料油供应全国第一，跻身世界十大供油港，并形成了保税船用燃料油的"舟山价格"，为"争夺国际市场话语权"夯实了基础，并开始实行"跨关区直供"。

那么，什么是"跨关区直供"？它又会带来什么样的利好呢？中石化浙江舟山石油有限公司一位管理人员为我解答了这一困惑。

他表示："实行'跨关区直供'后，供油船可以直接给其他关区的船舶加油了，我们因此取消了在长三角其他地方的油库租赁，仅单个油罐一年的租金就节省了 160 多万元，还不算油品入库、出库损耗、仓储、物流费用，以及人员工资、时间成本等。"

接着，他又详细描述了舟山所尝试的一系列开放措施。

原来，舟山地处我国南北航线和东亚航线的中间点，途经我国的 7 条国际主航线中有 6 条经过舟山海域，船只通行量大，进出宁波舟山港、上海港的万吨以上国际船舶每年都超过 2 万艘次。但是，因为通关程序冗繁，油品价格偏高，耗时又耗费，不划算的买卖使得国际船舶在中国加油的比例不足 10%，在舟山加油的则更少。对此，舟山大胆突破传统规制，一方面争取国家政策，另一方面优化业务流程，大幅压缩供油时间、降低供油成本，以"跨关区直供"的方式，提升了保税燃料油业务的国际竞争力。

尝试"跨关区直供"的同时，舟山还在进一步探索新方法，集思广益、群策群力，为优化供油、推动产业发展努力。多种措施并举，可以列出一张长长的清单："外锚地加油"，使国际航行船舶无须进入舟山港区即可在海上加油，减少了大量的时间和费用；"一船多供"，突破了供油船连续供油每次都要办手续的规定，可以装一种油品或多种油品给多艘船舶次第供油，解决了供油企业最纠结的"海陆来回跑"的问题；"一库多供"，供油船可以从保税油中心库直接装油给国际航船加注，省去了先运到自己的油库再出库的二次物流费用；"跨港区作业"，供油船可以开到其他港区进行加油作业，突破了跨港区业务只能由本港籍船舶执行的规定；"夜间供油"，24 小时周到的服务有效延长过境船舶的供油时间，缩短船舶滞港时间，从而吸引更多船舶停靠加油；此外，还争取到"先供后报"的报关支持，开通了挂港加油船舶通航、通关特殊通道，方便外籍船舶加油……

这些措施不仅免了多次报关流程，还省了多次出入库造成的损耗和费用，使每吨燃料油的成本平均降低了 50 元左右。在具体的报关流程上，浙江自贸区也在不断优化升级。

一艘国际航船进港加油，通常要分别跑海关、海事、边检、检验检疫"一关三检"4 家口岸查验单位，一个单位少则需要跑一趟，多则几趟，十分烦琐。为提高通关效率、简化通关流程，浙江自贸区逐步优化国际贸易"单一窗口"，首创无纸化全流程通关，打造船舶进出境等全流程无纸化通关的"舟山样板"。初步建成覆盖跨境贸易管理全过程的"一站式"服务平台，实现国际贸易"单一窗口"与江海联运中心信息平台互联互通。

浙江自贸区实行保税燃料油"单一窗口"后，实现了"最多跑一次"，有的环节甚至不用跑，大大节省了国际航船进出港的时间，降低了供油企业的成本，成为国际贸易"单一窗口"标准化系统试点。

"网上'单一窗口'做到了无纸化申报。"中国舟山外轮代理公司船务部一位工作人员说，"以前我单去海事窗口办船舶出入手续，资料就有6厘米厚，现在海关、海事、边检、检验检疫4个涉外窗口统一受理，电子申报，并联审批，资料共享，效率大大提高。"

走进现在的浙江自贸区，我看到了这样的场景：在电脑的大屏幕上，填上离港时间，在4份单证前打钩，核对确认信息，用鼠标点击"申报"，2分钟就完成了国际航行船舶出境申报。中国舟山外轮代理有限公司业务员蒋涛告诉我，坐在办公室点点鼠标完成申报，这在几年前还是一种奢望，而如今已成为常态。

舟山在全国首创的进出境船舶全流程无纸化通关模式，带来了通关模式的突破性改革，并已在全国被复制。作为创新与开放的高地，像这样的改革在浙江自贸区数不胜数。

2021年，浙江自贸区新增制度创新成果174项，其中全国首创36项。2021年，浙江自贸区内进出口额超7700亿元，占全省的18.6%，较上年度提高4.4%。浙江自贸区已经成为国家制度创新的"试验田"、动能转换的"加速器"、高质量发展的"排头兵"！

逐步扩大的浙江自贸区"朋友圈"，打造了改革开放的新高地，为浙江的发展赋予了新的内涵与动力。

"浙江自贸区扩展区域将对进出口贸易起到大幅促进作用，港口业务量也将随之大幅增长。作为一家港口配套公司，我们前景可待、未来可期。"第一批加入浙江自贸区扩展区域的浙江港联捷物流科技有限公司负责人吕鹏飞表示，公司将乘着扩展区域的东风，努力推进宁波舟山港全面智慧化港口建设。

作为一家新创办的科技型企业，杭州臻视界数字科技有限公司研发出了国内首个基于三维激光且针对公安现场勘查业务的三维可视化平台。在浙江自贸区扩展区域挂牌仪式上，该公司作为首批入驻企业代表接受了授牌。企业负责人说："入驻浙江自贸区对我们数字企业来说是一个很好的机遇。有了国家平台的支持及杭州片区在数字经济方面的政策，我们能更好地对接其他企业，助力其做好数字化转型。"

接下来，浙江将重点依托宁波舟山港、义乌港、杭州萧山国际机场、宁波栎社国际机场，促进海港、陆港、空港、信息港"四港"联动发展，支持全球智能物流枢纽建设，推动海上丝绸之路指数、快递物流指数等成为全球航运物流的风向标，打造全球供应链的"硬核"力量。

"不谋全局者，不足谋一域。"浙江自贸区的建设和发展，使得浙江的发展不再拘泥于一方小天地，而是将各个地区联结在一起，共同走向世界。作为海洋经济发展的重要成果，浙江自贸区正像宽广的大海一样，代表着自由与开放，呼唤着更为繁荣兴盛的明天。

向西是青山

第四部分

第一章

畲乡曾经的烦恼

被群山环绕的丽水景宁，是全国唯一的畲族自治县。境内有近800座千米高山，地貌以深切割山地为主。发源于洞宫山脉的瓯江支流小溪，自西南向东北贯穿全境，构成了景宁"九山半水半分田"和"两山夹一水，众壑闹飞流"的格局。"白云红柏绕幽居，晓起推窗静读书。竹径晴烘冬日暖，梅林寒锁晚花瓤。"近代著名书法家沈尹默作品《澹静庐诗剩》中描写的白云红柏、竹径梅林正是丽水景宁的美好风光。错综复杂的地形成就了景宁独特的天然景致，却也使得这里的交通发展十分受限。由于公路交通滞后，景宁村民们长久以来的出行都以水路为主。

耕地资源稀缺，发展空间极度狭小；劳动力、人才、资金等要素资源长期净流出；产业底子薄、内生动力缺乏……种种不利条件限制着景宁的发展，这里的经济总量、地区生产总值一度排在"省尾"，甚至位列国家级贫困县。

群山莽莽、交通闭塞，让畲乡景宁长期受资源要素制约。随着山海协作深入推进，大量资源、项目、平台和机遇，为大山注入澎湃的活力。放眼今天的景宁，已是截然不同的全新光景：创业园中，一家家生态企业正被引进；城镇里，一个个旅游景点正逐渐呈现；田头间，一批批"景宁600"农产品正被打包运送……如今的景宁，在经济社会发展方面，已经稳步走在全国120个民族自治县前列。

山高路远的畲族自治县，是如何一步一个脚印地走到今天的呢？畲乡人说："是习总书记的亲切关怀，加速了景宁跨越式发展的步伐。"在习总书记的指引下，景宁把"畲乡"与"绿色"两大特色紧密融合，创造性地构建生态产业新体系，积极投身经济大循环，探索出了一条全新的民族山区县成长之路，而这条成长之路，与交通的发展密不可分。

交通是产业发展的"先行军"，地处山区的丽水对此认识颇深。比如丽水无水港的建设，先后启动了铁路丽水站、缙云站至宁波北仑港的海铁联运业务，打通了丽水外贸物流新通道。靠山不靠海的丽水，随着山海协作海铁联运班列的开通，"拥有"了自己的港口，一条铁轨连接了"山""海"，使得装载货物的列车可以直接从铁路丽水站驶往宁波舟山港。这样的协作让丽水对山海协作有了新的认识：共同富裕，交通先行。

景宁的发展，也正是建立在交通的基础之上。

在浙江工作期间，习近平把景宁作为县级调研的第一站，分别于2002年、2005年两次深入景宁调研、指导，并于2006年、2009年、2014年对景宁作出"跟上时代步伐""努力在推动科学发展、促进社会和谐、增进民族团结上走在全国民族自治县的前列""志不求易、事不避难"等重要指示，不断为景宁注入内生发展的强劲动力。时任丽水市市长谢力群回忆习近平初到丽水的场景说："2002 年 11 月下旬，习书记任省委书记没多久，就来丽水调研，我当时在丽水当市长。那次调研，时任市委书记丁耀民和我陪同习书记把青田县、景宁县、莲都区这 3 个县区走了一遍。习书记在青田、丽水城区还考察了一些工业企业和村镇建设，所到每处都与企业家、职工、群众谈心，肯定他们创业的热情，勉励他们为发展山区、改变贫困面貌继续努力。"

在这三个县区之中，习近平重点关注了景宁畲族自治县。2002 年 11 月 25 日，他在景宁专门召开了一次座谈会，尤其注重"三特"——畲族的特色、山区的特点、后发的特征。这"三特"都是优势，有的是现实优势，有的是潜在优势。习近平表示："景宁一定要走生态绿色可持续发展道路。根据你们的'三特'来厘清思路。我赞同你们立足'三特'提出的思路，就是要搞特色。你们的特色就是后发优势，不要小看后发优势，'风物长宜放眼量''人无远虑必有近忧'。"

"习书记还说，'丽水'的本义就是青山丽水、风景秀丽的意思，你们生态优势很明显，这个优势一定要保护好，千万不要以牺牲环境为代价换取一点经济利益，否则肯定会后悔不及。你们这里旅游的特点就是生态旅游、风情旅游。这里不但环境好，而且有畲族风情。畲乡的特色要充分展现出来，文化方面还要挖掘一下，肯定还会有更好、更丰富的东西。"谢力群说。

习书记对丽水发展寄予厚望，也为今后的工作指明了发展的方向：要充分发挥生态资源优势，大力发展生态经济，促进经济与环境协调发展，环境就是生产力，良好的生态环境也是GDP。扩大对内、对外开放，做好借力发展这篇文章，促进经济持续、快速、稳定、协调发展。组织实施好"山海协作工程""欠发达乡镇奔小康工程""百亿帮扶致富工程"，给予丽水以及欠发达地区一系列扶持政策和举措，瞄准山区基础设施比较落后等薄弱环节，拿出来的财力重点用在亟待上马的帮扶项目上，建设欠发达地区的路、电、水、环保等基础设施。让全省发达地区的县市对口帮扶欠发达地区的县市，在项目、资金、人才等方面给予帮助和支持，着力把欠发达地区的经济发展作为新的增长点。

（以上4段摘自中央党校采访实录编辑室《习近平在浙江（下册）》，P42—47、P50—51、P56—57）

景宁人始终难忘当年习书记顶着烈日爬坡深入畲乡景宁，访企业、登茶山、问脱贫、勘察地质灾害点的场景，虽然已经过去了近20年，仍为当地干部、群众所深深感念。这些场景也激励着接续前行的景宁建设者。

历任浙江省委、省政府主要领导都将景宁作为工作联系点，先后出台了三轮帮扶景宁加快发展的政策。浙江的干部都记得习近平有一句名言：当县委书记要走遍全县各村，当地市委书记要走遍各乡镇，当省委书记要走遍各县市区。这句名言是习近平总书记工作的缩影，他总是身体力行，深入基层一线，问计于干部群众，商讨于企业家、经营者，走访在田头车间，思考在奔波旅途，跑遍了浙江的山山水水，用自己的脚步为后来者指引了前行的方向。

在深入比较研究全国各地的改革发展经验，深刻梳理浙江经济社会发展状况和分析存在的突出矛盾的基础上，习近平全面系统地总结了浙江发展的八个优势,提出了面向未来的八项举措,形成了"八八战略"的重要思想。"八八战略"一经提出,就得到了省委的高度认同。2003 年 7 月,浙江省委十一届四次全会审议通过了引领浙江新发展的"八八战略",开创了浙江发展的新时期。近 20 年,历届浙江省委带领全省人民,坚持以"八八战略"为总纲领,按照"八八战略"指引的方向和赋予的方法,一张蓝图绘到底,干在实处、走在前列、勇立潮头,创造了巨大的发展成就。(**以上两段摘自中央党校采访实录编辑室《习近平在浙江(上册)》,P2—3、P77**)

景宁,就是这张蓝图上绘就的浓墨重彩的一笔。

《浙江省综合交通运输发展"十三五"规划》提出构建支撑都市经济、海洋经济、开放经济、美丽经济发展的四大交通走廊,实施万亿综合交通工程,努力打造省会到设区市高速铁路和全省空中 1 小时交通圈,率先基本建成现代综合交通运输体系,实现交通强省。除了高速公路、高铁,浙江省还着力打通山区交通"最后一公里"。2016 年以来,丽水新增客车通达建制村 343 个,比省定目标提前 2 个月实现客运"村村通",惠及山区群众 40 多万人。

浙江对欠发达地区的交通投入不断加码,补齐交通短板,也打开了景宁的发展空间。浙江省各级政府加大对景宁道路建设的力度,使公路里程大幅增加,尤其是云景高速公路的开通实现了景宁高速公路零的突破,畲乡由此融入了全省四小时交通圈。

2014 年,景宁在全市率先试点推行渡运公交化改革,通过政府买单、百姓免费乘坐的模式,将县域内的渡运资源完成整合,从根本上解决了 4 万山区、库区百姓的出行难题。近年来,通过撤渡建桥、渡运公交化改革、美丽渡口建设等措施，如今的景宁已全面打造路、桥、渡一体的水陆公交网络，畲族自治县的人民一步步走出了大山。

景宁畲族自治县交通运输发展中心党组书记陈孟嘉说："'十三五'期间，景宁在四好农村路建设方面共完成投资 11.1 亿元，全县农村公路列养率达到了 100%，创建了省级美丽经济走廊，成为省级'四好农村路'的达标县。我们以高水平建设'四好农村路'为重要抓手，探索形成'四好农村路'＋特色经济、乡村旅游、历史人文、养生健康等新业态和新模式，深度实施乡村振兴战略。"

通过打通路、桥、渡，景宁打造起了生态产业的新体系，创造了美丽的经济走廊……交通跟上了，景宁"两山夹一水，众壑闹飞流"的独特风貌也成了其发展的优势。重重的大山，过去是阻隔，如今成了支点，这里的山水和民族风情，成了绿水青山向金山银山转化中最为珍贵的资源。

从县城出发，全程 207 千米的绿道网络串联起了景宁最具特色的元素："中国畲乡之窗"和"云中大漈"两个国家 AAAA 级旅游景区、全省第二大人工湖千峡湖、华东第一峡炉西峡、畲乡古城、畲乡小镇、畲家田园综合体、71 个景区村、近 800 座千米以上的山峰……

"通过对要素的整合、重塑、开放，我们打造生态产业新体系，在高质量发展的赛道上，走出一片生态优先、绿色发展的新天地。"景宁畲族自治县委书记王世强说。

畲族人口超过总人口三分之一的大均乡，因"中国畲乡之窗"景区而闻名。多年持续的交通改善和美丽乡村建设，吸引人才陆续回村建民宿、开茶室，杭州、上海的乡村休闲和度假项目纷纷入驻。近年来，乡村旅游人数超过 100 万人次，旅游收入达 2000 万元。

大均乡党委书记吴名标说，乡里最近来了次"大摸底"，畲族婚嫁习俗、畲画、畲绣，农家乐、民宿、农产品，甚至是一池一溪都囊括在"资源清单"中，为的是让要素资源充分涌流。

眼下，大均乡作为丽水生态产品价值实现机制的试点乡镇，已发布全国首个乡镇 GEP（生态产品总值）核算报告，获得全国首笔 GEP 增量采购资金 188 万元；当地还成立了两山生态发展公司，通过引入项目，持续带动农民增收和村集体经济收入提高。

大均乡做出了把独特的资源禀赋充分转化为发展要素的表率，与此同时，一场更为系统的规划也在全县启动。

旅游业有基础、有优势，那就把它作为第一战略支柱产业来打造。当地摸排出 217 个旅游资源单体，通过系统梳理文化脉络、打造文化 IP，单点的旅游资源像磁铁一般，吸引相关产业集聚，逐渐形成一串产业链。这些 IP 产业链并不是简单的经济导向型产业，而是蕴含了畲族人世代的情感与智慧，印刻着畲族的乡愁，吸引着不少年轻人回乡创业，也迎来了四方旅客。

如今，回望景宁叠翠的青山，那不再是不可跨越的绝巘。勾连的路、桥、渡将深处大山的畲族风情带到了世人眼前，在与神同欢、倒屣迎宾、如酒如火的畲乡节庆中，现在又奏响了交通便捷迎富裕的新乐章。

第二章

"景宁600"与"飞柜经济"

山高，愈见势能。

由于昼夜温差大，光照充足，海拔 600 米是影响农产品品质的自然地理分界线。

景宁，正处在这条海拔 600 米的冬季雪线分界线以上，全县 136 个村庄中，有 96 个村海拔超过 600 米。自 600 米的分界线向下看，山多地少，田地面积捉襟见肘；向上看，则是 11 万亩纯净无污染的耕地、150 多万亩山林资源。在全省海拔 600 米以上的高山耕地中，景宁就占了十分之一。

2017 年初，景宁人巧妙挖掘"海拔经济"，全面启动"景宁 600"计划，统一种植技术、统一包装、统一销售，把海拔 600 米以上村庄出产的农产品打造成一个区域公共品牌。

景宁副县长毛华庆说，"景宁 600"不仅是区域公共品牌，更是一个给市场主体赋能的平台。小农户、种养大户、家庭农场、农业公司，产销环节中的每个因子，都被"景宁 600"这一平台充分激活，与大市场无缝对接。一度滞销的农产品在城市逆袭，点燃了农户发展高山果蔬、高山养殖、高山茶以及畲药种植等产业的热情。

"景宁 600"平台建立后，当地开始联合家庭农场、合作社等组织统一向农户收购农产品。"有了平台，我们就能实行订单模式，原来 1.7 元一斤的茭白，可以统一以 3 元的价格收购，将高品质农产品卖出应有的价钱，直接将农民收入提高近一倍。"平台人员说。2019 年，"景宁 600"产品卖到欧洲，这些远渡重洋的农产品，正是在一个个高海拔的景宁小山村中生长起来的，小小的高山农产品为远方捎去了景宁的味道，也为小山村带来了经济的活力。

沙湾镇叶桥村，海拔 740 米。在种植基地里，村民忙着给辣椒、黄瓜等当地高山蔬菜包装。这些蔬菜贴着共同的品牌"景宁 600"，通过"蔬菜基地＋收购网点＋农产品包装＋连锁销售＋产品配送"这一新型模式，最快 4 小时就能出现在城市居民的餐桌上。

在九龙乡，农业龙头企业联合 100 多户农户，协作打理 2200 余亩番薯种植基地，并建起现代化番薯粉丝加工厂，再贴上"景宁 600"区域公共品牌，附加值大幅提升，每年带动种植户人均增收 16000 元。

景宁大漈乡地处海拔 1000 米以上的高山上。2021 年 9 月底，大漈乡的 5000 亩茭白地迎来丰收。新鲜的茭白自田头被收割，就套上"景宁 600"品牌包装，搭乘冷链物流专线，当天即可被端上杭州、上海等地居民的餐桌。这里茭白的价格能高出几倍，亩均产值超过 8000 元，带动全乡农民人均年收入达到 28350 元。

在距离县城一个半小时车程的葛山村，回乡创业的柳育林向我讲述了他与"景宁600"的故事。葛山村海拔有1000多米，但由于地处偏僻的山区，早些年，大部分村民外出务工，大量土地因此荒废、闲置。而"景宁600"平台的创建，让在外经商多年的柳育林看到了绿水青山带来的商机。于是，在2018年，他选择回乡发展，向村里承包了1000多亩山地，种植了李子、黄晶梨、苹果等水果。柳育林成立"馋上葛山"水果基地合作社，加盟签约成为"景宁600"农产品品牌单位。经过3年的培育，现在柳育林种植的水果供不应求。"曾经我也愁过水果种起来卖不出去怎么办。但加盟了'景宁600'这个平台，我们就不愁了。只要能种出高品质的水果，量再大也不担心卖不出去。"柳育林的例子也是千百户受益于"景宁600"这一平台的家庭的缩影。

为了让客户还有游客更好地了解农产品在这里的生长、出产过程，县城还建起了"景宁600"的展销中心。走进展销中心，一幢3层小楼就像农产品的综合体，展示、零售、餐饮功能一应俱全。负责中心运营的丽水一山实业有限公司负责人苏承波已与全县20余个村的3000多户农户签订种植合同，产销实现统一种苗、统一标准、统一管理、统一包装、统一销售，目前推出金奖惠明、深山野蜜、畲五味等"景宁600"产品100多款，赋能11万亩无污染耕地及150多万亩山林中出产的高质量农产品，让留在山里的人在家门口增收。

此外，新媒体的发展更是将这里的情景传向了更远的地方。通过运营"景宁600"的展销中心，景宁以邮政"邮乐网"平台为核心，推出"景宁600"邮乐馆、微商城，建起一个线上、线下联合的融合型农产品销售平台。搭乘互联网，"景宁600"飞出"深闺"。

在葛山村的水果基地里，青年党员蓝军蕾、陈苏萍正熟练地架起桌子，摆放好设备，通过抖音、快手平台，向消费者推销农产品。

"蔬菜大丰收，大家挑样子好的先采收。"在位于丽水市景宁畲族自治县澄照乡的浙江景岭农产品有限公司（简称"景岭公司"）蔬菜基地里，10余名畲族农民正在采摘辣椒、冬瓜、黄瓜等新鲜蔬菜。接着，经统一检测、打包，这些标有"景宁600"品牌的农产品坐着"飞柜经济"专车，走上宁海百姓的餐桌。

"新鲜蔬菜在12小时内送到宁海，同时运抵的还有香菇、木耳等食用菌类商品。"景岭公司总经理吴礼林表示，公司不断扩大销售种类，加推肉制品和高山蜂蜜。

和"景宁600"互相结合的"飞柜经济"是"山海协作工程"驻景宁工作组的又一个创新合作模式，实现了农业产业发展从"输血"到"造血"的转化。

2019年7月，景宁以景岭公司等3家企业为代表，与宁海的3家消费小店开展"飞柜经济"合作，双方互设"飞柜"销售点。目前，景岭公司提供上门收购和农户到指定网点统一收购等两种收购形式，通过"蔬菜基地＋收购网点＋农产品包装＋产品配送"的模式，使得"景宁600"农产品被端上了宁海百姓的餐桌。如今，"飞柜经济"已经在宁海设立了5个销售点。

距离梧桐乡4300米的林山村，就是"飞柜经济"中的一个重要基地。平均海拔在630米以上的林山村四面环山，年平均气温26摄氏度左右，全年空气质量均在优以上，饮用、灌溉水源均在国家Ⅱ类水以上，是种植高山水果、蔬菜的"风水宝地"。

2018 年，投资人夏亿明瞅准了林山这块宝地，当即与 4 位村民合伙成立"田妈农场"，每年以一亩 200 元的价格流转了 60 多亩土地进行高山蔬菜种植。同年 7 月，景宁强村投资发展有限公司与温岭市场集团签订"飞柜经济"战略合作协议。清早采摘下来的萝卜、青菜、包菜过秤装车后，这些冒着"新鲜气"的高山蔬菜就会坐上"飞柜经济"专车，最快 4 小时，就能抵达温岭人的餐桌。

当前，林山村"景宁 600"产业生态种植面积超过 100 亩，水果种植面积超过 150 亩。每年的水果、蔬菜种植为村民带来了 10 余万元的收入。"过去我们老百姓种地没什么盼头，菜种多了没销路，只能喂牲口，要么烂在地里头。"与土地打了一辈子交道的村民老林说，"如今，可大不一样了，咱也当上了职业农民，不仅有田租收，每次出工还能拿 120 元工资。现在咱不愁销路，种地有盼头，干起活来也有劲了。"

2021 年，景宁—温岭"飞柜"销售额超过 1300 万元。

农产品通过"飞柜经济"走俏，农民的增收致富更有保障。在景宁，像林山村这样依托"飞柜经济"插上腾飞翅膀的例子还有很多，当地农民的生活得到了极大的改善。

42 岁的吴鹏是景宁畲族自治县大地乡郑公垟村的村民，2021 年通过"飞柜经济"，在自家 10 亩荒地上种上辣椒、四季豆，还养起了羊。"原先在外打零工，东奔西跑找活干，每个月收入只有 1000 元左右。"吴鹏说，后来他通过乡里牵线搭桥，联系上景岭公司，公司给他提供了种子和一些资金，并派出农技人员提供技术指导。现在，吴鹏一年的收入有 3 万元左右。

增收的不仅仅是吴鹏一家。早在 2008 年，景宁鹤溪街道半洋村村民陈仙平就开始种植香菇，5 万余棒的香菇是他家唯一的收入来源。由于没有固定的收购商，陈仙平经常四处奔波寻找销路。后来，景岭公司到半洋村收购香菇，陈仙平才顺利地搭上了"飞柜经济"的专车。景岭公司对陈仙平承诺"种多少，收多少"。尝到甜头的陈仙平扩大了香菇种植规模，达到 8 万棒。"公司以每千克 10 元的价格收购，高出市场批发价，收入至少翻了一番。"讲到这里，陈仙平脸上的笑容逐渐绽开了。现在，陈仙平已经在城区买了新房，开上了新车，日子过得越来越安稳、舒心。

通过"飞柜经济"，不仅景宁的农产品"飞"了出去，海边的水产品也"飞"进了大山。景宁百姓喜欢吃海鲜，当地新鲜海产品的市场需求量大。为此，宁海海鲜通过"飞柜经济"专车，"走"上景宁家庭的餐桌，同时也带动了宁海渔民增收。这不，在刚卸完景宁农产品的厢式货车上，几名工人正将活蹦乱跳的青蟹、对虾等海产品打包装车，准备发往景宁。圣猴农产品发展有限公司总经理裘银芳告诉我，自 2020 年 8 月和景岭公司合作以来，他们的销售额超过了 600 万元。

就这样，双方互设销售专柜，把景宁田间地头的优质农产品送到宁海百姓的餐桌上，再把宁海的海鲜送进景宁百姓的口中，实现农渔资源互补，丰富了两地百姓的"菜篮子"。宁海县委相关负责人表示："'飞柜经济'的发展，实现了景宁和宁海两地农产品与市场资源的调配互补，达到互惠共赢的目标，这是打造山海协作升级版的生动实践。"

据近 4 年统计数据，山海协作的"飞柜经济"窗口为"景宁 600"

农产品打开销路，全年销售额从 2018 年的 760 万元、2019 年的 1750 万元、2020 年的 3885 万元突破至 2021 年的 4361.94 万元，销售额实现逐年增长。截至 2021 年底，包括"飞柜经济"窗口在内的"景宁 600"全渠道累计销售额已达 20 多亿元，产品平均溢价率超过 35%。2021 年，景宁农村常住居民人均可支配收入 24069 元，农村居民人均可支配收入增幅达 11.3%，城乡居民收入比缩小至 1.89∶1。

2021 年 7 月 23 日，浙江省博物馆"浙里小康——庆祝中国共产党成立 100 周年特展"开幕。景宁方受邀参加开幕式，山海协作"飞柜经济"产品——"景宁 600"生态精品农产品亮相展会，向人们展现了高山上的宝藏和山海协作带来的无限动能。

今天，"景宁 600"的品牌效应吸引着越来越多的创业主体选择扎根乡村，而"飞柜经济"则将山海两边的资源经济更为紧密地联系在一起。在"海拔经济"与"飞柜经济"的双重加持下，景宁人民正稳步行进在共同富裕的路上。站在 600 米的海拔线之上远眺四方，苍苍莽莽的群峰和迎风绽放的山花正在见证着景宁又一历史性的改变——在这里，绿水青山正在成为真正的金山银山！

第三章

从结对帮扶到"五县联盟"

　　要念好"山海经",就要谱好"协作曲"。2018 年,景宁与宁海携手合作,开始创建景宁——宁海山海协作乡村振兴示范点。

　　新庄村,就是这一协作项目中的重点帮扶对象。位于大均乡政府西南方向 5 千米的新庄村,生态优良、风景秀丽,全村区域面积 13 平方千米,下辖新亭、派庄、砻下、索罗坑、梅花圩、张辽、张辽坑等16 个自然村,12 个村民小组,共 377 户 941 人。全村有耕地 582.3 亩、山林 18001 亩,其中生态公益林 8000 余亩,森林覆盖率达 90%,素有"浙江第一漂"之称的大均漂流起点就在新庄的梅花圩自然村。

　　宁海帮扶团队用脚步丈量了新庄 16 个自然村的角角落落以及大均乡域的其他 8 个行政村,深入摸底,掌握第一手资料,分析低收入农户贫困原因、村庄发展制约因素和资源要素条件,先后召开村委班子会、村民代表大会、乡贤座谈会十多场,调研村庄发展历史,编制了《大均乡乡村振兴发展规划(2019—2022 年)》和《新庄村发展规划》,精心谋划新庄村未来发展定位及方向。

帮扶团队在新庄村投入 190 万元，实施了 12 个村庄环境整治项目，大大改善了人居环境，也为产业项目落户做好了铺垫。将外源"输血"与内生"造血"有机结合，将做大既有产业与拓展新产业有机结合，支持村民养殖家禽、家畜，种植茶叶、苗木，多途径提高村民收入，村民的生活水平和幸福度都得到大幅提升。

一面是浙西南的畲乡，一面是沿海经济发达强县，山海相连，天地宽广。除了结对帮扶外，近年来，景宁紧紧抓住山海协作的重大战略机遇，依托自身的自然生态优势，主动争取、主动对接、主动融入，与海盐县、上虞区、温岭市、宁海县陆续"结亲"。

2015 年 12 月，省政府办公厅印发了《浙江省人民政府办公厅关于进一步深化山海协作工程的实施意见》（浙政办发〔2015〕132 号），明确了景宁与海盐、上虞结对。2017 年 6 月，通过多方努力，景宁与温岭市共建景宁—温岭生态旅游文化产业园。2018 年 1 月，浙江省委、省政府发布《关于深入实施山海协作工程促进区域协调发展的若干意见》，明确与景宁结对的县（市、区）扩展到三个（海盐、上虞、温岭）。同年，丽水与宁波实行结对全覆盖，景宁与宁海建立结对关系，至此，景宁成为全省唯一一个与四个县（市、区）建立山海协作关系的县，形成"五县联盟"的山海协作新格局。

2020 年 1 月，景宁与温岭、上虞、海盐、宁海等沿海较发达县（市、区）构建"五具联盟"。"五县联盟"的正式启动，架设起新的向海发展、山呼海应的大桥梁、大通道，从原来的单一作战变为团队作战，双方共赢变为多方共赢。

五县建立山海协作联席会议制度,签订《山海协作升级版备忘录》、年度工作任务书等相关协议 30 多份;开展高层互访、干部挂职交流、组团参与结对地重大活动等;景宁创新一套山海协作援建项目管理新机制,和四个县(市、区)联合印发《山海协作援建项目资金管理办法》,制定山海协作援建项目"5 + 7"制度等;海盐县、上虞区自 2016 年开始,每年分别给景宁 150 万元援建资金,并从 2017 年开始建立每年增长 5% 的机制;宁海县从 2018 年开始每年给景宁 100 万元援建资金,并规定每年的增长不低于省定标准;温岭市与景宁合作打造景宁—温岭生态旅游文化产业园。

"五县联盟"让五县(市、区)"融在一起"。景宁和四个县(市、区)在农业产业发展、经商科技进步、教育提质提标、基础设施建设、乡村振兴、文化体育旅游、工会疗休养、卫生健康保障等方面深入合作、深度联动。

自景宁和海盐县、上虞区、温岭市、宁海县结对以来,"五县联盟"共实施帮扶项目 85 个,投入资金 1900 余万元,签订各类合作协议 60 多份,开展互访对接活动 50 余次。

"五县联盟"的五县(市、区)协作层级不断延伸,实现五级联动和乡镇街道全覆盖。目前,景宁与四个联盟县(市、区)纷纷开展了县与县、部门与部门、乡镇与乡镇、乡镇(村)与企业、企业与企业等五个层级的对接合作。

作为结对协作的"弄潮儿",景宁在全省率先出台了《关于推进区域协作乡镇、街道结对的通知》,率先实现全县 21 个乡镇、街道均与结对县(市、区)乡镇、街道(企业)结对全覆盖。高标准推进"乡村振兴示范点"建设，全力绘就"共同富裕"美图。现已落成4个乡村振兴示范点：秋炉村—上虞区、吴布村—海盐县、漈头村—海盐县、新庄村—宁海县。秋炉乡秋炉村（上虞—景宁）以"体育＋"引领乡村振兴，借助山海协作援建资金扶持，不断完善基础设施，着力打造运动小镇升级版，闯出了一条偏远乡村的体育振兴之路，成功创建丽水市唯一的省级民族传统体育基地。郑坑乡吴布村（海盐—景宁）以畲族特色为抓手，以研学项目为内容，研学参与人数已突破6000人，有效带动集体经济增收57万元，带动村民增收200余万元。大均乡新庄村（宁海—景宁）以旅游为突破口，发展旅游产业，全年投入273万元，相继建成了村集体光伏发电站、生态资源价值转换增收等7个产业项目，村集体经济收入从结对帮扶前的1.22万元提高到目前的30余万元，低收入农户从结对帮扶前的60户95人减少到目前的17户21人。

景宁还全方位对接结对县（市、区），建立领导互访、干部互派、乡村互动、企业互利、旅游资源互享等全方位协作机制，让景宁和沿海地区实现了优势互补、合作共赢。尤其在开展干部交流方面，目前两地已互派挂职干部16人。

在景宁的"山海协作工程"中，挂职干部留下了不少动人的事迹。老家在宁海的薛晓龙，就因为景宁—宁海的山海协作而与畲乡这块土地结下了新的缘分。

2018年8月，薛晓龙离开了老家宁海，远赴畲乡。

薛晓龙原先是宁海文旅系统的一名干部。随着山海协作项目的开展，在文旅系统任职的他被选派至景宁畲族风情省级旅游度假区发展中心，在这里，他开始了为期两年半的挂职工作。

薛晓龙挂职担任度假区发展中心副主任，工作职能从原来的行业监管转型到项目管理，因为缺乏经验，又不熟悉情况，一开始就面临不少难题。为了更好地适应这一工作，薛晓龙从点滴入手，利用空余时间深入调研敕木山与部分乡镇，用脚步丈量度假区的每一寸土地。

"度假区给我的最初印象，是一个项目建设大工地，也是景宁经济社会发展的主战场，但这里没有一个较为成熟的项目，这就是机会。"到这里的第一个月，薛晓龙看规划、跑工地，有时甚至连吃饭都顾不上，为的就是让自己迅速融入新工作。

为做到实践、理论两手抓，在熟悉度假区总体发展布局，搜集散落于各处的文旅资源之时，薛晓龙还深入了解相关文件、政策，从突破项目招引和建设的瓶颈等方面入手，分析限制度假区发展的原因并制订相应的措施，认真思考、探索景宁的发展之路。

在薛晓龙的牵头下，度假区成立景岭山海协作省级产业园管委会，注册成立畲岭投资开发有限公司，控股成立景岭公司，搭建"飞柜经济"平台，仅2个月便完成了产业园总体规划编制。

产业园的成立并非结束，而是新的开始。有了良好的开端，薛晓龙对帮扶工作的信心越来越足，思路也越来越清晰，"要发展，得有项目、资金。这些都争取来了，才能带动产业升级。"带着十足的干劲和明晰的规划，薛晓龙四处奔走，为景宁争取省级基础配套分配资金和项目。

与温岭市合作共建的景宁—温岭生态旅游文化产业园，就是在薛晓龙的大力推进下争取到的项目之一。

景宁—温岭生态旅游文化产业园以畲族彩带、畲族香包为底色构思，以"一核一带三区多点"为空间布局，计划用地面积 579 亩，计划投资 60 多亿元。薛晓龙说："自 2020 年 10 月成立以来，产业园一直致力于基础设施建设和业态项目培育，规划建设 27 个项目，目前已经完成投资 12.2 亿元。产业园项目的建设投资、招商引资、软件配套等方面在全省 16 个山海协作生态旅游文化产业园中排名前列。"

在这一串串数字和自豪的言语背后，是薛晓龙日复一日付出的心血。"说得好，而且做得好。"薛晓龙处理事情的高效给度假区发展中心行业管理科科长胡香留下了深刻的印象。

2019 年 5 月，畲族风情康养度假综合体土地用途转用申请必须在 7 月底前完成，否则会对该县的投资、招商造成不利影响。但按照以往的经验，相关的流程耗时较长。得知这一情况后，薛晓龙主动协调处理土地报批、红线规划调整等 8 项工作，在整整一个多月的奔波忙碌后，按期走完了全部流程。"这就像一个奇迹，我可从来没见过谁能有这么强的执行力！"胡香感叹道。

薛晓龙还积极地为当地的创业群众出谋划策。"没有他，我的民宿早不行了。"景宁梧桐乡一民宿老板说，当时，他的民宿刚建好，试营业阶段没什么游客，看着冷清惨淡的生意，老板都快失去创业的信心了，就在这时，薛晓龙帮忙想办法，希望能盘活这一民宿。通过对民宿的实地考察，薛晓龙从营销策略、目标群体、民宿细节等方面协助老板制订方案。经过调整，如今民宿的生意越来越好。

谈及薛晓龙，刚刚上任的度假区发展中心主任陶幸圣也是赞不绝口："在各个项目资金的争取上，薛晓龙发挥了桥头堡的作用。"薛晓龙出的"金点子"不仅给当地群众带来实惠，同样也给老家宁海的乡亲提供了宝贵经验，成为山海协作项目中暖心的亮点。

如今，依托红色资源、绿色生态以及畲族特色，产业园打造起了东弄田园综合体运维项目，以东弄为核心，微改造、精提升，推出一条串联东弄、惠明寺、金丘和大张坑的"红绿畲"旅游线路，进一步提升了客源吸引力。该旅游线路自推出就颇受游客青睐，通过"以红引客，以绿留客"，推动了"红绿畲"融合发展。

依托畲族特色，产业园创立了民族音乐文化博览园、畲族风情康养小镇等项目，在畲寨东弄成功举办了 2021 年中国畲乡三月三之"颂歌百年·情满畲山"第十二届中国畲族民歌节、中国畲乡·山哈电音节和 2021 浙江·景宁红色主题畲族文创产品展，并推出吉祥物"畲哈""畲宝"等。

依托禅茶文化，产业园打造惠明禅茶工坊等"网红打卡地"，成功承办了 2021 年第九届金奖惠明茶斗茶大赛和丽水市首届禅（道）茶展评等活动，推出禅茶之旅亲子研学活动和惠明茶趣玩系列活动，搭上"直播带货""网红经济"的顺风车，利用"网红效应"把网上的"流量"变成现实中的"客流"，进一步推进乡村振兴发展。

从陌生到熟悉，从创建第一个成熟项目到项目落地开花……两年来，薛晓龙善用"海"的资源和思路为"第二故乡"景宁出谋划策、招商引资，挂职干部的优势也逐渐转化为景宁的发展动能。薛晓龙是诸多前来畲乡支援干部中的代表，也是这一群体的缩影。

从"山"到"海"，除了海边的干部走进来，山里的干部也在走出去。景宁的干部纷纷来到温岭、上虞、海盐挂职，学习当地的先进理念和管理经验。

景宁鸬鹚乡干部雷雪松，就被委派到了宁海县经信局挂职锻炼。"宁海把零星工业用地、城镇低效用地等整合建成小微企业园区，引导小企业优化配置资源。同样山多地少的景宁可以从中学习借鉴。"雷雪松说，短短两个多月，当地在工业经济发展中的一些"妙招"让他大开眼界。雷雪松表示："当地干部为企业服务时的'店小二'精神让我印象深刻。我希望能把先进理念学回去，为'山'区发展带来'海'的思路。"

有了这种干部互派、人才互通的机制，山海思路共通共进，山海协作不断升级。从结对帮扶到"五县联盟"，景宁携手宁海谱好协作曲，又和海盐县、上虞区、温岭市在基础设施、平台建设、产业发展、社会民生事业及合作交流等方面深度联动，五县聚焦靶心，创新模式，打响山海协作"五县联盟"品牌。畲乡的幸福之歌，正在接力互助中传唱到更远的地方，唱响更美的明天！

第四章

"飞出去"和"飞进来"

"青山罗列若城环，不见环城只见山。"

正如沈尹默在《景宁杂诗》中所写，地处洞宫山脉的景宁，位于浙江海拔最高的区域，被莽莽的群山所环绕，重山阻隔、交通闭塞，畲乡景宁长期受到资源要素制约。

随着山海协作的深入推进，"五县联盟"的建立，"山"与"海"的深度联动，大量资源、项目、平台和机遇，给大山环绕的畲乡迎来发展新局面。

"山海协作不是简单的'富帮穷'。"浙江省政府副秘书长陈重曾任景宁畲族自治县委书记，他认为，景宁坐拥畲乡风情，"只有立足自身，激活造血功能，才能实现跨越式发展。"借助山海协作平台，景宁通过不同的形式建设"消薄飞地"，打造"飞地经济"，开辟一条乡村振兴的新路径。

景宁的大均乡新庄村，就见证了"飞地经济"带来的显著改变。

过去的新庄村,是大均乡低收入农户最集中、村集体经济最薄弱的村庄。在省发改委、宁海县帮助建设山海协作乡村振兴示范点以来,新庄村通过建成村集体光伏发电、"消薄飞地"工业厂房、多村"抱团"联建标准厂房、生态价值转换试点等多个项目,发展壮大村集体经济。

提到"飞地抱团",人们都会想到宁波余姚与丽水松阳的开创性举措。而"飞地抱团"的实际受益村还有很多,台州市黄岩区下方村就是其中之一。下方村党支部书记、村委会主任袁纪周感慨:依靠2017年的"飞地抱团"联合购置物业项目,下方村每年能拿到 5 万元左右的分红。"第二年我们就摘掉了经济薄弱村的帽子!"讲到这里,袁纪周的言语间充满了自豪。

如今,下方村村集体经济不断壮大,村民生活也越来越好。"这几年,村里路都修好了,家家住楼房,户户接自来水,还建了文化礼堂!"村民金兴建满意地说。

基于这一模式的显著效益,"飞地经济"也在"五县联盟"中得到了推广。"五县联盟"打造了山海协作升级版,架设起了山海协作、向海发展的大桥梁。五县探索、创新、发展"飞柜经济""飞地经济""飞网经济"新模式,以达到共同富裕的目的。

谈及"飞地经济",景宁人并不陌生。当前景宁与 4 个县(市、区)都有"飞地"项目在有效推进(宁海、上虞、海盐 3 个"飞地"列入省定项目)。

在宁海,建立宁海—景宁"消薄飞地"产业园,双方共同出资在宁海科创园组建宁波兴景裕宁投资发展有限公司,宁海出资 3500 万元,有效完成了景宁 70 个村的消薄任务。

在温岭,建立温岭—景宁工业地产"飞地"产业园,购置工业地产。该建设项目现已结顶,企业可以正式搬迁入驻,每年可获得企业租金200万元以上。

在海盐,建立海盐—景宁民族"飞地"产业园,规划"飞地"面积200亩,一期建设55亩,有效完成了景宁37个村的消薄任务,累计纯经营性收入1850万元。

在上虞,建立上虞—景宁生态工业民族园,规划"飞地"面积200亩,已完成选址和运营方确定等工作,拟定通过占补平衡指标方式入股,每年为景宁创造150万元以上的消薄资金收入。

"飞地经济"给景宁带来了真金白银,更带来了加速追赶的底气与信心。2021年,"消薄飞地"合计收益817.6587万元(其中,温岭106.4087万元,宁海376.25万元,海盐185万元,上虞150万元),助力景宁136个行政村成功消薄。景宁与海盐共建"产业飞地",选址为海盐县百步经济开发区,整体规划面积1712亩,目前已经签订合作协议,一次规划,分期建设。景宁联合国贸数字在杭州市上城区德胜东路打造数字经济发展平台,新设杭州—景宁"科创飞地",加快景宁数字经济产业发展。

如果说"飞地经济"多少有些神秘感,"飞柜经济"相对而言则要更接地气一些。毕竟"飞柜"里运来运去的都是百姓餐桌上的海鲜与农产品。

"飞柜经济"成功对接"五县联盟",助推"景宁600"优质农产品走出营销新路径,同时将"五县联盟"特色农(渔)产品引入景宁,变单车道帮扶为双车道互利,采用"1＋X"的模式,以政策激励机制，极大推动五县（市、区）经济发展。

在"五县联盟"县（市、区）设立"景宁600"专柜，全面扩大了景宁农产品的销路和知名度。景宁方通过"蔬菜基地＋收购网点＋农产品包装＋产品配送"的模式，把"景宁600"端上了"五县联盟"县（市、区）百姓的餐桌。沿海县（市、区）的海鲜则通过"飞柜"专车，走入景宁家庭，也带动了沿海县（市、区）的渔民增收，从而形成良性的市场循环机制。

目前，"五县联盟"已共建"飞柜"10个，景宁—温岭"飞柜"3个，其中景宁在温岭开设了2个"景宁600"专柜（城西街道三和超市银泰店、太平街道果蔬市场门口的专卖店）和温岭在景宁城北农贸市场设立的"飞柜"正在升级中；景宁—宁海"飞柜"5个，由景宁方3个农产品龙头企业（畲森山、"景宁600"联盟、景岭公司）对接经营；景宁—上虞"飞柜"1个，项目由景宁供销合作社联合社和上虞区供销合作总社签订协议并联合推动，由绍兴大通电子商务有限公司通过专柜及网上全面销售；景宁—海盐"飞柜"1个，重点在海盐万好食品有限公司下属超市销售农产品。

2020年，"飞柜"销售额达3885万元。2021年，"飞柜"销售额达4361.94万元，带动景宁全县2.4万余名农民增收。

"飞柜经济"给山海两边的老百姓带来了来自另一头的"舌尖上"的新鲜体验。

在温岭，以"飞柜专馆营销"为龙头，"景宁600"绿色农产品"走出山"，与海边百姓"零距离"接触。2019年1月18日，位于景宁城北农贸市场的温岭海鲜旗舰店生鲜专柜开业；1月23日，"景宁600"

农产品温岭旗舰店在温岭城区开业，来自景宁的高山蔬菜、黄精、地瓜面、泡笋、高山大米、土索面等近百种绿色农产品，深受温岭市民的喜爱；12 月 25 日，旗舰店在原有基础上扩大规模、提升形象，打造成为温岭市对口地区农特产品展销中心，店面从 2 间扩大到 6 间，共计 420 平方米，以景宁农产品为主，配售台州东西部扶贫协作、对口支援、对口合作地区农产品。此外，温岭还在城区超市中开设"生态畲吃品""景宁 600"专柜，推广景宁绿色优质农产品。

在宁海，畲森山、"景宁 600"联盟、景岭公司作为主要供货商与宁海开展"飞柜经济"合作，设立"景宁 600"农特产品展销专区。2021 年，由原先的 3 个升级成 5 个"消费帮扶小店"。

各地还出台了多项保障与帮扶措施为"景宁 600"的销售发展保驾护航。

在"飞地经济""飞柜经济"蓬勃发展的同时，"飞网经济"也是助推共同富裕的强劲动力，正以无限的空间容纳山海协作更多的新创举、新元素，架构起与"飞柜互飞"高效对接的"绿色通道"。

"飞网经济"以消费共富为契机，通过政采云平台、结对县（市、区）购物 App 等，实现"景宁 600"产品线上销售。

在温岭，景岭公司将"景宁 600"优质农产品上传政采云平台，温岭市包括机关食堂、学校食堂、医院食堂等都纷纷采购景宁产品。

在上虞，由区财政局、区发改局、区供销社、区国资办等单位联合发文，通过政采云等平台采购景宁产品 600 万元。

在海盐，县传媒中心打造了"盐津豆"App，政府通过盐津豆线上平台向全县常住居民发放消费券，采用满减券和随机面额红包现金券组合方式，促进全民消费，利用国庆长假在全社会营造参与消费帮扶、购买帮扶产品（山海协作农特产品）的良好氛围。

在宁海，打造"网红"带货，直播带货成为景宁农产品销售的新引擎，山海协作宁海县主播纷纷为畲乡农产品吆喝、叫好。开展公益直播，借助"飞网"直播带货。

种种新型的经济模式带来的效益是巨大的。2020 年，景宁农村常住居民人均可支配收入 21625 元，城乡居民人均收入比为 1.93：1，比上年收窄 0.07，首次降到 2 以内，2021 年更是降到 1.89：1。和景宁一样，在"山海协作工程"中，越来越多的地方因山海协作"飞地"建设携起手来，"飞地""飞柜"还有"飞网"经济正激起浙江发展的新潜能。

浙江还出台《关于进一步支持山海协作"飞地"高质量建设与发展的实施意见》（浙政办发〔2021〕5 号），支持山区 26 县到省内发达地区投资建设产业、科创、消薄三类"飞地"，为山区发展注入更多动力。目前，浙江山海协作"飞地"园区达 42 个。"飞地经济"已成为山海协作、推进山区跨越式高质量发展的标志性工程。

"飞地经济"也为一个又一个小村庄带来了显著的变化。借助山海协作的平台，发展的新风正拂过浙西南的一座座青山，地处浙西的衢州市常山县聚宝村，就是其中的代表。

2022 年春节刚过，聚宝村的农民又开始打理村里的 500 多亩荷花塘。

聚宝村村委会副主任罗群介绍，通过土地流转，聚宝村打造了500 余亩荷塘景观，在塘里养殖小龙虾、青虾，形成"河面赏花、河里养虾"的绿色发展模式。每到夏天，荷风送香，袅袅婷婷的荷花、莲叶吸引来络绎不绝的游客，而村子里的莲子、土鸡蛋、小龙虾就化身为游客最爱买的抢手货。通过莲子加工等产业，村集体经济累计增收 50 万元以上，也带动了村民实现家门口就业。

作为曾经的集体经济薄弱村，聚宝村发展的秘诀来源于 400 千米外的慈溪高新区上林英才产业园，那是常山县与宁波慈溪市山海协作的"产业飞地"。

慈溪高新区党工委书记黄磊介绍："常山县 94 个行政村盘活各类村集体发展资金，筹资 9300 万元，入股慈溪高新区上林英才产业园。由双方组建企业具体运营，按不低于 10% 的保底收益分红，每年返还给常山县用于发展村集体经济。"

建在慈溪的"飞地"——慈溪高新区上林英才产业园，相关产业项目可以更好、更快对接长三角优质资源，助力常山发展。

2020 年底，聚宝村拿到了"产业飞地"第一笔约 3 万元的分红用于虾苗采购，同时还获得慈溪市 10 万元山海协作援建资金，用其搭建莲子酒销售平台。2021 年，常山获得第二笔 900 多万元分红资金。

类似的援助共建的例子还有很多。利用宁波电商经济、智能制造的优势，丽水莲都区在宁波江北区探索建立"飞地"园区，招引一批优秀企业进驻，为莲都区税收创造新的"增长极"。同时，江北区利用工业升级、产业转移的机遇，积极引导企业到莲都区进行项目投资和业务拓展，打造合作共赢的新模式。

在莲都区本地，随着 630 万元援助资金、6 个援建项目逐步落地，老百姓体会到了实实在在的获得感。数据显示，在消除集体经济薄弱村三年行动计划中，消薄援建带动周边约 300 人就业，村集体增收约 10 万元，农民收入上浮 10%。

山区县虽有土地、矿产等资源优势，但土地资源小而散，山区县要谋划建设开发区还会遇到资金不足、产业发展滞后等问题。这种异地开发的方式，将山区县的集体资金连入了更广阔的市场，也让发达地区有了更广阔的发展腹地。

"向海借力是丽水高质量发展的一把'金钥匙'，用这把'金钥匙'，丽水发挥山海协作的优势，集聚优质资源和要素。"龙泉市天和农业集团有限公司董事长吴子敬表示，自己便是山海协作的受益者。他的公司主营食用菌加工，年产值 2 亿元。吴子敬说："在多次山海协作项目对接会上，我们展示了品牌形象，找到了更多客源，为企业发展注入了更多动力。"

2018 年 6 月，萧山与龙泉共同推进总量 150 亩的创新项目建设。"龙泉当地企业对产业园的建成充满期待。"吴子敬说。"山"这边的资源、劳动力、生态等优势与"海"那边的资金、技术、人才等优势有机结合，既可以促进山区加快发展，又能形成一个有竞争力的产业集群。

不久前，衢州开化县与绍兴滨海新区共建的"创新飞地"也迎来了首个入驻项目，清华大学 TUS（新型住宅建筑结构体系）装配式建筑产业化项目签约落地。

2021 年 4 月，开化县与绍兴滨海新区签订了山海协作"产业飞地"框架协议，双方合作共建 1500 余亩的"飞地"产业园，重点布局和发展生物医药、集成电路、高端装备等产业项目。"我们还将与绍兴滨海新区合力推进'产业飞地'规划编制、要素争取、项目建设，全力打造全省山海协作'产业飞地'示范地、标杆区。"开化县经济技术协作中心合作科科长戴伟介绍。

据悉，该项目为浙江省重大产业项目，由清华大学建筑设计院自主研发，总投资 10.23 亿元，总用地 110 亩。项目定于 2021 年 12 月正式开工，建成后将形成年产 700 万平方米 TUS 装配式新型建筑材料产能，可实现年销售额 13.4 亿元，年利税 2.5 亿元。

今后，类似的"飞地"建设还会不断增加。2021 年，浙江省公布的《浙江高质量发展建设共同富裕示范区实施方案（2021—2025 年）》明确，探索完善山海协作"飞地"建设机制，高水平建设"产业飞地"、山海协作产业园，支持山区、海岛在省内外中心城市探索建设"科创飞地"，推行共享型"飞地经济"合作模式，打造助力山区发展高能级平台。支持山区 26 县到浙江省内发达地区投资建设"飞地"，为山区发展注入更多动力。

"山区作为'飞出地'，到省内沿海'飞入地'开展异地投资建设，可以'借船出海、借梯登高'，解决区域发展不平衡、不充分问题，实现优势互补、合作共赢。"浙江省发改委党组书记、主任，高质量发展建设共同富裕示范区领导小组办公室主任孟刚说。

从景宁的群山深处到滨海的产业园，"飞地"打破村域界限，让"山"的优势和"海"的资源"飞"起来，实现优势互补。"飞地经济"的创新模式，让"海"那边丰富的资源"飞"进了景宁，也使得畲乡的金凤凰可以飞出连绵的青山。

第五章

输血+造血，扶贫+扶智

　　共同富裕才是真的富裕，全面小康才能共唱幸福欢歌。为推进共同发展、共同富裕，浙江正通过"输血＋造血""扶贫＋扶智"的方式，谱写协调发展的新模式，做到共同发展、抱团发展，不留死角。

　　2002 年 11 月，习近平特地把他到浙江的第一次基层工作调研安排在丽水这一欠发达地区。其间，他提出要始终坚持把欠发达地区的发展作为浙江新的增长点，而不是作为一个包袱，要作为推进区域协调发展的一个重要方面，作为浙江实现全面小康目标的重要环节。

　　2007 年 1 月，习近平第 7 次到丽水调研。这是他主政浙江的5 年中最后一次到地方调研。调研期间，习近平主持召开了加快实施"欠发达乡镇奔小康工程"座谈会。把第一次基层工作调研和最后一次基层工作调研安排在丽水，体现了习近平对欠发达地区实现跨越式发展的牵挂。他反复强调，全面建设小康社会、提前基本实现现代化，难点在欠发达地区，特别是欠发达乡镇。现代化建设不能留盲区死角，实现全面小康一个乡镇也不能掉队。（以上两段摘自习近平《干在实处　走在前列——推进浙江新发展的思考与实践》，P207、P517—518）

多年来，共同发展成为浙江一以贯之的战略选择，协调发展的标杆正在不断拉高提升。

迈入新阶段，浙江省出台《浙江省山区 26 县跨越式高质量发展实施方案（2021—2025 年）》，树立"到 2025 年，山区 26 县人均 GDP 超过全省平均的 70%，达到全国平均水平"的目标。

在协调发展的思路下，山区不再是浙江发展的包袱，而是开辟新发展方向的希望所在。输血重在造血，扶贫更要扶智，为了更好地做到共同发展、协调发展，山区急需人才赋能。

为更好地向山区输送智力资源，浙江正加大省直机关、经济发达地区与山区 26 县干部人才交流的力度，加快推动干部人才资源向山区 26 县倾斜。2022 年，浙江更是加大了扶持力度。浙江省委书记袁家军表示，高质量发展建设共同富裕示范区的重点、难点、关键点在山区 26 县，要选优配强领导干部，健全干部交流互派机制，5 年内选派 1000 名高素质、专业化干部到 26 县任职或挂职。5 年计划的首批 200 余位挂职干部人才，已于 2022 年 1 月初赴 26 个山区县和岱山、嵊泗 2 个海岛县任职、挂职，助推山区、海岛县跨越式发展。

2018 年底，时任湖州市吴兴区科技创新中心副主任戚伟伟来到丽水市云和县栗溪村挂职，与当地干部群众结下了深厚感情，笑称自己是"新云和人"。在挂职期间，戚伟伟没少忙活，他牵头引进湖州市吴兴区的童装产业资源，售卖云和高山农产品、盘活村集体闲置资产……

短短两年的时间，栗溪村集体经济年收入增至 35.41 万元。

和戚伟伟一样，来自嘉兴南湖的干部裴玉聪也是从"海"走向"山"的一员。因山海协作，裴玉聪来到浙西南山区县遂昌挂职，参与遂昌工业园区建设。虽然县城居于山间，但裴玉聪觉得这边并不落后，干部们的精气神都很足，他表示："从引才力度到发展速度，遂昌的发展后劲很大。"

宁波市江北区与丽水市莲都区则在山海协作中将目光投向了青年人，通过重点培养"学历＋技能＋创业＋文明素养"的农民大学生，实施"现代青年农场主培育计划""农业农村后备人才培养工程"，定期定向培养基层农业农村人才。

为打造引领产业发展的高端智囊团，宁波江北·丽水莲都高新产业协同发展中心（"科创飞地"）正加速构建创业创新领头人队伍，集聚一批高校院所、龙头企业的工程师队伍，以设备设施共建共享、科研成果共研共用、技术人才互联互通，持续合作，推动两地产业创新发展。

推进协调发展，核心在发展，关键看干部。在温州，市委组织部相关负责人表示，目前温州正启动"党建引领·全域共富"活动，选派 6 支队伍、3000 名党员干部人才启程奔赴温州 5 个山区县和洞头、龙港，通过下沉帮扶，助推共同发展。

此外，浙江把协调发展延伸到教育领域，组建 26 个"希望之光"教育专家团，对山区 26 县开展"组团式"帮扶。

"感谢泰顺同学的演示，这样就折成了一个平行四边形，大家看懂了吗？给他们小组掌声鼓励鼓励吧！"这是温州市实验中学互联网共享课堂的一幕，该校学生与泰顺县罗阳二中学生共上一堂数学思维拓展课。温州市鹿城区和该市西南部山区县泰顺跨山越海，实现"互联网＋义务教育"5G同步课堂。课堂上，山海零距离，思维共生发。两地从最初的知识交流到探索教学方式创新，再到教育共同体建设，让温州城区优质的教育资源"飞"入山区孩子的课堂。

推动义务教育优质、均衡发展，不仅在温州，教育领域的山海协作已在浙江遍地开花。

通过校际结对、联合办学、互派教师，推动义务教育优质、均衡发展，省内1500所中小学开展校际结对，8所省属高校与衢州学院、丽水学院展开合作，山区民众享受到了更便捷和高质量的教育资源。

衢州海创园是在浙江省委、省政府"八八战略"、山海协作的大背景下，以加快推动生态经济为主的现代产业体系建设为目标，第一个跨行政区建设的创业园区。2016年4月，衢州海创园开园运营，位于杭州未来科技城的核心位置。截至2021年6月，衢州海创园共有57家企业、2家科研平台入驻，产业以数字经济、智慧产业为主。

地处浙西的衢州，群山环抱，生态环境优美。但长期以来，衢州的经济总量小、产业结构不完善、高端人才匮乏。而与衢州一衣带水的省会杭州，互联网产业、数字经济发达，在产业、科技、人才等方面有着不可比拟的优势。作为杭衢山海协作的样板工程，衢州通过在杭州打造"创新飞地"，实现异地借智，优势互补，培育新的经济增长点，谋求跨越式发展，从而推动区域统筹协调发展。

这一异地借智的项目首先在杭州余杭培育，然后到衢州落地产业化，成功将发达地区的创新要素引入相对欠发达的地区，为"先富带后富"探索出了一条新路。

中环新网（浙江）科技发展有限公司（简称"中环新网"）成立于2019年，是衢州企业在海创园培育的典型代表。这是一家集研发、生产、销售于一体的数字环境科创型企业，主要探索、研究环保领域的智能装备。公司主创团队由智能视觉专家周才健博士（浙江省海创园杭州汇萃智能科技董事长）组建，现有20多位员工，其中80%是技术型人才，研发的第一项产品"仓鼠智能分类回收机器人"目前已投放市场，用智能机器取代人工督导，以数字化赋能推动垃圾分类工作。

"在衢州，技术型人才比较难招，杭州为引进人才则提供了不少政策红利。工作在杭州，反哺为衢州，衢州海创园为我们解决人才要素问题提供了一条新路。"中环新网产品经理许梦奇对未来充满信心，"预计2022年销售额还将继续往上冲，我们将继续依托衢州海创园，争取成为环卫机器人行业的'独角兽'！"

一头连着杭州，一头连着衢州；一边是资本与人才的聚合，一边是产业落地的广袤空间。杭州和衢州"山""海"携手，企业借梯登高，正在逐步实现"山""海"齐飞。

浙江锐文科技有限公司（简称"锐文科技"）是衢州海创园培育的另一家企业。2017年，5个志同道合的朋友从欧洲回国，打算在杭州开创他们的事业，最终选择扎根在衢州海创园。锐文科技首席技术官阎燕说："做硬件的企业需要很长的周期，我们在这里成长起来，整个过程得到了余杭、衢州的诸多支持，感谢两地如此耐心地等待我们成长。"

锐文科技没有辜负这份期待，短短三年时间已成为行业认可的全国智能网卡领头羊，实现量产国产自主化智能网卡芯片。"我们的产品可为国产计算机处理器减轻负荷，增加网络带宽，存储量是原来的10倍。"阎燕打了个比方，"这就像给电脑CPU开了'外挂'，很多任务可以放到这个芯片中完成。目前，第一代产品已实现量产，第二代产品将会和目前热门的DPU（Data Processing Unit，数据处理单元）概念结合，成品的智能化程度会更高，可操作性也会更强。"

事实证明，"工作在杭州，反哺为衢州"的模式是成功的。"衢州海创园是山海协作的窗口平台，通过这一平台，我们把资源导入衢州，带动两地经济发展。"衢州海创园负责人、衢州市驻长三角联络处主任徐东说。

"在这里，我们既享受到衢州的政策扶持，又享受到余杭的人才环境和教育资源，这对企业的高质量发展有极大帮助。"阎燕说，"锐文科技将凭借深厚的积累和优秀的团队再上一层楼，相信有山海协作的加持，公司将有更广阔的发展空间。"

通过智力资源的引进，越来越多智能化的技术和生产被应用于山海协作的项目与产品，进一步打响了山海协作的品牌。

在丽水市龙泉青坑底矿泉水厂，我们可以看到智能化带来的新气象。2022年春节过后，厂内又重现了节前繁忙的生产景象，一瓶瓶包装精美的"丽水山泉"经过自动化、智能化的生产线鱼贯而出。据悉，"丽水山泉"除了在丽水销售外，还将在丽水的山海协作结对地——宁波，进行更精准、更广泛地推广和销售。

另一边，宁波市江北区的康喜乐嘉供应链管理有限公司工作人员推广的脚步也一刻不停。"这几天，我们都在忙着走访市场，目前已经接洽了几家有意向的合作方。"该企业总经理吕宏辉说。如何先行先试,拓宽销售渠道,加强"丽水山泉"品牌影响力和知名度,使甬丽两地山海协作开花结果,是整个团队的首要任务。为此,该企业在配送、仓储等环节提前筹备,招聘了一批专业人员,目前他们均已到岗。

据了解,2021年底,康喜乐嘉供应链管理有限公司与浙江万物生长水业有限公司签订了为期5年的合作协议,旨在通过组建专业销售团队、开设专营店或展示厅等营销手段,提升其品牌影响力和市场形象。作为"丽水山泉"在宁波地区唯一的代理商和经销商,吕宏辉深感责任重大,他表示,企业将利用宁波在市场、人才、环境等方面的优势,在甬城打响"丽水山泉"品牌,与合作方一道写好两地共富文章。

在此前召开的江北区两会上,"丽水山泉"初次登台亮相,以简约大气的外观设计和清爽的口感,获得了不少与会人员的赞赏。此外,"丽水山泉"外包装上印着的"甬丽山海情,共同富裕路"字样,更是两地用一脉清泉铺就山海协作共富路的见证。

"在前期走访调研中,我们了解到'丽水山泉'的多元化推广需求,于是引入了供应链企业帮助其拓宽销路。在区机关事务局等部门的配合下,目前在全区范围内的推广工作已经取得了初步成效。"江北区支援合作局相关负责人表示。江北区与"丽水山泉"经营方将发挥各自优势,携手不断提高"丽水山泉"的品牌知名度和市场影响力,进一步深化山海协作,携手走在共同发展的道路上。

目前,浙江已推动绍兴滨海新区—开化、柯桥—江山、慈溪—常山、北仑—云和、台州湾新区—三门、临平—柯城、杭州钱塘新区—龙游等11个"产业飞地"签订共建协议,并签订11个产业合作项目协议,为山区 26 县扩大税源和促进就业增收提供平台支撑。聚焦重点、精准施策，推动山区 26 县跨越式高质量发展成为浙江高质量发展建设共同富裕示范区的突破性抓手。

乘势而上，勇攀高峰。就在 2022 年 2 月 18 日，浙江发布《关于支持山区 26 县生态工业高质量发展的若干举措》(简称"《举措》")，山区 26 县生态工业发展"攀登计划"正式实施。该《举措》为山区 26 县制定了明确目标：到 2025 年，年均新增规上工业企业 500 家左右、规上工业增加值在 2170 亿元以上。

"支持有一定基础的产业形成百亿级规模，同时引导更多县因地制宜培育 1—2 个具有地方特色的主导产业或支柱产业，形成'一县一业'。"浙江省经信厅相关负责人说。该《举措》提到：2025 年，力争山区 26 县规上工业增加值均超过 8 亿元、超百亿元的县超过 10 个。此外，浙江将实施产业链山海协作行动，加强山海协作结对地区产业链对接，通过引导各发达地区龙头企业与山区 26 县企业建立"1＋N"结对帮扶合作机制，形成上下游专业化协作配套。

教育和人才为发展提供新的活力之源，智能制造为产业的壮大保驾护航，在智能化的推动下，汩汩涌流的"丽水山泉"也正从山间喷薄，滋润着山海协作路上的情谊之花……通过"输血＋造血""扶贫＋扶智"，浙江正在将广阔的山区动能转化为发展的新优势。山海协作，携手并进，在共同富裕的道路上，浙江不会落下每一寸土地！

从绿水青山
到城乡一体

第五部分

第一章

两个小山村的蝶变之路

　　初春时节，桐庐县江南镇环溪村水声潺潺不绝，花香阵阵袭来，被这片秀美风光吸引前来体验江南风情的游客络绎不绝。

　　与富阳仅一溪之隔的环溪村位于桐庐最东面，不但风景秀美，还有着深厚的人文底蕴。环溪村恰好坐落于三国文化的发祥地——天子岗山麓，是国家级历史文化保护区古村落之一，还是北宋大哲学家、理学鼻祖周敦颐后裔聚居地，距今已有 620 多年历史。

　　刚走进村子，我就被展示栏上一张张呈现环溪村以前情景的旧照片吸引，很难想象，这些"脏乱差"的景象是村子的过往。"污水靠蒸发，垃圾靠风刮，室内现代化，室外'脏乱差'，溪沟就是垃圾污水的家。"村党总支副书记周忠莲快人快语，"这段顺口溜，就是村庄的过去。"

　　而今，环顾四周，三面是溪，流水淙淙，石桥、古树、白墙、黑瓦，勾勒出一幅水乡诗画。"现在啊，污水有了家，垃圾分类效益大，室内现代化，室外四季开鲜花，家家户户美如画，溪沟清澈有鱼虾。"周忠莲爽朗地笑道。

环溪村的华丽转身，并没有让环溪村的村民忘记来时路。

21 世纪初的浙江，经济总量长期居于全国前列，人民生活水平有了很大提高，却也普遍面临着城乡发展不够协调、农村人居环境落后等问题。当时的环溪村，入村口都是荒地，垃圾到处可见，堪称典型的"脏乱差"。

那时的环溪人尚不知晓，一项名为"千村示范、万村整治"的工程（简称"千万工程"），已经在全省拉开序幕。2003 年，习近平在浙江提出，要从农村居民最关心的村庄环境"脏乱差"问题入手，从全省近 4 万个村庄中选择 1 万个左右行政村进行全面整治，把其中 1000 个左右中心村建设成为全面小康示范村。这是加快浙江生态省建设的重要抓手，与"欠发达乡镇奔小康工程""低收入农户奔小康""山海协作工程"一起成为浙江破解城乡二元结构的全方位动员。（摘自习近平《干在实处　走在前列——推进浙江新发展的思考与实践》，P160—162）

随后，环溪村党总支书记周忠平抓住机遇，在村中先后开展"生活污水处理""生态河道整治""生态人居提升"等惠民工程，并请来专家团队对村庄进行规划设计，开启了环溪的逆袭之路。

这些年来，与环境改善相生相伴的，是周忠平关于乡村未来的不断思索。在拆除猪栏、关停小作坊后，村民的生计如何保障？这一片绿水青山，怎样才能真正变成带动百姓增收致富的金山银山？这是周忠平的疑问，也是当时浙江广袤乡村的疑问。

2012 年初夏，当村中池塘内的第一枝莲花浮出水面时，一个大胆的想法开始在周忠平心中萌发。

"以村集体的名义，将全村原本分散经营的约 600 亩土地统一流转过来种植莲花，怎么样？"周忠平在大会上提出来。这一提议，得到了全村人的认同和支持。"要让村子美起来，我们乡下人想到的首先是种花。"环溪村村民这么告诉我。

种莲花并不是异想天开，环溪人有自己的底气，村庄系北宋大哲学家、理学鼻祖周敦颐的第十四代后裔聚居地。脍炙人口的《爱莲说》正是周敦颐的代表作之一，在环溪村中，就连三岁小孩也能背诵几句《爱莲说》。

做好了发展莲产业的规划，又花了九牛二虎之力统一流转到位约 600 亩土地，但是，"临门一脚"却踢不进去：虽经一再动员，但是谁也不敢"揭榜"种莲花。周忠平一度想亲自上阵，还查阅了大量资料。就在这时，他想起了几次找到村里想承包山林种茶叶的李富。

李富是一位来自重庆的桐庐媳妇，18 岁那年，她辗转来到杭州城里打工，先后当过保姆、餐厅服务员、公交车售票员、医药销售员，还承包过公交线路、办过厂，最后嫁到桐庐成了"新杭州人"。口袋里有了钱后，农家妹子出身的她便开始考虑"回归田园"投资农业，数次找到周忠平说想承包山林种茶叶。

"我都没种过莲花，怎么能保证种好这几百亩地？"

"就凭你这股子闯劲，还有敢想、敢干、肯吃苦。"

"种好了，莲子卖不动怎么办？"

"我给你找渠道！"

渐渐地，李富的顾虑被周忠平的诚意打消。这个娇小的山城妹子，戴上草帽，扛起锄头，下田放水、施肥，钻研莲花种植方式。滴滴汗水浇灌出了美丽的花朵，也为李富和环溪村带来了无数惊喜——第一片莲叶出水了，第一朵莲花开了，第一个莲蓬露头了，第一位游客来了……美丽的莲花，给李富带来了无限的欣喜，也让环溪村成了远近闻名的"清莲环溪"。一时间，环溪村成了远近闻名的赏莲好去处，游客纷至沓来。

从一朵莲花起步，环溪人找到了"美丽资源"向"美丽经济"转化的新路径。和环溪村一样，同在桐庐的富春江镇芦茨村也在寻觅"美丽经济"的新路径，游客走进其中，好像一下子便扑进了绿水青山的怀抱。

位于富春江畔的芦茨村山川秀美、风光旖旎，每个到过这里的人，都深感大自然的馈赠如此丰厚！然而，"靠山吃山"也曾让芦茨人尝到过苦头。20 世纪 80 年代，经济大潮也波及了这个原本平静的小山村。为了赚钱，村民们上山砍树烧炭，青山慢慢变成了秃山。

"一砍就是一片，只要家里有劳动力，都会干这活。砍下来之后烧成炭，再卖点钱。你看那片山头，在 2000 年之前都找不到几棵像样的树。"村民傅初荣指着溪流对岸那片翠绿说道。好在后来乡里定下了禁止采伐的规矩，省级封山育林政策也获得了实施，这种靠砍树来"吃山"的法子才被迫停止。

树不让砍了，但山还是得"吃"，不过这一次，村民们改变了"吃山"的方式。芦茨村的大部分山林被确定为生态公益林，严禁采伐。经历了 5 年多的育林复绿之后，芦茨的美景又重新回来了。傅初荣说，老一辈人说"靠山吃山"，那时候我们一窝蜂砍树烧炭，结果环境破坏了，钱也没赚着。封山育林后，环境好了，游客多了，钱也来了，"靠山吃山"的理儿没变，方法变了。更为重要的是，实施生态公益林建设以来，芦茨村成了远近闻名的"生态村"，游客络绎不绝。"卖生态"成了"靠山吃山"的新注解。

近年来，芦茨村以"八八战略"为总纲，积极践行"绿水青山就是金山银山"的发展理念，以生态优势赢得发展先机。从砍树烧炭的阵痛中走来，镇村两级在封山育林的基础上，把重点放在保护芦茨溪的一湾碧水上。

芦茨溪是一条典型的山区性河道，始于关里水库，至江南龙门湾汇入富春江，桐庐境内全长 15.4 千米，流域面积 121.86 平方千米，是富春江一条极为重要的支流。2013 年以来，富春江镇推动"五水共治"走深、走实，持续开展河长巡查、物业化管理、水毁修复、日常保洁、水政执法、文化活动等工作，确保持久美丽，芦茨溪被评为全省第一条全域可游泳河道、浙江省"美丽河湖"，全域河道出境水质均优于入境水质。如今的芦茨村，全民治水氛围日渐浓厚，最终形成"人护水、水养人"的良性循环。有了芦茨溪的一溪好水，芦茨村打造美丽乡村也有了越来越足的底气。

在垃圾分类方面，芦茨村也走在前头。芦茨村自 2012 年开始，实施"两分法"垃圾分类，之后，又着力推进垃圾分类"四分法"的实施。"现在，村民们无论男女老少，都知道怎样正确分类垃圾。"芦茨村党委书记方祖春说道。为了保持治水后良好的生态环境，芦茨村还设有"垃圾资源化利用站"，并配置一台一天能处理约 500 千克易腐垃圾的设备。垃圾分类与资源再利用，为芦茨村从"脏乱差"走向秀美宜人提供了更为稳固的依托。

作为唐代诗人方干的故乡，芦茨村有着深厚的文化底蕴。通过旧房流转、整体招商，专业文创团队在这里打造了"乡村艺术化试验场"，将胶囊旅馆、创意书房、雅致餐厅等融入土墙、青砖、原木。日渐壮大的民宿产业、非遗产业、文创产业互通有无、互惠共赢，逐渐成为芦茨溪畔最具特色的金山银山。2021 年，慢生活体验区共接待乡村旅游 185 万人次，经营总收入 2.63 亿元。

如今，漫步在芦茨村的"两山大道"，一边是苍翠山坡下欢快奔流的清澈溪水，一边是一字排开的美丽民宿，的确让人流连忘返。"我在这里开民宿已经有 8 年了，村里的环境越来越美，周边景区建设也越来越成熟，游客长年不断。""画中阁"民宿老板娘陈静敏笑着说，"守在家门口一年收入几十万元，现在的日子真是越过越好了。"作为返乡创业者，陈静敏夫妇已经开了两家民宿，生意兴隆，一家人的生活也越过越红火。

环溪村和芦茨村两个小山村的蝶变，是浙江推进"千万工程"的缩影。从农田撂荒、年轻人逃离的"空心村"到今天的荷风送香、游客济济，从被大山遮挡的落后小山村到今天的溪水奔流迎送四方来客……一系列的改革使得无数个像环溪村和芦茨村一样的小村落既保留住历史底蕴，又迎来了新的面貌。在此基础上，城乡均衡协调发展格局在全省范围内逐渐形成，浙江正迎来高质量发展建设共同富裕示范区的高光时刻。

第二章

"绿水青山就是金山银山"
理念在这里诞生

青山叠翠，竹海翻浪。

这里是浙江省安吉县的余村，从绿意盎然的林下茶园，到生机勃勃的五彩稻田与空气清新的竹林氧吧，余村正在发展成为绿色旅游业的典范。很难想象，这是个原来以开矿为主要收入来源的小山村，在"绿水青山就是金山银山"理念的贯彻和"绿色金融"的支持下，一跃成为同国家 AAAAA 级旅游景区游客量比肩的绿色乡村。

"一晃十几年，像做梦一样。"村民潘春林坐在自己的农家乐院子里向我感慨这些年的变化。说起"绿水青山就是金山银山"理念，他的感触很深。

"20 多年前，余村是名副其实的矿山村，我那时就跟父亲进入了矿山，早上出门时还是两张干干净净的脸，回来就只剩下两个乌亮的眼珠在转咯。"作为曾经的矿山工人,潘春林全家的收入几乎来自矿山。潘春林回忆,过去的余村烟尘漫天、污水横流,就连村头那棵千年银杏树都不结果子,俨然是一个黑灰的世界。

"那个时候,我们村有太多的污染企业,七八成的劳动力都是围绕着矿山产业在转。"余村党支部副书记俞小平回忆,山越开越小,环境破坏却越来越严重。

痛定思痛,余村决定封山护林、保护环境。2003—2005年,村里相继关停了矿山、水泥厂和一大批竹筷企业。开山炸石的炮声和竹筷加工机器的轰鸣声停了,村里的发展也陷入了困境,村集体的年收入从最高300多万元缩水到不足30万元,几乎半数村民失业。

旧的生财渠道走不通了,新的产业怎样才能做到帮助百姓增收?

正当余村人徘徊在十字路口时,时任浙江省委书记习近平来到了余村。2005年8月15日,得知村里正在关停矿山、恢复绿水青山,习近平鼓励村民们:"你们讲了下决心停掉一些矿山,这个都是高明之举。绿水青山就是金山银山。我们过去讲既要绿水青山,又要金山银山,实际上绿水青山就是金山银山。""绿水青山就是金山银山"理念就此起步。(*摘自中央党校采访实录编辑室《习近平在浙江(上册)》,P263—264*)

余村脱胎换骨的改变也在"绿水青山就是金山银山"这一理念的指引下开始了。这一年,余村彻底关停所有矿山、水泥厂等污染环境的企业,同时有序推进厂区改造、道路和河道整治、污水处理、垃圾分类、农田复垦,并重新编制发展规划,把全村划分为生态旅游区、美丽宜居区和田园观光区3个区块。历经10年的发展整治,余村彻底变了样，形成了包含河道漂流、户外拓展、休闲会务、登山垂钓、果蔬采摘、农事体验的休闲旅游产业链，余村人笑言自己"从卖石头开始转向卖风景"。

路子走对了就会越走越顺畅，2021 年，余村农民人均收入从 2005 年的 8732 元增加到 6.1 万元，这一年余村村集体收入达到了 801 万元。

在安吉，发生改变的不只余村。

从 2008 年开始，安吉县大胆探索"千万工程"升级版，围绕"村村优美、家家创业、处处和谐、人人幸福"四个方面，在全国率先开展"中国美丽乡村"建设。就这样，安吉以改善农村人居环境为突破口，有效探索了生态文明与新农村的同步建设，创设并推广了美丽乡村的"安吉模式"。

这一模式的做法务实而有新意：以村书记为主体，让其成为乡村振兴专业的领路人；注重共建共享，让有限的财政资金发挥最大的效用；以持续改善人居环境，促进乡村科教文卫全面发展。围绕该模式，安吉建立起了一套完整的机制：首先，县委、县政府做好"顶层设计"，为"美丽乡村"建设搭建了一个真抓实干的平台，形成一套科学的创建内容和评价考核奖励办法，培养出一支想干事、会干事的村干部队伍；其次，部门和乡镇做好"上通下达"，乡镇街道从人力和资金两个方面对村里提供支持；再次，部门完成资源整合，以项目指导村里发展；最后，村两委做好党建、环境、经济、长效管护和村民自治五个方面的"三农"基础工作。

位于安吉县递铺街道的鲁家村，既是"安吉模式"的受益者，更是接续探索者。

鲁家村中没有人姓鲁，相传明末清初时，一帮木匠迁居于此，在荒坡上建立起乡村，并以祖师爷鲁班的第一个字作为村名，故名鲁家村。鲁家村的村域面积有 16.7 平方千米，人口 2300 人，曾经是一个守着绿水青山却挨穷的贫困村。

朱仁斌是重新建设鲁家村的带头人。2011 年，少年习武的朱仁斌在经商做大生意后，回乡参加换届，当起了村支书，想带领乡亲们共同致富。"我有干劲，有人脉。老家不能一直落后下去，有多大能耐，我都使出来！"朱仁斌说。

尽管信心满满地带领乡亲们创业，又做好了挑重担的决心，但在安吉 187 个村的卫生检查中排名倒数第一的结果，还是让朱仁斌感到了不小的压力。当时村里的实际状况是，集体账户上只有 6000 元，负债却达 150 万元，连给 13 个自然村配垃圾桶的钱都不够。

困难压不倒这个耿直的汉子，朱仁斌和新选出的村两委班子商定：鲁家村要创建美丽乡村精品村！决定一出，村民哗然，纷纷挤到规划图前，然后又摇摇头。果不其然，招标公告贴出去整整 3 天，无人问津。迫不得已，朱仁斌只得觍着脸，向旧时的生意伙伴求助。"你们村太穷了，300 万元工程款到时候怕是收不回来。"对方感到为难。最后，朱仁斌一咬牙，答应以个人担保作为附加条件："拿不到钱，我出！"

说干就干，朱仁斌先是自己垫了 8 万元买来垃圾桶、聘了保洁员，通过耐心细致地落实各项后续工作，村里的卫生状况慢慢好起来了。后来，朱仁斌又垫了 60 万元，镇上答应给 80 万元，他整合政府资源，卫生、交通、水利、环保，各个局一趟一趟跑，筹得近 600 万元。他还聘请 20 位乡贤为"美丽乡村顾问"，总计获得捐款 300 万元，另外设法利用 1000 平方米建设用地指标，给村集体经济搞创收。政府又拨给鲁家村 357 万元美丽乡村建设奖金……就这样，好不容易凑齐 1700 万元，鲁家村总算摇摇晃晃地起步了。

2011 年底，当"鲁家村创建美丽乡村精品村考核通过"的消息传到村里时，当时的村委会主任裘丽琴泪流满面。"太不容易了！"她坦言。鲁家村没有名人故居也没有古村落，没有风景名胜也没有主要产业，在很长的一段时间内，村里一直找不准发展的路子。"半夜了，村委大楼还常常灯火通明，村干部们是真的辛苦。"说到动情处，村民孙水花有些哽咽。

2013 年，安吉县借力鲁家村良好的发展势头，准备在县里原来的精品村基础上再打造 29 个精品示范村，进一步探索绿水青山向金山银山的转化之路。

没有好山好水、环境基础和成熟产业，鲁家村凭什么能在竞争中拔得头筹？朱仁斌极富创新性地想到了家庭农场集聚区和示范区建设。为了盘活有限资源，朱仁斌和村委会一班人想到了以打造农场为抓手，促进休闲农业与乡村旅游融合发展，并引进专业的旅游公司来负责家庭农场的后续经营——"要让专业的人来做专业的事"。同时，为了让村民们把饭碗端在自己手里，朱仁斌和旅游公司最终商定由旅游公司占股 51%，村集体占股 49%，在朱仁斌的争取下，村里的入股本金在筹措时得到了政府的鼎力支持。

在推动农业产业融合发展的过程中，鲁家村坚持以壮大村集体经济为重要奋斗目标，短短几年时间，村集体总资产从 10 年前的不足 30 万元跃升至目前的近 3 亿元，村集体乡村经营收入从 1.8 万元提高到

540 万元，实现了从一个贫穷后进村到创富明星村的华丽转变。

如今，鲁家村农民拿租金、挣薪金、分股金，除村集体经济分红外，农户土地流转租金每年每户拿到约 8000 元，创造的就业岗位每年可为村民带来工资收入 1000 万元，村民的房屋租金也水涨船高，预计可达 300 万元。2021 年，村民人均纯收入达到 4.98 万元。更为可喜的是，农旅融合平台的搭建也为村民提供了大众创业平台，在农场的带动下，全村迎来了外出务工村民、大学毕业生等群体的"返村潮"，越来越多的村民正在变成老板。18 家农场中有 6 家是返乡村民创业的成果。鲁家村现在又新开张 2 家民宿，农家乐经营户由 1 家增加到 13 家，申报中的还有 5 家。

就这样，鲁家村放大绿水青山的优势，把农业、农村、农民紧密地融为一体，把资源、资产、资金紧密地融为一体，把强村、兴业、富民紧密地融为一体，大力推动休闲农业和乡村旅游融合发展，得到了社会各界的支持和肯定。鲁家村的创新发展，也让朱仁斌收获了"浙江省千名好支书""全国最美基层干部"等荣誉称号。面对荣誉，朱仁斌并没有停下探索的脚步，而是依旧把心思扑在鲁家村的长远发展上，他笑着对我说："乡村振兴是一篇大文章，我们鲁家村的建设刚刚起步，接下来要做的事情还多着呢！"

牢记习近平总书记的殷殷嘱托，安吉人积极进取、开拓创新，又在实践中摸索出了以"卖空气"撬动绿色发展的新路子。

2021 年 12 月 28 日，安吉县举行了全国首个县级竹林碳汇收储交易中心——"两山竹林碳汇收储交易中心"启动仪式，正式、全面开启竹林碳汇收储交易试点。启动仪式上，安吉县发放了首笔竹林碳汇收储金，以山川乡大里村为代表的 5 个碳汇实验村获得了总额为 108.6 万元的碳汇收储金。植树造林、经营林地可以做大绿水青山的底盘，碳汇交易增加收入可以带来金山银山。因此，开展碳汇收储交易试点建设意味着探索出了一个"体现碳汇价值的生态保护补偿机制"，也是当前将绿水青山转化为金山银山最直接的方式之一，这也体现了安吉从"卖石头"到"卖风景"，再到"卖空气"的改革变迁。

从余村的脱胎换骨到鲁家村的振兴起步，再到碳汇收储，安吉县美丽乡村建设始终坚持"绿水青山就是金山银山"理念，结合实际，探索走出了一条独特的乡村振兴之路，形成了"安吉模式"，向全省乃至全国传播发展经验，在绿水青山间书写属于今天的安吉故事。

第三章

农民生活的幸福家园，城里人休闲的大花园

为充分满足农民群众的需求，浙江在大刀阔斧破解城乡二元经济社会结构方面进行了积极探索。各地积极探索山海协作新模式，立足农村实际，对村庄环境进行全面、系统地规划建设，通过以文促旅、以旅带农，着力打造升级版的特色美丽乡村。

处处是风光的萧山"小江南"，古道悠长、黄叶萧萧的绍兴古村落……这些承载着历史风情、保留着秀美风光的小村落，正是在浙江美丽乡村建设进程中，焕发新颜的主角。

欢潭村位于萧山区进化镇，地处萧山、诸暨、绍兴的交界处，共有人口 3900 多人。欢潭村村口有一直径 3 米、深约 1 米的水潭，俗称欢潭。《田氏宗谱·欢潭记》载："欢潭者，因有天潭，故以潭名村。潭在村口湖堤边，宋时古迹也。周不数寻，深不及丈，四时澄澈，不

涸不溢，水清味甘。自宋岳飞行军至此，饮潭水而欢，故名。"

在欢潭村流传的故事中，除了岳飞，还有一位名叫田晟的抗金名将，其子田秩跟随宋高宗，在他身边做侍卫。金兵南侵，宋高宗过钱塘江，途经进化，辗转绍兴再到宁波。至南宋朝廷安定，田秩选择举家迁至进化欢潭村。村里的大司空家庙就是田氏宗祠。务本堂始建于1868年，据称是时任镇江丹徒知县田祚所建，与务本堂配套的还有一个二桥书院。书院为欢潭田氏培养出2名进士、2名御史、3名知府、2名县令。

欢潭村"三面环山、四水归塘"，体现了中国传统村落"因山而聚，因水而生"的格局。这里还是远近闻名的五义之乡，自宋代以来，"义仓、义学、义诊、义渡、义葬"的"五义"精神在这里逐步形成，其内核则是亲仁和睦、尊老扶弱、热心公益。

近年来，欢潭村以省历史文化村落保护利用重点村项目实施为契机，以打造宋韵文化村落为主题，全面梳理村庄脉络，修缮古民居、古街道，挖掘村庄历史，重塑了"一湖、两街、三溪、四塘、五桥"的村落布局。村内近3万平方米的古建筑、近千米长的欢潭老街、11棵树龄600年以上的古樟得到了全面保护。同时，通过全域环境整治、拆除违建、恢复水系、打通水脉，欢潭打开了发展空间。尤其是在创建美丽乡村的过程中，不少村民积极配合，主动腾出宝贵的空间来打造美丽庭院，开办农家乐，打造共建、共享的农居环境。如今，这个千年古村不但成为萧山区首个美丽乡村示范村，而且还深挖"忠、义、和、本、清"新"五义"精神，成为"村美、民富、业兴、人和"的美丽乡村升级版，实现了乡村振兴从塑形到铸魂的美丽之变。

"没想到萧山还有这样一座优美的村庄，像个小江南。"游客的赞叹声让村支书梅李栋乐开了花。他自告奋勇做起了导游，介绍起村子"三面环山、四水归塘"的地理风貌，讲解当年岳飞率军驻足的历史故事。从文化礼堂走出来，梅李栋特别介绍说，村里设立了老年食堂，专门为村中老人提供免费服务，老年食堂的日常用度都由乡贤自发捐赠。"我们的游客接待中心特别设置了一个'网红'直播间，主要功能就是通过网络直播的方式把本土的特色农产品推销到省内外。"梅李栋一边比画着，一边带我进去参观。

在欢潭村，互联网和数字技术的运用可不只体现在网络直播，欢潭村还通过数字化提升村域管理能力，加强村民自治的积极性。"五义家园"的数字驾驶舱，就实现了村民生活情况和村务信息"一键通"，村委会和村民管理沟通"一键达"，邻里帮扶公益任务"一键抢"，村民"五义"积分"一键查"。

"春来遍是桃花水，不辨仙源何处寻。"走在欢潭老街上，感悟宋韵文化之美，见证乡村振兴之变，自是心旷神怡、流连忘返。欢潭村村民们更是在南来北往的游客的祝福声中，过上了以往想都不敢想的好日子。2020年，全村集体收入达433万元，村民人均收入达47322元。

坡塘村则位于离绍兴城区西南方向约10千米的山坳里，由应家潭、坡塘、盛塘、云松4个自然村组成。这一村落的历史由来已久，早在春秋战国时期，就有越国先民居住在此地。

第一次到云松自然村，我没走多远，就被村中一株傲然挺立的古银杏吸引。这株银杏已有1500多年的树龄，这自然也就意味着这株古银杏已经默默守望了云松村1500多年。村党委书记罗国海介绍说："这株银杏每年可以产果800斤，时至今日还在庇佑村里人。"走在古银杏树下，阳光透过树叶、枝丫斑斑点点地落在我们身上，让人顿生岁月悠长之感。沿路步行至村子另一头，还可以看到一条承载了千年光阴的古驿道，驿道深邃静谧，两边是茂林修竹，以岭为界，岭东是云松村地界，岭西则是著名的书法圣地——兰亭。

坡塘在今日呈现出来的新风貌，源于这个村子在 2021 年入选绍兴首批乡村振兴先进村。依托坡塘位于城乡之间的区位优势，罗国海等村党委一班人牢牢抓住这一机遇，开始因地制宜地开茶店、咖啡店，打造云松古步道，开发美丽乡村游，将坡塘村云松自然村改造成城里人的"归隐小院"。村子整体改造力度并不是很大，但每一处改动都颇为用心。罗国海还将自己的"小心思"添加到了村子中的指路标识和公共建筑标识上：它们都启用了"云系列"标识——"村子的经营场所和公共场所名字起多了就不容易记住，也显得杂乱，都用云字打头又好记，又容易产生品牌效应。"果然，这一做法收到了好效果，2021 年国庆假期，村子里涌入游客 3000 人次，村庄每天的收入都超过 4 万元。

走在村中，别具匠心的亮点无处不在。改造过的房屋都在墙上挂着旧照片，让游客能够直观地感受村庄的今昔对比，也在不知不觉中放慢脚步。走进村后的茶园，罗国海笑着为我指引："那座茶壶流水的雕塑，我们只花了两万多元，没想到竟成了村里的'网红打卡点'。"从茶园走向竹林，路旁有七八个孩子在写生，罗国海说："我不希望村子的商业氛围太浓，像孩子们这样自然地晒太阳、画风景的场面，是我最希望看到的。"阳光落在孩子们的画布上，一笔一画绘就的不只是眼前的风光，还是罗国海心中的美好蓝图。

相比欢潭村，坡塘村云松自然村的改造资金显然并不算多。不过，对于村庄的现状，罗国海已经很满足，他由衷地说道："我们要做的是挖掘乡村文化，增强乡村发展能力。现在，村子已经形成了一定影响力，游客数量也日渐增多。我们期待把乡村旅游做得更细致、更扎实，今后才有可能把更多事情做好。"在罗国海的心中，有个"小算盘"，考虑到老房子的隔音效果不好，他不想像别的村子那样把老房子改成民宿，经过和村干部的讨论，一致决定建立新的独立民宿，并招引文艺人才入驻，"这样，村子的影响力就会越来越大，我们眼下最想推动的数字赋能乡村，才有可能更快地实现。"

欢潭村与坡塘村的发展是浙江美丽乡村的代表，从美丽生态到美丽经济，再到美丽生活，浙江美丽乡村的内涵不断丰富。经过多年的发展，农村面貌焕然一新，展现着江南山清水秀的好风光。农强、村美、民富的美丽乡村，是农民美好生活的幸福家园，也成了城里人休闲旅游的"大花园"。

第四章

留住传统村落的乡愁

莫笑农家腊酒浑，丰年留客足鸡豚。

山重水复疑无路，柳暗花明又一村。

箫鼓追随春社近，衣冠简朴古风存。

从今若许闲乘月，拄杖无时夜叩门。

　　陆游这首广为传诵的《游山西村》，书写了江南农村的日常。在诗人的妙笔下，秀丽的山村自然风光与淳朴的村民习俗跃然纸上。近千年的时光过去，这种对乡村生活的喜爱与眷恋，在今天已经变成了印刻在人们骨子里的乡愁。为留住传统村落中这样一种美好的农家习俗与简朴的江南古风，浙江丽水的一座座小山村正在努力帮助现代人圆梦。

　　从丽水松阳县城往东北方向行进，沿着蜿蜒的山道，经过成片松林竹海，车行十几千米便到了满目青山绿水的四都乡。

　　四都乡的平均海拔有 700 多米，森林覆盖率达 84%，地理环境得天独厚,一年有 200 多天可以看见云景。这里花木飘香,空气极佳,5 个传统村落如珠宝般散落于群山环抱之中。如今的四都乡,依托古村落资源全力打造民宿产业集聚区,一改几年前因为山高路远、发展缓慢而成为"整乡搬迁、下山脱贫"对象的困窘状况,成了省级美丽乡村建设示范乡镇、中国摄影艺术乡村、"心安云上、栖居四都"省级旅游风情小镇。

望着眼前轻快奔流的四都溪,松阳县委宣传部干部张婷打开了话匣子:"十几年前,村里的生活污水都排入溪水,使得小溪水质变差、味道难闻。乡里下决心整治水污染问题后,这条溪水重新恢复了原本清澈的模样,并涓涓汇入松阳溪。"

山青了,水绿了,四都乡在摸索尝试中确定了"小众化、中高端、高品质"的民宿发展定位。这么好的风景不好好利用就是一种浪费,尽管外出不多,山里人逐渐摸索,懂得了"聘请专家团队加盟,吸引工商资本进入"的道理与妙处。也就是几年光景,"云系列"精品民宿集聚区开始以令人惊艳的姿态现身于青山绿水间。

四都乡的西坑村,就是四都乡民宿产业发展中的重要基地。西坑村四面环山、气候湿润,早晚温差大,几乎全年都能看到如梦如幻、变化万千的云海,让人仿佛置身仙境,被誉为"中国最美山村"。

西坑村保留了 12 幢清代古民居、祠堂等古建筑,以及 30 余幢民国至 20 世纪 70 年代的民居。前些年,随着外出打工的年轻人越来越多,村中的古民居人去楼空,逐渐破败。转机发生在 2013 年,在外地从事长途运输工作的丁永长回到家乡,看到很多游客专程跑到自家附近拍照,便把自家老房子改建成村里的第一家民宿——"古道人家",

没想到，生意一起步就很红火。

慢慢地，投资客和创业客也被这里的乡土气息和高天流云吸引，慕名而来。2014年，3个苏州人到西坑村考察，一下子就喜欢上了这里的云，他们就此落脚西坑村并修建民宿"过云山居"。"过云山居"一炮而红，常年入住率在95%以上，节假日更是一房难求。这样火爆的生意，也直接推动了西坑村精品民宿快速集聚。

2015年底，在杭州做设计工作的沈军明和合伙人在西坑村遇到了丁永长，双方一拍即合，决定合伙经营民宿。从杭州来的设计师把老丁家的民宿从里到外进行了一番大改造，既保留了老房子原有的风貌，又提升了居住的舒适度，"古道人家"变身"云端觅境"，一晚的房价提高到了1000多元。

随着"过云山居"和"云端觅境"的名气越来越大，山上的老房子也迎来了新生。目前，四都乡已有民宿21家，床位333张、餐位1100个，其中白金级民宿1家、金宿级1家，2019年接待游客45万人次，营业收入4200万元，分别同比增长10%和15%。前两年，有省里的领导来到四都乡，由衷地为这里的民宿发展点赞："过去下山脱贫，现在上山致富，山上也有产业振兴。"

将老房子打造成民宿带来的火爆生意，让四都乡人意识到乡愁文化的分量。这份乡愁，不仅可以寄托在老建筑上，原汁原味的绿色农产品同样会受到关注和喜爱。

每年冬天，吃过平田萝卜的各地游客，都会想着捎上一些村民自制的萝卜干带走。"云上平田"民宿项目联合创始人叶大宝由此想到，村里200多亩荒地可以开垦出来种植生态农产品，于是便发起成立"大荒田合作社"的倡议。这样一来，村民的收入可以增加不少，游客也能吃到放心、优质的蔬菜。村民信任这个回乡创业、充满干劲的"80后"女孩，倡议很快就得到实施。目前，全乡高质量建成30多个全息自然农法基地，农产品销售覆盖70%的农家乐、民宿，2019年农产品销售收入达537万元。

在"云上平田"，还能看到一片片在风中摇曳的蓼蓝。这可不是普通的观赏花种，而是用于制作植物扎染的原料。2017年，"云上平田"引进了扎染项目"云缬坊"，游客可以体验手工扎染的乐趣，也能购买到由松阳本土绿茶、红茶等作为扎染染料制成的伴手礼。2019年，"云上平田"又引进台湾翎芳魔境美食品牌，研发了松阳红糖等系列美食，开展四季美食培训。目前，"云上平田"已形成一个集住宿、餐饮以及农产品生产、加工、销售于一体的民宿综合体。

住民宿、看云海、吃绿色食品、做植物扎染，其实都是带着特定的情感感受乡愁的一种方式。有民宿合伙人曾直言："修复老房子、修整古村落，为的不是复原几间老房子、几条老街，为的是重温一种传统的生活方式，唤醒难以寻觅的乡愁记忆。"

从某种意义上说，老房子民宿、绿色无污染蔬菜、原始的手工制作都是传承文化的载体。在老丁的"云端觅境"民宿露台上，曾经还办过轰动一时的国际音乐会。外国音乐人愿意在这里演出，也是因为喜欢古村落、老房子带来的这种独特的氛围。

在西坑村，老照片博物馆、乡村小剧场、乡村集市等一系列公共场所或在建设或已建成。这些场所都会成为传播乡村文化的看台、承载乡愁记忆的平台、中外文化交流的舞台。同样，西坑村不仅仅是一个"民宿村"，还是一个乡村文化的独特展示平台，这里的乡土气息、乡愁记忆将以别样的魅力吸引更多游客纷至沓来。

独特的氛围形成后，更多的文化项目也到四都乡来扎根。在陈家铺村，南京先锋书店将"平民书局"开到了这里，由知名建筑师张雷设计的两层木结构的书局精致、优雅，吸引了众多游客前来打卡。不定期举办的文学、访学活动，更吸引了国内外文人墨客到访，与松阳乡村进行新的文化、经济交流。"平民书局"的存在，与古村落似有天造地设般的妥帖感，完美地融合在了一起。

目前，四都乡5个行政村植入了民宿、农家乐、生态农业、文化产业等新兴业态，并创新研发了艺术创作交易、扎染刺绣、特色中药等十大文化业态和创意产品。这是一种方兴未艾的发展趋势，也是传统古村落在乡村振兴中绽放的得当姿态。

相对于看得见的村庄变化，更重要的变化是人。现在，四都乡的村民有了建设家园的信心和自豪感，传统村民、回归村民、新型村民之间正在形成和谐的多向流动。如"乡伴椰树"民宿春节期间为180多户村民发放春节礼品；2018年，陈家铺村集体和先锋书店、飞莺集民宿联合成立运营公司，帮助村民销售番薯干，仅3个月的销售总额就超过14万元。

古村落保护与开发并举的故事，也发生在丽水市莲都区的下南山村。

下南山村位于莲都区碧湖镇，依山而建，背靠青山果园，面向瓯江碧水，毗邻古堰画乡、东西岩等国家AAAA级旅游景区。保留至今的生态古村下南山村历史悠久，始建于明万历年间，为郑氏聚居地。村内建筑风格统一，以夯土墙、木构架、小青瓦的三开间、五开间形式为主，是浙西南山地民居的典型代表，属于市文物保护单位。

下南山村原址在山上，交通不便，村民们都迫切地想改善交通与生活状况。2004 年，莲都区政府助力下南山村实现整体搬迁、建设新村。新建成的村庄占地 40000 平方米，基础设施齐全、公共服务完善，村民们高兴地下山，迁入新居。下山后，村民的生活方便了很多，但心里始终有个结：虽然政府拨款保护山上的古民居，但是空无一人的老房子因为缺少必要的维护清理，还是面临荒废、坍塌的风险。毕竟是祖业，这些老屋的状况牵动着村民的心。

幸运的是，2013 年，下南山村被列入首批省级历史文化村落保护利用重点村，相关各方累计整合资金 2000 万元，按照"保护第一、修旧如旧"的原则，对全村 35 幢古民居进行了抢救性修复，配套建设水电路等设施，使古村得以较好地保存原貌。

除了对下南山村的重建与保护外，下南山村民风淳朴，村里以农村文化礼堂为阵地，把乡村春晚、送家风家训对联、重阳助老等活动搞得有声有色，逐渐吸引了众多投资方的目光。2016 年，莲都区成功引进浙江联众集团入驻下南山村打造古村落度假综合体，投资 6000 万元的"欢庭·下南山"原生态度假村应运而生。浙江联众集团通过村集体，从村民手里租用房子使用权，按建筑面积计算租金，合作期限为 30 年，并成功创新了工商资本与村集体、村民三方共赢的运营模式：出租现有土地、房屋及设施的使用权，由投资方开发建设和运营，下南山村以每年固定回报的方式收取项目利润，项目利润按照村集体

30%、村民 70% 的比例分成。单从项目利润收入一项，就可为下南山村集体经济收入累计增加 274.5 万元，为古民居农户带来 640.5 万元收入。

"欢庭·下南山"原生态度假村由知名设计师参与创意设计，以"一院一品，一房一景"为设计理念，古建筑的修复以就地取材、修旧如旧为主，采用肩扛、人抬、骡驮的原始方式运送材料，每幢房子既保留了原生态的黄墙黛瓦瓯越建筑风格，又融进了现代园林设计的庭院元素。这里水系环绕、古树掩映、曲水流觞，静态的古建筑与动态的流水交相辉映，原始的下南山村被赋予了艺术的灵魂。度假村还集餐饮、书吧、咖啡吧、民宿、儿童游乐园、会议室、展厅等多功能服务于一体，共有 60 个房间、83 个床位。借助下南山杨梅文化，下南山村通过举办杨梅节、古堰画乡小镇艺术节等系列农事节庆活动提升农旅融合，为当地区域经济发展、农民增收致富起到辐射带动作用。

如今，"望得见山，看得见水，记得住乡愁"的下南山村已破茧成蝶，成为丽水"大花园"的旅游"金名片"，游客们纷纷慕名而来。据统计，这里已接待游客 30 余万人次，营业收入近 2000 万元。下南山村村民在家门口实现了增收致富，闲时看看自家的老房子，想想已经逝去的岁月，守望着涅槃重生的古村落，快乐地享受着乡村振兴带来的红利，心中充满着幸福感和获得感。

就在西坑村、下南山村、陈家铺村等传统古村落为人们留住乡愁记忆的同时，在浙西南边陲的一个小村庄——丽水市庆元县月山村，由村民自发组织的"月山春晚"每年都在小年夜（农历腊月二十三）如期上演，至今已举办了 42 年。村民用别样的方式，传承一方的文化与情感记忆。

月山村的春晚，既没有明星特效，也没有专业的演出设备，而是用一个个乡土味十足的节目展示大山中农民质朴的性格和原汁原味的生活，使城市与农村、游客与乡亲建立起亲密的情感。在这个小山村，有着"耕读传家"为训的千年传承，也正因有了这一底蕴，月山春晚才能42年从不间断。一年又一年的精彩演绎，勾起的是几代人的乡土记忆，凝聚的是乡亲们对家乡的赤子情怀。近年来，越来越多的乡村像月山村一样办起了春晚，不仅丰富了农村的文娱生活，更有力地推动着文化记忆的传承与乡村振兴。

就这样，浙江各地按照"打造一批、培育一批、提升一批"的总体思路，围绕保护建筑、保持肌理、保存风貌、保全文化、保有生活的要求，持续推进一批古村落的保护利用，保护了一批有历史传统、时代印记、文化标志、人文故事的乡土建筑，也保住了依托于乡土建筑的历史故事、民俗风情，为留住乡愁记忆做出更多切实的努力。同时，也坚持传承发展乡村文化，深度挖掘农耕文明、乡村传统和民族风情，加强重要农业文化遗产和非物质文化遗产挖掘保护，提炼体现地域特色的产业文化、民间技艺，发掘继承、创新建设雅俗共赏和兼收并蓄的乡土文化，努力留住乡愁记忆。并通过引导农民讲党史、"跟着节气游乡村"、农民丰收节、乡村春晚等文化活动，不断拓宽优秀乡村文化的传播渠道，让更多人走进乡村旅游，也让乡愁记忆点点滴滴渗透进人们的日常生活。

几千年的农耕社会历史，将有关乡村的情感记忆印刻在每个人的心底。从西坑村漫山随风舒卷的云彩到下南山村的曲水流觞、月山村的轻歌曼舞……在政策的支持引导与村民的摸索建设下，一个个不同的自然村，正用自己特有的方式保留着传统村落的乡愁，书写属于新时代记忆的诗篇。

第五章

强县扩权看义乌

义乌，古称"乌伤"，位于浙江省中部，地处金衢盆地东部，市境三面群山环抱，是典型的丘陵县，地貌结构类型多样。除了独特的地理特点之外，义乌的历史文化悠久，自古名人辈出，"初唐四杰"之一的骆宾王、宋代名将宗泽、现代教育家陈望道、文艺理论家冯雪峰、历史学家吴晗等人都是名垂千古的义乌乡贤。如今，义乌已是中国最富裕的地区之一，这里有全球最大的小商品集散中心，被国际权威机构确定为世界第一大市场，义乌也由此成为观察我国外贸风向的晴雨表。

人们可能并不熟知的是，义乌市是国内首个也是唯一一个在县级市进行国家级综合改革的试点地区，也是第一批被列入国家新型城镇化综合试点的地区。历史上的名人辈出和现今的声名显赫，并没有让义乌人淡忘 20 世纪七八十年代担着货担四处"鸡毛换糖"的日子。

在 20 世纪七八十年代，义乌还是浙江中部一个贫困的农业小县，人多地少，资源贫乏。义乌人自古有经商的习惯，"鸡毛换糖"就是义乌货郎们传统的谋生手段。农闲时，义乌货郎们手摇拨浪鼓、担着装满小商品的箩筐，穿行在浙江及其周边省份城乡的大街小巷，换取鸡毛、鸭毛、牙膏皮等废品，回到住地后，再把换来的鸡毛、鸭毛或作为农田肥料，或制成鸡毛掸子卖给供销社，牙膏皮则卖给废品站。

楼仲平就是当年最后一批义乌货郎中的一位。

20 世纪 60 年代，楼仲平出生在义乌的一个贫苦之家，家里有 6 个兄弟姊妹，他排行老四，吃饱饭是一家人当时生活的奢望。念初二那年，楼仲平悄悄问和父亲一起做完货郎担生意回到家中的哥哥，做货郎是不是很辛苦，"反正能吃饱饭"——哥哥直奔主题的回答让楼仲平动了心。于是，楼仲平央求父亲让自己也外出做货郎，开始了随父兄在江西弋阳走街串巷"鸡毛换糖"的日子。

时间一长，楼仲平逐渐跟父辈学到了做生意的小窍门，比如同样是做生意，"你对人家好，人家才能对你好，你挣来 10 元，自己只能拿 4 元，要把 6 元分给人家"。读过书的楼仲平脑子灵光，又舍得花力气，很快就在"鸡毛换糖"的过程中发现了商机——在市场上摆地摊比担着货郎担更好做生意。这是楼仲平走南闯北过程中第一次感受到商业模式创新带来的好处，当时的楼仲平没有想到的是，从这一次创新开始，全新的人生道路正在他眼前敞开。

20 世纪 90 年代初，楼仲平回到家乡，在市场的固定摊位做起了生意。在义乌鼓励商户以商转工、贸工联动的过程中，楼仲平买了生产吸管的机器，前店后厂做起了吸管生产、销售的生意。随着订单越来越多，楼仲平开始专攻生产。这时，生产吸管的厂家也多了起来，大环境的变化让楼仲平逐渐意识到品牌的重要性，他及时地把握住机遇，快速注册了"双童"商标。从做企业标准到做行业标准，从单纯依赖外贸到"多条腿走路"，楼仲平逐渐把小厂做成大厂，又从多种经营模式回归到对吸管业务的专营，把每根利润仅 0.008 元的吸管，发展为年产值 2 亿元的产业，并掌握占世界三分之二的专利技术，包揽制定了全球吸管行业的所有标准，使"双童"吸管成为这一行业的绝对领导品牌。

楼仲平的货郎经历，以及他将吸管产业做到极致的过程，其实也是义乌不断发展壮大、不断提升影响力的一个缩影。义乌的世界小商品集散中心地位，不是凭空确立起来的，这和义乌人的聪明才智、辛勤付出直接相关，更同义乌紧抓强县扩权机遇、全面启动城市化进程密不可分。

"一见阳光就灿烂，一遇雨露就发芽。"这是改革开放以来，义乌快速发展的生动写照。义乌靠商贸起家，市场是义乌人最大的财富，也是义乌人干事、创业的梦想舞台。义乌始终坚持把市场作为区域的"发展极"来培育和经营，一切围绕市场兴盛而谋划，建成了一批影响全球市场的小商品制造业。楼仲平专注做吸管生产 30 年，把微利产品做到极致，就是义乌将政府的"有形之手"与市场的"无形之手"有机结合并孕育出累累硕果的真实写照。充分利用市场先发优势，以小商品流通为载体，推动市场化，带动工业化，催生城市化，演进为国际化，这就是义乌创造"无中生有、有中生奇、无奇不有"这一奇迹的基本路径。

自 20 世纪 80 年代以来，义乌的发展大概经历了这样几个阶段：

兴商建县阶段（1982—1993年），主要是实施兴商建县战略，以市场化为主要推力，形成全国最大的小商品市场；工业强市阶段（1993—1998年），主要是实施以商促工、贸工联动战略，以市场化带动工业化，形成了与专业市场紧密联动的产业体系；城市化阶段（1998—2003年），主要是实施城市化战略，工贸联动催生城市化进程，形成了现代化商贸名城；迈向国际化阶段（2003年至今），主要是随着市场规模扩大、功能完善和业态提升，形成全球最大的小商品批发市场，并演进为国际性商贸城市。

在这一整体发展脉络中，以新型城市化推进城乡一体化是义乌发展史上极为重要的一环，尤其是推进城市化和建设新农村互动。农村支持城市，城市反哺农村，城乡互动催生城乡经济社会发展一体化新格局。义乌积极实施以工哺农、以商强农战略，通过实施"市场带百村"工程，拓展了农民致富的渠道；通过实施农业"强龙"工程，推进了农业产业化；通过确立并实施城乡一体化行动纲要，促进了农村向社区、农民向市民、农业向企业的转变，逐步实现了城乡经济社会融合。

关于义乌推进城市化的历史脉络，我在义乌市建设局里找到了这样的调研材料：

1998年以来，义乌出台政策，展开以村为单位，实行"有天有地四层半"垂直安置为基本模式的旧村改造、新农村建设，成为义乌扩大城市的重要途径。依托"有天有地四层半"垂直安置模式为主题，结合农村医疗保障、文化教育设施建设，以及交通道路、供水排水基础设施建设等措施，拉近了农村和城市的距离，大大改善了农民居住条件，也增加了农民的财产性收入，并在相当程度上促进了城市化快速发展，进入半城市化进程。

但是新问题接踵而至——义乌作为县级市，受行政管理机制影响，海关、进出口检验检疫、外汇管理等机构的设置都与经济发展不配套，当时年出口 40 万个集装箱却只有一个海关办事处，用电指标、用地指标、信贷指标等也无法适应经济发展的需要。

2005 年 11 月，习近平专门批示指出，义乌超常规快速发展中出现了一些不相适应的情况，这在一定程度上制约了区域经济和社会的发展，要对义乌等经济发达县市发展中遇到的问题进行专项调研。

在习近平的推动下，浙江省委、省政府正式启动第四轮强县扩权改革。推进扩权改革试点建设的过程并非一帆风顺，义乌在当时面临着不少阻力和压力，在这种情况下，习近平力排众议，顶住压力，推进改革。义乌一度被称作"中国权力最大的县级政府"，并由此大大加快了新型城市化的步伐。（以上两段摘自《浙江日报》2017 年 10 月 7 日第 1、2 版，《全面小康一个也不能少——习近平总书记在浙江的探索与实践·协调篇》）

2006 年以来，义乌共进行了四次扩权改革。

2006 年 11 月，浙江省委、省政府下发《关于开展扩大义乌市经济社会管理权限改革试点工作的若干意见》（浙委办〔2006〕114 号），共下放给义乌市 603 项经济社会管理权限。

2008 年，浙江省委、省政府下发《关于扩大县（市）部分经济社会管理权限的通知》（浙委办〔2008〕116 号），整合下放给义乌市 618

项经济社会管理权限，其中新增事项 94 项。

2012 年 6 月，浙江省委、省政府下发《关于加强服务保障改善发展环境大力推进浙江舟山群岛新区建设和义乌市国际贸易综合改革试点的实施意见》（浙委办〔2012〕70 号），下放 357 项经济社会管理事项，其中新增事项 228 项。

2013 年 12 月 30 日，浙江省政府下发《浙江省人民政府办公厅关于公布取消和调整行政许可事项目录的通知》（浙政办发〔2013〕154 号文件），下放 40 个部门 169 项审批事项，涉及 8 项义乌市新增下放事项。目前，所有下放行政审批事项均已承接到位。

在此基础上，2014 年 4 月，浙江省委、省政府出台《关于深化义乌市国际贸易综合改革试点的若干意见》，明确"除法律法规明确规定必须由设区市行使的职权外，赋予义乌市与设区市同等的经济社会管理权限"。

扩权改革的顺利推进，有效减少了管理层次、降低了管理成本、提高了行政效率，对义乌的经济社会发展起到很好的助推作用。今天，义乌依旧在驰而不息地推进改革创新中发展壮大，全方位实施"山海协作工程""强县扩权"等一系列浙江破解城乡二元结构的工程。

"新得新晴纵夜游，纱笼喝道肯迟留。风流买市皆如愿，雪艳歌筵总莫愁。"宋代诗人陈著所描绘的这番繁华景象，又在今天的义乌显现。而从"鸡毛换糖"到外贸风向的晴雨表，正是义乌人凭借多年的辛勤劳动和改革试点的浩荡东风，铸就了义乌今日的新辉煌！

第六部分

共同富裕
共享文明

第一章

农民怎么富起来

当杭州中欣晶圆半导体公司享受退税政策时，台州"农创客"茹秋凯通过创业担保贷款获取了资金；当杭州居民王小青享受大医院医疗资源时，松阳小山村的村民王建国也在乡镇医院完成了一场小手术；当衢州依托山海协作平台向社会筛选、推介乡镇的特色农产品，创新发行"消薄卡"供市场认购时，在200多千米外的杭州余杭区，有30多家企事业单位迅速认购了60多万元……这是浙江推进共同富裕过程中的一个个生动画面，通过城乡统筹、山海协作，浙江已成为全国省区农民收入最高、城乡居民收入差距最小、区域发展差距最小的省份之一。

在走访的过程中，我发现山海协作能解决大部分农村发展过程中出现的实际痛点。比如，农村大部分青壮年劳动力流入城市造成了农村空心化、农业边缘化、农民老龄化问题，极大限制了农村农业发展与农民的增收。而要解决农村劳动力短缺的问题，正需要培养一批年纪轻、有文化、思维新、视野宽、能力强的新型农民，才能为农业的发展注入新鲜的血液。在这样的背景下，2015年，浙江在全国率先提出"农创客"概念，并开始培育相关人员，不断推进"农创客"的"千名引领、万名培育"工程。

何谓"农创客"？"农创客"是指年龄在45周岁以下，拥有大专及以上学历，在农业、农村领域创业创新，从事农、林、牧、渔业生产、加工、销售，以及休闲农业、农家乐、民宿、手工艺、农村电商等农业生产服务业，担任企业、农民专业合作社、家庭农场等生产经营主体负责人或拥有股权的人员。

"农创客"们为农业发展注入了新理念，带来了新手段，也提供了农业生产新的运行模式。

从中国科学院毕业的沈杰博士，就是"农创客"中的一员。沈杰曾是无锡物联网产业研究院副院长，曾任中国国家物联网标准工作组总体组组长。2016年，怀揣乡土情怀和创业梦想的他回到老家——浙江湖州，做起了"渔夫"。

"养鱼即是养水，上一代农户单纯依靠经验养殖，风险很大。我们可以依靠物联网技术实时监测水质，分析鱼塘情况，由依靠经验养殖转换到依靠数据精准养殖。"沈杰这样分析自己的养殖优势。目前，沈杰的企业已为上万个鱼塘用户建立水产物联网养殖服务平台，降低传统渔业风险的同时，还能实现经济效益增长10%。同时，依托养殖大数据，企业还帮助农户打通供应链，不仅使农户卖鱼更便利，而且从源头保障食品安全。

与沈杰一样，"农创客"潘军军也生于农家。2013年大学毕业后，潘军军回到杭州萧山老家创业，从事南美白对虾苗种生态淡化事业。"目前，我们通过生物制剂调水、增加增氧设备等方式，营造出更适合南美白对虾生长的环境，使其成活率提高近三成，不再像过去一样'看天吃饭'。"

"'农创客'就是新一代的农民。我们都比较年轻，思维活跃，创新能力强，从相互交流中能够学到很多东西。"潘军军直言。在养殖模式与销售创新上，他就曾受过其他"农创客"启发，"过去我们只能坐等批发商上门收购。看到做电商的'农创客'收益都很不错，我们也开始尝试销售电商化，销售额和利润都比以前高。"

在政策的支持和引领下，像沈杰和潘军军这样的"农创客"还会越来越多。各级政府引导和激励有志"农创客""上山下乡"，投身农村创业创新，带领农民增收增效。2019年，浙江实施"两进两回"，积极推进科技、资金进乡村，青年、乡贤回农村，提出到2022年底，浙江全省将具有大专及以上学历、45周岁以下的"农创客"1万名。为了壮大"农创客"群体，2021年，浙江还出台《关于实施十万农创客培育工程（2021—2025年）的意见》，明确到2025年，浙江将累计培育"农创客"10万名，辐射带动100万名农民实现增收；从组织体系、人才政策、资金扶持、创业平台建设等方面，为实现"十万农创客"的培育目标制定计划；明确建立全省"农创客"数据库，实行分级认定、分层培育，制定"农创客"资格认定省级标准；组建完善省、市、县三级"农创客"发展联合会，在办公场地、工作经费上给予支持。

接下来，浙江将每年培育和认定"省级领军农创客"2000名、"市级示范农创客"6000 名、"县级新兴农创客"1.2 万名。为此，浙江将开展万名"农创客"大培训，把"农创客"作为高素质农民、农村实用人才培训的重点；支持高校面向"农创客"开展研究生教育，支持各地建立高层次农村创业创新人才培育扶持政策；鼓励"农创客"参与省级重点人才计划等重大人才工程，支持更多符合条件的优秀"农创客"申报农业高级职称；各地推动"农创客"纳入人才分类目录，对符合条件的"农创客"给予落户、住房保障、医疗、子女教育等方面的支持。

在政府的引导和激励下，短短数年，"农创客"如雨后春笋般在浙江涌现。根据对 5073 名"农创客"的调查统计，这支队伍年纪轻、学历高，其中"80 后"占 53.9%，"90 后"占 29.5%；男性占 74%，女性占 26%；本科以上学历占 42.7%；党员占 32%。其中，不乏毕业于北京大学、清华大学、浙江大学的高才生，"海归"也有 77 人。这支在田野上创业创新的队伍，有乡土情怀，立志在广阔的农村施展才华；有绿色情怀，致力于生产和销售安全、优质、放心的农产品；有老乡情怀，怀揣带动农民增收致富的梦想。他们将新思路、新技术、新业态带入乡村，作为带动农民增收致富的"主力军"，使得古老的乡村成为有奔头的地方。

在"农创客"拥抱农村的同时，新技术的赋能也正让老一代"面朝黄土背朝天"的传统农耕方式发生改变。

"90 后"的建德姑娘王运，就因父亲的一句"回来帮帮我吧"，辞去了在杭州的白领工作，转而投身乡村，成为名副其实的"粮二代"。

"父亲是全国优秀种粮大户、浙江省劳动模范，之前成立过公司并承包了村里流转的土地种粮，农业是他的信仰。但随着父亲年纪变大，每次看到他在田间地头来回奔波，我就很心疼。"王运返乡后，一直在思考如何改变老一辈务农的辛苦，让农耕更加高效、便捷。

"时代在变，种田也可以有新种法。"怀揣着这一想法，王运一边帮父亲种粮，一边通过远程教育学习农技推广与管理。在参加一次农业农村部门组织的调研学习中，她看到了科技对农业的提质增效。回到家后，王运立马跟父亲商量，希望借鉴这一做法，利用科技设备种田。"当时配备一套智能化的设备要花近 20 万元，每年还要不少维护费，开始父亲不支持，觉得种田为什么要花这么多钱。"不过，在王运的坚持下，最终智慧农业还是被引进了。400 亩的示范基地里安装上了小型气象站、虫情测报灯等科技设备，不仅可以通过手机实时管理稻田，还实现了与农业农村部门联网，方便农技专家远程"支着儿"。

事实证明，王运的创新与坚持是正确的。借力数字化和机械化，王运和她父亲种粮的面积不断扩大，从起先的 1200 亩发展到 2200 亩。2200 亩智慧稻田观光项目，吸引了大批游客来田间创作稻田画、体验泥塘摸鱼，直接带动当地 27 名村民实现人均年增收 1 万元。

把新技术带进农村的王运，不仅让村里村民尝到了甜头，也把经验推广给越来越多当地的农民。在建德，由王运担任会长的"农创客"发展联合会成立了。王运表示："我是建德唯一一个全国'双带'（带头致富、带领群众共同致富）农村科技青年人才，深知科技对于农业的重要意义，当联合会成员遇到技术、政策上的问题时，我会帮他们对接专家答疑解惑，通过帮助他们，让他们能帮助带动各自背后更多的农民吃上'科技饭'。"

出生于温州泰顺农村的"90 后"唐平冬，也是回乡创业的一员。大学毕业后，唐平冬没有像其他同学一样留在大城市，而是放弃高额年薪、响应大学生返乡创业号召回到家乡。唐平冬的创业方式既传统又别出心裁，她要养鸡，不过，可不是按一般的方式养鸡、卖鸡，而是要让鸡"跑"起来。

"养鸡是很传统的农事，但有一次，我看到朋友每天"刷"运动步数，突然就想着是不是可以把这样的技术运用到养殖中呢。一来非常有亮点，二来还能建立整体溯源体系，让买家吃上放心的鸡。"唐平冬很快就把这一想法运用到了养殖中。现在，每只鸡的腿上都绑有一个自动计步器，散养鸡"漫山遍野"地跑，而买家通过扫描二维码就能看到实时更新的步数。通过记录每只鸡的步数和拍摄相关视频上传抖音平台，唐平冬的一只鸡能卖到 198 元，鸡蛋每斤 25—35 元，最远销售到了北京、海南。

"跑步鸡"项目也帮助周边农户获取了良好的收益，唐平冬推出了"免费提供鸡苗和脚环、农户签约养殖、公司再回购销售"的助农模式，实现"公司＋基地＋农户"定向定点的助农创新。变"牢笼鸡"为"跑步鸡"项目，带动了周边农户实现人均 2 万元、最高 10 万元的年收入。目前，当地农场农户存栏"跑步鸡"近 10 万只，年创收近 800 万元，带动农家乐、民宿以及其他农产品销售近 350 万元，原本贫困的小山村一跃成为小康村。

2021 年，在各方支持下，唐平冬还携手三村联建厂房打造了"农创客"创业园。目前，创业园已招商入驻 20 家企业、23 个项目，辐射带动省际周边 1500 多家农户并提供了 100 多个就业岗位。

作为在互联网的伴随下成长的新一代，像王运、唐平冬这样年轻的"农创客"勇于将"互联网＋"等思维全方位融入农业生产经营，灵活地将新理念、新方式、新手段、新模式运用到农业领域。学法律的"农创客"陈小东摸索出了"水稻＋水产＋瓜果"稻田立体生态循环种养新模式；学会计的"农创客"许鑫瀚采用生物工程快速繁殖浙江三叶青种苗，产品大多通过互联网渠道销售……

随着互联网技术运用的不断普及，"放下锄头点鼠标""田间地头搞直播"，手机和自拍杆也成了"新农具"。浙江农民利用网络直播、短视频等形式销售农产品已成新潮流。在武义，老道农业农场主朱红波正一手拿着自拍杆，一手对着手机直播吆喝："这就是我家鸡、鸭、鹅的日常！渴了喝池塘水，饿了吃果园里的虫、杂草，没事还能结伴游个泳，晒个太阳……""叮——"1分钟不到，一个来自上海的鸡蛋订单就来了。朱红波说，他现在每天直播两小时，每天光是土鸡蛋就能卖出1000多个，比以前增加了5倍，收入嘛，当然也比之前翻了好几番。

"农创客"的到来，给浙江农村带来了新鲜的活力，传统的农业创收方式，也在这样的潜移默化中发生了变化。从过去的"卖树木""卖矿产""卖劳力"，到现在的"卖风景""卖文化""卖体验"，浙江千方百计打响生态牌、乡愁牌、田园牌、民俗牌，"经营"乡村，让山海协作、"千万工程"与农民增收互动发展。

2021年，浙江全省已消除农村家庭年人均收入9000元以下的现象。为了彻底"拔穷根"，浙江尝试通过改革的不断深化，明确土地、山林、房屋、宅基地等资产的产权归属，让沉睡已久的各项农村资源合理流动起来。

作为浙江民营经济重镇的诸暨，为促进1.3万余户低收入农户增收，增强产业带动力，通过开展就业技能培训、扶持产业扶贫基地、出台贷款贴息政策等，有效激励有劳动能力的低收入农户就业、增收。在诸暨市东和乡大林村的来料加工基地，待加工的袜子堆得整整齐齐，十几名工人正忙着手里的活计。他们多是附近的农民，从"中国袜业之乡"——诸暨市大唐镇拿货，根据厂家要求对袜子进行包装。这类岗位的工作操作简单、方式灵活，也为农民带来了稳定的货源和收入。

而在象山县涂茨镇黄沙村，正在开展新一轮全国宅基地制度的改革。黄沙村村民张哲最近通过县里的"闲置农房盘活"系统，流转了一套闲置农房，并通过"浙里办"App完成线上签约交易，他说："没想到，农房一挂到平台上，就有投资者来对接。空闲的房子立马就变成了现钱。"承租方宁波目的地民宿有限公司总经理聂文华介绍，这套农房占地面积105.6平方米，15年的租金共27万元，每5年支付一次。稳定的租期与租金，增强了企业投资经营的信心。"农房资源线上找，信息全面；交易手续线上办，便捷可靠。"聂文华说。作为新一轮全国宅基地制度改革试点，象山近年来围绕宅基地"三权分置"改革狠下功夫。"盘活宅基地使用权是改革重点，我们通过数字化改革赋能，让资源变资产，资产变资本，激活乡村沉睡的资源，给农民带来实实在在的收益。"象山县委主要负责人表示。

除了"农创客"和创收方式的更新，近年来，浙江还在破解农业种植难题的道路上迈出了重要的一步。人多地少，连片耕地较少，一直以来使得浙江农民作物种植分散、效率低、收入少。近年来，浙江试图破解这一难题。告别单打一，主攻规模化。一批批农民专业合作社和家庭农场等新型农业经营主体——新农民，在浙江大地涌现。新农民们经营着小到几十亩，大到几百亩、上千亩的农场，或自己树品牌，或抱团闯市场。在家庭经营基础上发展起来的家庭农场、农民专业合作社，是家庭经营的升级版，更是符合农业现代化要求的新型经营主体。如今，浙江4万多家农民专业合作社、近2万个家庭农场成为农民钱包鼓起来的重要来源。

在海盐县沈荡镇，新农民陈小东联户发展300多亩的稻鳅共养基地，由他成立的公司来规范绿色生产的要求，周边农户按规定生产。"因为产品质量有保证，我们的大米每千克能卖22元，泥鳅每千克35元。"他说，算下来，每亩纯利润能达到2万元，公司与农户各得1万元。

在养猪大县龙游，养殖场场主赵春根带头组织当地规模养殖场进行联合经营，降低成本。"船大才能抗风浪"，此举缓解了过去生猪价格一波动，养殖户利益就受损的尴尬局面。目前，龙游全县已经建成"龙珠""龙鼎""豪欣"3家新型畜牧产业专业合作组织，成员生猪养殖量占全县养殖量的65%以上。

浙江还通过实施农村电子商务增效行动，积极构建农产品网络销售和农民网络消费服务体系，有效增加农民收入。2021年，全省网络零售额25230亿元，比上年增长11.6%。

"中国要强农业必须强，中国要美农村必须美，中国要富农民必须富。"数据显示，浙江农民收入已连续37年领跑各省区，城乡居民收入比同样持续多年处于各省区最低。2021年，浙江农村居民人均可支配收入突破3.5万元，增速比城镇居民人均可支配收入高出1.1%；低收入农户收入同比增长 14.8%，比农村居民收入增速高出 4%。一个个"农创客"引领乡村发展，传统乡村的生产方式发生改变，一批批新农民在浙江大地涌现……浙江正通过多措并举带动农民向着共同富裕的美好未来奔跑！

第二章

腾飞的秘密

提起浙江，人们往往想到的是富饶的水乡平原，不过事实上，山地、丘陵才是浙江地貌的重头，它们的面积占了整个浙江面积的约70%。山区，是浙江不容忽视的地域，在浙江推动共同富裕的发展过程中，山区26县始终是重中之重。

2021年7月，浙江省委召开山区26县跨越式高质量发展暨"山海协作工程"推进会，为26县量身定制了"一县一策"，指导山区县根据自身基础和潜力发展；明确了"一县一业"，即以诸如淳安水饮料、仙居医药器械、天台轨道交通和汽车零部件、云和木制玩具等辨识度高、发展潜力大的产业为各地核心产业，并为其提供政策红利。通过核心产业发展，一个个山区县将走出一条条各具特色的高质量发展之路。

地处浙江东南的仙居，就在绵延的群山中走出了自己的发展道路。

仙居深藏在山中，其名称由来有着动人的传说。

相传，北宋时期，永安县城西门外的西郭洋村有一个叫王温的人，平日乐善好施。一日傍晚，王温家门口忽然来了两位满身疮痍的青年，向他求助，王温不忍，便问可有救治之法。

　　那两人说："办法倒有，只需用新酿的酒浸泡身体，便可痊愈。"王温听后，便命人抬来两缸新酒给二人。

　　酒缸中浸泡一夜后，两位青年果然痊愈，且容光焕发。他们拜谢王温后便离去了。

　　而后，王温本想倒掉酒缸中的酒，却发现缸中酒的香味更胜于前，喝一口只觉得鲜美无比，便唤来家人品尝，甚至还把酒糟喂食给家中鸡犬。

　　结果，王温和家人连同鸡犬一起升天，成了神仙。

　　故事传到了宋真宗耳中。信奉佛道的宋真宗便在 1007 年以其"洞天名山屏蔽周卫，而多神仙之宅"，下诏赐名"仙居"，意为仙人居住的地方。

　　和浙江的"七山一水二分田"类似，仙居有着"八山一水一分田"之说，正如"洞天名山屏蔽周卫"所描绘的一样，括苍山脉穿县而过，全县森林覆盖率达 79.6%。在国家 AAAAA 级旅游景区神仙居中，还有着世界上规模最大、保存最完整的火山流纹岩地貌。得益于这份馈赠，旅游业也一直是仙居的一张金字招牌。无论是依托特产杨梅的"杨梅节"系列活动，还是一山一水、一石一峰自成一格的神仙居景区，抑或是独具特色的民宿，都吸引了山南海北的旅人。

　　不过，为仙居人民带来无限馈赠的资源，一度也成了阻隔仙居与外界的一道天堑。

因为四面环山，从前，仙居当地人西去金华、衢州等地只能跨越苍岭，南下温州、丽水只能跨越括苍，东往临海只能乘百里船筏，境内更是山径环绕，出行有百般不便。"坐轿颠倒颠，两脚通到天，有囡勿嫁高山尖。"这是当地老人们传下来的说法，因为山高路险，"神仙居住的地方"令不少人望而生畏。

新中国成立后，仙临、仙磐、仙温等公路相继通车，永安溪也架起了大桥，这才改变了仙居人"一根扁担两条腿"讨生活的状况。

2021 年 6 月 25 日，当金台铁路正式开通，D5472 次"绿巨人"复兴号动车组列车鸣笛驶出台州西站，以 160 千米时速驶向浙中腹地金华永康时，沿线居民的多年期盼和"山海协作梦"终于得以实现。预计 2024 年通车的杭温高铁，更是将仙居纳入浙江省一小时交通圈。

交通网络的完善也带动了仙居当地工业的发展。

新中国成立初期，仙居只有一家小电厂，20 世纪六七十年代已经有了具有现代化设备的化工、制药、棉纺等地方国营企业，改革开放后形成了以医药化工、机械、纺织、工艺美术为支柱，以"体积小、品种多、重量轻"为特点，具有仙居地方特色的初步工业基础，其中又以医药化工和工艺美术体量较大。

"在很长一段时间里，工艺美术和医药化工产业支撑起了仙居的工业经济。"仙居县经信局副局长陈丽芝说。起源于 20 世纪 60 年代初的仙居工艺美术早些年一直是仙居的支柱产业。2005 年，工艺美术产业规模占全县规上企业数量的 54%；规上企业总产值 14.28 亿元，工艺美术产业占全县规上工业总产值的 30%。但近十年，工艺美术原材料价格涨幅巨大，成本上升导致其核心竞争力下降；再者，企业管理和创新相对落后，终端市场开发不充分等因素导致产业受到中间商掣肘；宏观环境变化也导致行业增本减利，最终导致这一产业在近些年一直不温不火。

此消彼长，同样起步于 20 世纪 60 年代的医药化工产业今天已经成了仙居的第一支柱产业，而其中"高亩产、高技术、高附加值"的医疗器械产业是最突出的增长点。这个新兴产业正在不断发展壮大，成为推动区域发展的新的经济增长点。

20 世纪 60 年代，仙居出现了第一批医疗器械销售企业和零星的生产企业，经营方向以医疗器械批发零售、传统机械制造和简单装配为主。其中，成立于 1959 年的仙居医疗器械厂就是典型企业之一，主要生产牙科椅、手术床、产床等医疗器械产品。

进入 20 世纪 80 年代，医疗器械产业政策法规逐步完善，为行业发展铺平了道路。

到了 21 世纪，一批从本地医药化工企业走出来的仙居人打开了新时代医疗器械企业的局面，王卫东就是其中之一。

2007 年，在浙江仙琚制药股份有限公司担任销售大区经理的王卫东，做了一个令所有人都感到意外的决定——辞职。

当时，已经入职七年的王卫东有着令人艳羡的职位和薪水，手下的销售业绩几乎占到了公司的一半。七年的摸爬滚打让王卫东看到，国内医疗器械行业有着巨大的空白，这一空白带来的可能性和市场是巨大的，这成了王卫东选择辞职创业的重要原因。

"人脉、销路已经有了，但是产品做什么，这是当时面临的最大问题。"通过与临床专家沟通，王卫东发现国内高端医疗器械完全被国际厂商垄断，而且价格高得离谱。于是，他决定自主研发以麻醉气管插管全套设备为基础的可视化医疗器械，并将目光锁定在可视喉镜这一产品上。

早在 2003 年，可视喉镜就已经在国际上出现，不过由于价格高昂且不符合中国人的上呼吸道特征，故在中国未能普及。当时，国内绝大多数医疗机构使用的都是直接喉镜。然而，直接喉镜需要专业麻醉医生才能完成对病人的插管，最大的缺点是不可视的盲插导致插管失败率相对较高，且容易引起并发症。

"如果能成功研发这款产品，插管难度将大大降低，而且精准度将大大提高，这样，基层医院的医疗人员经过培训也能进行插管。插管可视化的特点也将为患者争取宝贵的抢救时间。"王卫东说。通过两年多的调研、走访，他最终于 2010 年回到了家乡仙居创业。

2011 年，HC 可视喉镜研发注册成功。产品被送往各大医疗机构使用，反馈很好，有适合东方人咽喉结构特征、插管成功率高、成像清晰等优势。

从 2010 年创业初期不到 10 人的小团队，到 2011 年产品一经投产便一炮走红，如今，HC 可视喉镜的销售及分销网络已覆盖全国各省（区、市）及全球多个国家与地区。2013 年，企业更名为浙江优亿医疗器械有限公司。

优亿的发展轨迹让许多当地企业有章可循，也让仙居更加坚定了发展医疗机械这一朝阳产业的决心。

在位于仙居母亲河永安溪上游的浙江仙居经济开发区白塔区块，当地政府建立起了仙居医械小镇。从清晨开始，这里就是一派繁忙的景象：生产车间里，机器轰鸣；小镇客厅里，投资方和企业代表正在火热洽谈；科研中心里，科研人员正埋头钻研，希望将一项项成果早日转化为造福医生、患者的产品……

"今天的医械小镇已经进入高速发展阶段，重点发展可视化诊断设备、精准手术机器人、智能康复理疗设备、高值医用耗材领域。"陈丽芝告诉我，仙居县医械小镇总规划面积 3.47 平方千米，内设星石器科创中心，集小镇运营中心、研发中心、众创空间、孵化器等功能于一体，以后还会进一步完善配套设施、智能化管理体系以及疗休养区块。"再过两年，这里将会是集合产业、科研以及康养于一体的复合型园区。"

蓝湾科创集团的李晓见证了医械小镇的发展，他说，2019 年，小镇获评"台州市小微企业工业园区示范区"；2020 年，仙居医械小镇被成功列为省级特色小镇第五批培育对象,这让小镇的能级实现了"二连跳"。

至此，小镇探索了一条"产业＋资本＋飞地＋平台"的发展路径，打造了"三医"融合的省级特色小镇的道路。建立混合所有制的小镇专业运营公司，采用"1＋N"模式为小镇项目快速落地和良好运营提供服务。小镇还创设了总规模 10 亿元的医疗器械产业引导基金，通过基金投资医疗器械种子企业，引进、培育高成长的优质项目落户。

截至 2021 年底，仙居县医械小镇已入选省级特色小镇创建名单，集聚高端医疗器械企业 45 家、高端医疗器械项目 48 个，拥有高端人才近 70 人、发明专利 200 余项，获得省"首台（套）"认定 2 个、"浙江制造"认证 2 家，规上企业研发投入占比均超过 10%。

"曾经，仙居经济总量整体偏小，产业层次不高，人才、土地、资金等要素制约问题比较突出。现在有了这套'四维结合'的体系，越来越多的企业愿意在仙居落户。"李晓说，刚起步那会儿说服企业过来并不容易，现在各方面条件好了，企业都主动找上了门，"这不，光今天就要接待两家有意愿过来的企业！"

资本的介入，为产业发展提供了加速度。据统计，截至 2021 年底，小镇已经有基金投资项目 20 个，累计投资额 2.75 亿元，撬动社会资本投资 5 亿元。未来 5 年，预计引进企业 300 家以上，固定资产投资 50 亿元。实体化运营浙江大学生物医学工程与仪器科学学院仙居医疗器械研究院、仙居—上海理工大学医疗器械创新与转化学院，为企业技术攻关、项目引进、人员培训等提供科技服务，医疗器械审评、审批速度提高 37.1%，注册、备案批件同比增长 130%。目前，小镇已汇聚了 10 家科创资本公司，2 家官方审评、审批服务站，2 家中介服务代理机构。

在小镇科创中心的 8 楼，一出电梯就能看见"医疗器械审评、审批服务站"几个大字，医疗器械企业的"急难愁盼"在这里都会得到回应。

正在服务站里为企业答疑解难的陈贵进有两个身份：一个是仙居县市场监管局药械生产监督管理科科长，另一个就是医疗器械服务站站长。

每周一、周五都会有值班人员在服务站驻点，为企业答疑。"和其他行业不同，医疗器械产业有着研发期长、前期投入资金大、市场监管力度大等特点。产品的审评、审批工作一直是困扰企业的'老大难'问题。"陈贵进说。一般来说医疗器械产品审批周期比较长，从研发成功到投产往往需要一到两年的时间，特别是对于初创型医疗器械企业来说，如何报审、递交哪些部门都需要相关部门指导。

"与其每天在办公室里接电话不如直接把服务前移。"陈贵进说。2019年，他们向省药监局申请，希望在当时的产业园设立医疗器械服务站。同年4月19日，省药监局同意设立。7月20日，全省首个创新医疗器械服务站正式挂牌成立。服务站负责园区医疗器械产品的受理、审批、审评、检验和注册质量管理体系检查等协调、联络工作，并可辐射台州全域范围。

对于园区来说，服务站就像一个"加速器"，帮助企业节省了成本、提升了效率。

"再也不用往外跑，也不用等那么久了。"王卫东说，以前为了尽快拿到医疗器械产品注册证，他们往往会派驻一个团队"盯"注册证办理的各个流程，但还是会因为种种问题而返工，"现在好了，服务站就在'家门口'。企业不出园区，就能享受到注册、审评、政策咨询等方面的服务，也能第一时间寻求专家帮助解决在产品研发、注册、生产过程中遇到的各种问题。省时、省钱、省力！"

"就拿疫情防控期间来说，服务站帮助4家企业取得应急产品注册证书，同时还帮助周边多家企业完成应急注册申报。"陈贵进说。接下来，服务站还将开通浙江省医疗器械技术审评远程视频专家咨询平台，并设立仙居创新医疗器械检测服务平台。

创新是发展的动力，突破是创新的本质。

作为浙江省26个山区县之一，仙居早在"十三五"期间就已经锚定了医疗器械产业这个方向，先后出台了《关于促进高端医疗器械产业发展的若干意见》《仙居县高端医疗器械人才集聚政策十条》《关于加快科技创新推动高质量发展的若干意见》《仙居县人才新政三十五条》等政策，拿出"政策干货"，发挥"生态优势"，聚力支持医疗器械产业发展壮大。

2021年12月3日，《关于支持仙居县跨越式高质量发展的若干举措》（简称"《若干举措》"）正式发布，医疗器械产业发展思路、目标和扶持政策尘埃落定。该《若干举措》明确了仙居的发展目标，即2021—2025年计划完成总投资50亿元以上。到2025年，培育形成百亿级高端医疗器械产业集群，力争集聚规上企业50家以上、省级及以上企业研发中心10家，专利累计拥有800项。"围绕医疗器械发展可能存在的'短板'，我们协同各个部门以及相关企业列出了一张清单，然后再逐一筛选，最终和省相关部门确定了该《若干举措》。"仙居县发改局副局长夏明志说。

在政策的指引与无数创业者的加盟接续下，仙居的医疗器械企业正在如火如荼地发展壮大：在仙居，连续举办四届的中国·仙居全球医疗器械创业创新大赛已经累计吸引了全球近400个人才项目参赛，为仙居医疗器械产业发展夯实人才基础；先后引入浙江大学、上海交通大学等集人才培训、科技孵化、创新转化功能于一体的高能级平台，建立了杭州—白塔"科创飞地"，上海—仙居生命科技协同创新中心、医疗器械创新与转化学院……"新兴产业助腾飞，锚定方向构框架"，借着山海协作和创新创业的东风，仙居未来的步伐，将迈得更加坚实。

第三章

小县城里的大科技

仙居往北不到 100 千米，便是同样的山区县——天台。

这里，是"浙东唐诗之路"目的地，是许多文人墨客魂牵梦萦之地。"天台邻四明，华顶高百越。门标赤城霞，楼栖沧岛月""不似刘郎无景行，长抛春恨在天台""天台琼台标奇状，赤城瀑布悬千丈"……李白、白居易等一大批杰出诗人，都曾沿着这条诗路行吟，留下了不少脍炙人口的诗篇。

就跟仙居一样，天台虽然风光秀丽，又留有许多瑰丽的诗篇和动人的文化，但还是受到山区的地理位置影响，被不便的交通限制了发展。2000 年，天台县 GDP 为 29.28 亿元，仅占到台州地区当年的 4.7%。2001 年，到天台的高速公路才开通。如何振兴天台？除了借助其自然风光与文化历史打好"旅游牌"外，工业才是引领天台发展的根本。

今天，这个曾经充满诗情画意的山区县，除了拥有瑰丽的风光和文化宝藏外，还成了轨道交通及汽车零部件产业的高地。其中，浙江银轮机械股份有限公司（简称"银轮机械"）就是行业中的先行者之一。

1958 年，银轮机械的前身国营天台机械厂诞生了。矮小的厂房、破旧的设备、简单的产品……这是银轮机械给章熙平留下的第一印象。

1967 年的一天，刚从上海交通机械大学毕业的章熙平被分配到了天台机械厂当技术员。

他乘车 14 小时从上海来到了天台，见到公司的那一刻却落下了泪水——"我不是激动，而是有种'报国无门'、无可奈何的感觉。"章熙平半说笑地提及往事。他表示，刚到这里时，这个规模小、产品低端，科研更是无从说起的小厂让他有一种有劲却无处使的感觉。

20 世纪 80 年代，章熙平被调往杭州。总算能离开这个偏远的山区和简陋的工厂，他长长地舒了一口气。"当时打算不再回来了，直到 1997 年，年轻的厂长徐小敏找到了我，动员我回去真正干一番事业。我才抱着摸摸底的心思，再一次回到了公司。"

这一次回来，章熙平看到公司不再只是得过且过般地生产低端产品，而是正在为合资公司试制新产品，科研人员全身心投入，工人们热情满满，管理人员充满信心，这让已经年过五旬的章熙平下定决心，做一个"高龄跳槽者"。

再一次回到公司后，章熙平担任了公司的副总经理和总工程师，主管公司的技术创新、教育培训和企业管理。

1999 年，公司完成改制，摆脱了"汽车头拉火车"的局面，迸发出了新的活力，并决定集中精力深耕已经略有涉足的汽车热交换器领域。

"科技是第一生产力。话虽简单，却字字千金。"公司总经理徐小敏说。当时看着国外企业的产品,只有羡慕的份儿,但他相信只要锚定一个方向去努力,终会有收获,"与其临渊羡鱼,不如退而结网。"

徐小敏手里的那张网就是"技术"。为了更好地依托技术发展,除了引进章熙平等一批技术人员外,徐小敏还探索了借用外来力量为企业助力的模式。

1999年,公司开始寻求和浙江大学合作的机会。第二年,"浙大一银轮车辆散热器联合研究与测试中心"在天台和杭州同时挂牌,并启动实验室改造等项目;2002年7月30日,"上海交大一浙江银轮共建高效换热器产品研究开发中心"宣告成立,中心从提升产品开发手段起步,以研发高效换热器产品为目的;2004年5月21日,"哈工大一银轮焊接材料与工艺研究开发中心"成立;2008年4月,与浙江科技研究院联合成立"应用技术研究中心",后来又于2010年和2018年续签技术合作协议,加深了加工工艺以及装备改造方面的合作……

内外合力的技术牵引让产品有了核心竞争力。今天,在银轮机械的生产车间里,一个个适用于各类车辆的热交换器产品从这里走向世界各地。

"主要产品有乘用车发动机热管理系统、电池热管理系统、空调及热泵系统、商用车及非道路车辆整车热管理系统、工业及民用热管理系统等3000多个品种规格。"银轮机械党政办公室副主任刘炎正在和技术人员一起,核对新产品的相关参数。他告诉我,银轮机械之所以能从生产普通汽配产品走到今天,靠的就是坚定不移地走技术驱动的道路。

近三年,银轮机械累计投入研发经费6.75亿元,累计开发32种省级新产品，主要产品技术指标超越竞争对手，低铜不锈钢油冷器钎焊技术、无钎剂气保焊钎技术达到国际领先水平。其中，国六柴油机U型尾气后处理器等2个产品入选2021年度浙江省首台（套）装备。截至2021年6月，公司拥有专利700余项，发明专利81项，国际专利5项，牵头或参与制定标准35项。

从生产打稻机、插秧机到专门研发、制造和销售热交换器，再到拥有国家级的技术中心、热交换技术国家实验室和本领域里第一家在深交所上市的公司……今天的银轮机械，产品已经被华为、吉利、卡特彼勒、康明斯、戴姆勒、宝马、福特等国内外知名企业使用，热交换器产销量连续十几年保持国内领先，全球热交换器市场占有率达29.37%，营收也从1999年的3956万元增长到了当下的73亿—76亿元。

"靠科创打天下。"银轮机械这20余年的成长轨迹正是当下天台深入贯彻落实省委、省政府关于山区26县跨越式高质量发展的决策部署，引导企业高质量发展的方向。

2017年，天台出台《天台县科技新长征实施意见》，相继出台近20项科技政策，更是专门拿出6400万元作为科技经费，并确保此后每年维持10%的增幅。

而今，天台以银轮机械为核心，已经整合近40家配套企业，打造了国内首屈一指的热交换器生产高地。

通过加强统筹规划，以产业特色为切入点，天台县为资源要素集聚提供发展空间。按照"突出重点，分块提升；共建共享，辐射带动；蓝绿为底，产城融合"思路，启动天台始丰溪绿色科创走廊建设，以始丰湖科技城为中心，向西沿S323省道向平桥数字经济产业园、平桥南部产业新区和花前工业园区延伸，往南沿常台高速向高新产业发展区和苍山产业集聚区拓展。提出"56789"目标体系，也就是科创走廊将以50%工业镇街集聚全县60%以上科技型企业、70%市级以上研发机构，贡献全县80%研发投入、90%高新技术产业增加值。

围绕产业科技创新平台建设，天台县以创新中心建设为牵引，带动周边区块科创平台全面提升。

"我们不断加强顶层设计、统筹规划，以产业特色为切入点，补齐、做强平台短板，为资源要素集聚提供发展空间。"天台县科技局局长陈孝地说，近年来，天台围绕科研平台建设做了大量工作，创建省级天台高新技术产业园区已获批，省级大车配创新服务综合体建设稳步推进，台州（天台）汽车零部件产业工程师协同创新中心被列入省级试点单位。

总投资20.8亿元、占地738亩的天台创新中心项目将于2022年竣工并投入使用。同时，按照"万亩大平台、千亩小微园"的目标，有序推进苍山产业集聚区和6个小微创业园建设。

对于科创带来的变化，永贵电器集团（简称"永贵电器"）副总裁周廷萍也深有感触。

2004年，因为各方面因素，周廷萍跟随丈夫从昆山回到了他的老家天台，并进入当时在轨道交通领域专攻连接器的永贵电器。"别人都开玩笑说我见证了行业的发展，也见证了天台的成长。"周廷萍说，从大公司来到当时只有百来号人的永贵电器，肯定会有落差，"不只是公司规模，当时天台这个行业才刚刚开始起步，城市建设也相对比较落后。"

　　尽管条件艰苦，但企业并没有拘泥于眼前的困境，而是把目光放长放远，将重心放在科研上，几年内相继攻克了城市轨道、动车、高铁电连接器技术，并先后进军新能源汽车领域和军工产业。这一高瞻远瞩的决策也为永贵电器带来了新生。如今，永贵电器已经从当时濒临倒闭的小厂发展成为轨道交通电连接器行业龙头企业、铁道部电连接器系列产品定点生产企业和国家级高新技术企业，成了科创助跑的领头羊。

　　在企业积极投入科技创新的同时，政府也出台了许多相关的政策和"硬核"的举措来支持科技创新，两者携手，营造社会创新的氛围，共同促进高质量发展。

　　2021年12月29日，《关于支持天台县跨越式高质量发展的若干举措》正式出台，明确了以龙头企业为核心，以智能制造、低碳生态、专特精尖为主攻方向，加快推动轨道交通及汽车零部件产业高端化、智能化、绿色化发展的思路。

　　其中就专门为天台制定了"创新能力提升行动"政策：

　　支持天台始丰溪绿色科创区块建设、天台交通装备制造省级高新技术产业园创建、省级大车配创新服务综合体及银轮省级双创基地建设；支持天台众联科创联合工程院、南方科技大学天台智能制造研究院等单位创建省级新型研发机构；支持天台孵化中心和天台优质科技孵化器争创省级孵化器，支持天台轨道交通及汽车零部件企业申报省级创新联合体、省级企业技术中心、省级（重点）企业研究院等平台，支持申报各类创新及人才项目；支持天台轨道交通及汽车零部件企业和研发机构申报省"尖兵""领雁"研发攻关计划项目；支持天台企业建立博士后工作站，对企业的专业技术职称评审给予政策倾斜；支持天台在杭州、嘉兴等地布局建设山海协作"科创飞地"，对"飞地"入驻企业在高层次人才引进、项目申报、孵化器认定等方面给予政策倾斜……

一项项政策坚定了企业的信心。永贵电器总经理范正军说："政府和企业一起搭台的模式将会形成联动模式，也将会走出科技赋能山区26县跨越式高质量发展的天台模式。"

"到2025年，天台县力争实现轨道交通及汽车零部件产业总产值突破240亿元，培育超100亿企业集团1家、超50亿企业集团2家、超10亿企业5家、高新技术企业10家，力争培育上市公司6家。"对此，天台县发改局副局长陈达峰充满信心。

为更好地以智力激活山区科创，浙江还激励高校院所主动优选一批合适的专利，为山区26县企业提供免费的使用许可。根据浙江《科技赋能山区26县跨越式高质量发展实施方案》（简称"《实施方案》"）政策精神，高校院所的专利可以许可26县企业免费试用，在一定期限后付费转化，高校院所和企业可根据产学研合作的实际情况，自主商定免费试用的期限。

"这可以看成是一种科技成果的转移支付，推动成果向山区26县精准转移、转化。"浙江省科技厅相关负责人为我解读了这一政策，"通过这种模式，一项市场估价可达千万元级别的专利，山区企业不花一分钱就能用。"浙江大学科学技术研究院科技成果管理部部长赵彬则表示，近些年，学校也一直在探索支持山区县发展的科技成果转化途径，而该方案的出台，让学校鼓励科研人员实施专利免费许可有了政策保障。

位于仙居的浙江吾梅食品有限公司就享受到了这一红利。他们获得了浙江大学副教授于勇"杨梅汁、果超长期保鲜技术"系列专利的免费许可。

长期致力于食品保鲜技术研究及成果转化的于勇几年前在研究时发现，经特定高压处理的杨梅汁有超强的自灭菌能力，无须添加杀菌、防腐成分就能在常规冷藏下近乎无限期地保存，随即对此进行深入研究并申请了一系列专利。

"这项成果对杨梅种植户意义重大。"企业负责人陈宁说，杨梅是仙居当地的特产，有着采摘期短、不耐贮存的特点，每年都有许多鲜果未及出售就变质了。杨梅保鲜技术就像及时雨，赋予了杨梅鲜果更大的产值和加工空间。

"目前，免费使用专利的许可合同是一年一签，与浙江大学商定可长期签下去。"陈宁说，保鲜技术是食品企业的关键技术，相关专利市场估价往往可达千万元，这些政策给企业省去不少成本。此外，于勇还多次赴仙居，指导企业购买和安装设备，优化生产流程。

科技赋能让山区发展更具活力，在政策的引导、支持下，更多的高校加入与山区共研共进的过程，在山区和高校间搭起了一座科技的桥梁。比如，浙江理工大学向 26 县开放了第一批 50 项具有市场应用价值的发明专利，与台州三门、衢州常山、温州平阳等共建研究院，利用这一平台精准掌握山区县企业的需求，推介学校的专利成果。数据显示，截至 2022 年 2 月中旬，浙江全省已经有 20 所高校的 1522 项专利向山区 26 县开放免费许可，为山区小县城的工业发展注入了源源不断的科技能量。

科技创新是山区 26 县发展最突出的增长点，从银轮机械的发展到永贵电器的腾飞，从浙江大学的科研院到仙居的杨梅汁……山区的小县城正依托科技的力量，激活无限的动能，擘画更为广阔的蓝图。

第四章

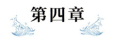

攀登计划

未得桥开锁，去船难自由。

渚禽飞入竹，山叶下随流。

忽见秋风喜，还成早岁愁。

卧闻舟子说，明日到衢州。

　　这是南宋诗人翁卷的《泊舟龙游》，诗中讲到的浮桥位于衢江、灵山江交汇处。浮桥设有活动桥板，有船只经过，需移开活动桥板，白天货船经过浮桥，需交纳厘金才能"开锁"放行，过后恢复原样，以便行人通过浮桥。直到1969年虎头山大桥建成，延续千年的浮桥才退出历史舞台。桥梁见证了龙游的岁月变迁与交通的发展进步，在今天，这样的进步与改变依旧在龙游发生，这一次，山区县龙游要用生态工业助推高质量发展。

　　2022年，浙江省经信厅发布《关于支持山区26县生态工业高质量发展的若干举措》，明确提出：推动山区 26 县加快打造 3 平方千米左右的特色生态产业平台，做强"一县一业"，形成一批百亿级规模主导产业。浙江省发改委牵头出台的《关于支持龙游县跨越式高质量发展的若干举措》释放了更多红利。其中提到,实施"资源要素高效保障"行动，拓展生态工业发展新空间：对符合龙游县生态工业产业指导目录的重点项目，支持优先列入省重大产业项目，并予以用能、用地指标保障；加强供电基础设施保障，开展多元融合高弹性电网建设，服务龙游新型城镇化、乡村振兴战略和生态工业发展，优先安排项目实施，加强资金保障……

在一系列政策的指引和推动下，龙游的特色产业正蓬勃发展。

2022 年农历春节假期刚过，在衢州龙游经济开发区的云墨碳谷产业园项目建设工地上，已经是一派热火朝天的景象：一台台生产设备被运送进园区，工人们正抓紧安装，不少厂房"整装待发"，工程车穿梭在园区中开展收尾工作……

产业园副总经理徐骅的办公室里有张时间表，上面清晰地记录着首个项目投产的计划时间——2022 年上半年。"可能还会提前。预计到 2022 年 5 月底，设备能全部安装、调试到位，开始试生产。"徐骅信心满满地说。这两年，省、市、县三级针对龙游特色产业的扶持政策连连加码，园区从环评、能评，规划到落地、开工建设一路绿灯。

为了谋划拉长碳基新材料产业链，龙游县政府还专门委托第三方起草了一份碳基、纸基新材料产业发展规划。在这份规划中，我看到一幅碳基、纸基新材料产业链鱼骨图，一棵聚焦延链、补链、强链的产业树，为生态产业绘出新空间……

　　"我们代建的这两幢厂房设施都是'超高配'的。"说起园区的硬件条件，全程参与项目的龙游经济开发区新发集团副总经理叶勋如数家珍。从花费近 400 万元增设 4 台 5470 kVA 的变压器，到增投 800 万元为企业定制设备，再到考虑车间温度较高，将厂房外立面由彩钢板调整为铝镁锰板，两幢厂房都是根据企业"拎包投产"需求进行"定制化"建设的，"厂房的造价也从普通标准厂房的每平方米 2500 元提升至 3800 元"。

　　"除了硬件设施，软环境也同样重要。"龙游经济开发区管委会主任缪建立告诉我，不管是地理位置、容纳空间，还是资源要素，比起浙江沿海地区和平原地区，山区 26 县都缺乏发展工业的优势条件，要在这些不利因素中找到发展工业的突破口，就必须得"软硬兼施"——既要抓好硬件设施，也要营造更好的软环境。"在产业集群培育中，首先要让引进的产业链配套企业下定决心在龙游安营扎寨。"缪建立说。

　　为了企业能第一时间一展身手，开发区探索了"轻资产招商"模式，通过转租闲置资产，厂房定制服务，建设富民小微园、富民孵化园、机器人产业园、新材料创业孵化园等标准化举措服务，为产业"筑巢"，按照企业需求"量身定做"厂房及配套设施，让企业"拎包入驻"……在云墨碳谷产业园项目落地的全过程中，处处都有龙游为企业提供"私人定制"服务的身影。此外，龙游还在全县范围开展"数字龙游"建设，推进"浙里办""企业码""龙游通"应用，推动省、市下放一批涉企事项审批权限，推进企业线上服务实现"一件事"集成。

　　创业环境日渐向好，也确实吸引了更多人才留驻于此。龙游云墨碳谷碳材料生产项目负责人曹定龙表示:"政府部门靠前谋划、主动服务,千方百计破解项目建设障碍,让我们扎根龙游发展石墨烯和碳纤维产业的信心更足。"未来,这里将有1万吨高性能碳纤维生产线、2500吨碳－碳复合材料及碳素产品生产线等6个子项目,且后期产业链延伸项目还有约50个。项目达产后,预计可实现年总产值100亿元,利润及税收18亿元。

在云墨碳谷产业一片向好的同时,精密数控机床和轨道交通装备业是龙游瞄准的另一个特色产业。

走进浙江禾川科技股份有限公司(简称"禾川科技"),生产车间一下子就吸引了我的目光:一支支"机械手臂"正在生产线上忙碌,充满了科技感。说起自家的产品,董事长王项彬很自豪:"我们自主研发的电机编码器,可以说填补了国内电机编码器的空白。我们也是目前国内唯一实现电机、驱动器和编码器全部自主研发、生产的伺服电机生产厂家。"

10年前,通过乡贤回归项目,致力于国产伺服电机研发、生产的禾川科技落户龙游。10年后,禾川科技已经成长为国内伺服电机与驱动及控制器领域的领军企业。王项彬说:"伺服系统是工业自动化的核心部件。如果把机器设备比作人,伺服系统的马达就相当于人的关节,编码器可以让关节精密运动,而禾川科技研发的编码器可以将精度控制在0.036度。"目前,禾川科技在中国通用伺服市场的份额已跻身国产品牌前三,还入选了2021年工信部公布的专精特新"小巨人"企业名单。

作为"链主型"企业,禾川科技还先后吸引了中孚精机、威仕喜、鑫佳硕等上下游企业纷纷落户龙游，这些企业在此地聚集，被称为"禾川帮"。其中，2019 年落户龙游的中孚精机就是"禾川帮"中的老大哥之一。

在中孚精机的厂房里，7 台数控机床占满了大半个车间。一台五轴数控机床正在加工空中加油机的输油管。一整根铝锭平卧在机床转台上，转台上方的刀具，从多个角度同时切割……上一刻的铝锭下一刻已经被刻下整齐划一的波浪形凹槽。"转台、摆头等高端机床的核心部件，全部都由我们自主研发。"中孚精机负责人曹畑说，这两年企业规模稳步提升，现在他们在当地也有了自己的上游企业。

除了发展碳纤维、高端装备制造产业，延伸产业链之外，促进传统高能耗制造业提质增效也为龙游的生态工业做了加法，纸业的升级提效，就是龙游迈出的重要一步。

长久以来，龙游一直是亚洲最大的装饰原纸生产基地、全国最大的特种纸生产集聚中心之一。但"纸"满天下的龙游产业虽然规模大，能耗却很高。"'双碳'战略背景下，高能耗更成为制约山区 26 县发展的问题之一。传统产业不提升，能耗问题不解决，新产业发展也无从谈起。"龙游县发改局局长汪益平说。提质增效势在必行，为此，龙游通过数字技术为传统产业谋求一条生态发展的道路。

过去，企业各基地内制浆线、造纸机、卫卷机、包装机等生产设备均为孤立的"PLC ＋触摸屏"控制系统，各工序无法及时获取其他工序的生产信息，只能靠人工进行串联。

如今可不一样了，维达纸业着力打造生产数据化运营平台，促进企业数字化运营转型，实现降本提质增效。在当地维达纸业的车间里，一个实时监测的生产数据化运营平台，正通过分析峰谷平用电、工艺参数优化、异常报警、能效分析、报表等细化参数，帮助企业挖掘出17项效能改善点。仅单个基地节能增效就累计超1000万元／年，生活用纸的生产数据化运营平台上线后的投资回报周期约为一年。

"我们将从点到面启动建设企业用能监测平台，及时为用能企业合理排产、合理用能提供预警，引导企业尤其是高耗能企业，提升能源利用效率。"汪益平说。从传统造纸，到高端装备制造，再到超前布局的碳基、纸基新材料和氢能源，龙游正在编织着一张巨大的生态产业网。

2022年2月2日农历大年初二，一场别开生面的"头脑风暴"在龙游中浙高铁轴承有限公司举行。这场由龙游县委统战部牵头，整合县委组织部（人才办）、工商联、经信局、科技局等部门创建的"龙创未来·中浙荟"沙龙自2021年4月设立以来，已经成为全县党委、政府以及企业深度沟通的固定项目。

在沙龙上，来自党委、政府、企业、协会的代表各抒己见。

"去年，我们交出了亮眼的成绩单，整体发展提质增效，呈现出良好的发展势头。"县委书记祝建东向大家介绍了龙游经济社会发展情况。

乡贤企业家们也振奋于家乡的日新月异，纷纷为自己熟悉领域的发展献言献策："龙游现在已经大变样了，工业强县发展战略让未来的发展思路更加清晰，可期可盼。"

"我觉得要加强龙游本土企业的信息化建设。"

"我认为新能源产业在未来大有可为。"

"开发区的发展应该坚持生态与产业相结合。"

…………

正如祝建东所言，龙游作为全省共同富裕示范区建设"缩小地区差距"试点和山区 26 县跨越式高质量发展生态工业样板县，必须找到自己迈向现代化的"桥"和"路"。而在各级党委、政府一次次的研究、筹划中，也在与企业一次次的沟通过程中，发展"生态工业"这条"路"已经越来越清晰了。

温州的文成县，也在探索着生态工业的新发展道路。

工业基础薄弱、交通不便、资源匮乏……作为浙南山区县，文成似乎面临着比龙游更多的难题。不过，随着文瑞、文泰高速公路的相继通车，文成的区位条件得以迅速提升，文成多年来一直在谋划的"工业强县"也取得了突破性的发展。

2021 年 12 月，文成经济开发区顺利获批设立，为文成生态工业发展搭建了一个高能级的平台。规划面积 9.15 平方千米的开发区由百丈漈区块、黄坦区块和大峃区块组成，重点聚焦设备制造、汽车零部件、时尚轻工等产业。近年来，文成更是加快生态工业经济结构调整和转型升级，重点发展时尚轻工产业、智能装备产业和水经济产业三大主导产业。

文成还出台了一系列政策为高质量发展生态工业保驾护航。

2022 年 1 月，文成出台了《关于加快推进生态工业高质量发展的若干意见》，对企业智能制造、技术创新、设备投入、品牌创建、人才引进等给予实打实的"红包"。其中，为推进创新服务能力，将对新认定的工程研究中心，分别按照国家级 800 万元、国家地方联合 500 万元、省级 300 万元的标准给予补助；针对新兴产业，对 2021 年起新增列入浙江省重大产业项目的战略性新兴产业项目，按获得的用地奖励指标给予 1 万元／亩、最高 200 万元的奖励；针对汽车零部件企业实施智能制造项目，最高给予 40% 的补助，单个项目补助金额高达 2000 万元……对全年财政收入只有 11 亿元左右的文成来说，其决心可见一斑。

2022 年 2 月，政策再度加码。浙江省经信厅出台《关于支持山区 26 县生态工业高质量发展的若干举措》，从产业发展、企业培育、平台建设、项目推进、产业转型升级、保障措施六大方面，细分出 18 项具体举措，助力 26 县发展生态工业，将特色优势产业、战略新兴产业和历史经典产业当作发力点：大力发展特色优势产业，围绕做强"一县一业"，引导山区 26 县因地制宜培育 1—2 个具有地方特色的主导产业或支柱产业；培育壮大战略新兴产业，支持山区 26 县加快发展高端装备、电子信息、生物医药、医疗器械、新能源、新材料等战略性新兴产业，加大对新兴产业项目的招引和支持力度；挖掘提升历史经典产业，促进山区 26 县历史经典产业与文化、旅游、艺术等全方位深度融合，重点支持磐安五味、龙游宣纸、江山西砚、开化根雕、龙泉青瓷宝剑、青田石雕、遂昌黑陶等历史经典产业，加大保护传承和创新力度，强化品牌提升和产业规模化发展，打造形成一批具有历史文化标志的产品和特色小镇。

龙游和文成的发展，为山区 26 县走出自己的生态工业发展之路做出了表率。通过"攀登计划"，浙江希望到 2025 年，在山区 26 县年均新增规上工业企业 500 家左右，山区 26 县规上工业增加值超过 2170 亿元，规上工业增加值各县均超过 8 亿元、超百亿元的县超过 10 个，跨越式发展类和生态发展类县的规上工业亩均税收分别达到 25 万元 / 亩和 20 万元 / 亩。

生态工业助推高质量发展，蓝图已经绘就，山区县已驶入高速发展的快车道。在青山绿水间，无限的矿藏正等待着开拓者们前去发掘。

第五章

美丽文明，美好中国

改革开放 40 多年，浙江农村的面貌焕然一新，人民的生活已经实现全面小康，但仍然存在一些不良风气。当鼓了"口袋"之后，如何通过精神文明建设，再富起"脑袋"，已经成为高质量发展建设共同富裕示范区的重大课题。为此，浙江坚持物质文明和精神文明一起抓，提升农民精神风貌，培育文明乡风、良好家风、淳朴民风，不断提高乡村社会文明程度。

为了使精神文明的培育与建设更为有章可循，浙江出台《浙江省小城镇文明行动测评细则》《乡风文明指数测评体系》等文件，各地坚持因地制宜、坚持问题导向、坚持多措并举，革除陈规陋习、倡导文明新风，以农民的利益为基础去做事，在润物细无声的同时，将各项举措落到实处。

每一座小村庄，都有着自己的历史与变迁，承载着特殊的乡情记忆，有着各自的乡风民俗，也正是这种独特的乡风乡情，将村落中的人们凝聚在一起。要培育乡村的精神文明，首先要做的，就是建设良好的乡风。

"您好，请帮我用存折上的积分兑换一袋味精！"近日，遂昌县大柘镇柘溪上村村民可以到村里的"新农民文明银行"兑换生活用品。

作为浙江省新时代文明实践中心试点县，遂昌近年来创新理念，设立"新农民文明银行"，通过制订垃圾分类等 19 项正面清单和不慈不孝等 7 项负面清单，对日常行为进行积分制管理，探索积分兑换日用品或医疗、教育、文化等公共服务的激励措施，引导村民养成文明习惯。

村民有帮助邻居、清理垃圾等文明行为都可以到"银行"里存积分，累积达到一定分值后，可以在"银行"里兑换肥皂、热水瓶等日常用品和一些常规体检项目，让"文明储蓄"看得见、摸得着。遂昌乡村由此掀起了乡风文明创建的新热潮。

"以服务换物品，以服务换服务。大家比以前更热情，也更愿意参加各种活动。通过积分的方式，可以让文明意识渗透进村民生活的点滴，内化为他们日常生活的一部分。"遂昌县文明办相关负责人说。

在常山县，创新推出"乡风文明贷"，将个人的乡风文明行动转化为个人信用，让好的乡风更有"钱景"。

乡风文明贷，是常山农商银行面向常山县全面配合乡村基层治理诚信体系建设而推出的专项贷款产品，以千分制诚信评价体系为主要依据，由村里的网格党小组成员、村民代表、常山农商银行客户经理、金融联络员等组成的考评小组对村民在村庄环境、和谐稳定、融入中心工作、一票否决等四大方面涉及 80 项具体个人乡风文明行为进行打分，并结合征信记录、家庭资产负债、经营能力、金融活动、碳账户积分等情况，开展信用评定工作。被评为乡风文明信用户的村民，最高可获得 50 万元的信用贷款额度，与同类贷款相比，利率最高降幅可达 20%。

长兴县洪桥镇还建立起了文明诚信档案。

村民张大伯走进其中一家标有"诚信联盟"符号的超市。拿了酒、烟等商品后，张大伯并没有付现金，而是打开 App 内的文明诚信码扫了一下，近 200 元的商品只收了 150 多元。这正是洪桥镇开展文明诚信档案建设以来，秉承让"有德者有得"的理念，给诚信示范户提供优惠的公益超市。

在洪桥镇文明诚信档案建设的实施办法里，文明诚信积分评比含爱国、爱党等"基础项"，还有做公益事业、参加志愿活动、参军入伍、为村发展献计献策等"加分项"，以及不遵守移风易俗规定、不赡养老人、破坏生态环境等多个"减分项"。基础分为 100 分，以户为单位一月一统计、一季一晾晒，超过 100 分的为示范户，低于 100 分的为待提升户。评分标准按照村民代表大会自己商议出来的"村规民约"决定，形成村民们的共同约束。

通过"有德者有得"的方式，洪桥镇引导了农村的人居环境改善和文明乡风提升，昔日乱堆垃圾、鸡鸭满村跑、粪便满地的洪桥镇陈家埭村，摇身一变，成了湖州市远近闻名的"诚信村"。

在各村的乡风培育建设中，一股引领发展的文明新风正拂面而来。与此同时，在乡村的精神文明建设中，农村文化也得到新的激活，一场精神世界的美丽嬗变正在农村发生。

夜幕降临，华灯初上，在德清县洛舍镇东衡村的健身广场，一边是奔放热烈的健身舞，一边是绵柔发力的太极拳，场面蔚为壮观。

人们想不到的是，几年前，这里还只是一片因开矿留下的洼地，阒无一人，与村里天天人满为患的棋牌室形成了鲜明的对照。为了改变这种状态，东衡村开始了"文化寻根"，大力开展精神文明建设活动，丰富村民们的文娱生活，改善精神状态。

历史上的东衡村，有着深厚的文化积淀。东衡村走出过 4 位尚书和 11 位进士，著名书法家赵孟頫曾在此隐居 10 年，并与其妻管道升留下一段不朽的佳话。通过"文化寻根"，村里重新拾起了一种礼仪：新人进门时，父母在文化礼堂赠予三件礼物——我侬词手帕、东衡礼糕模具、"慈孝仁爱"家训锦囊，意在希望两人以礼相待、互敬互爱。

"文化确实是一股强大的力量，润物细无声。"东衡村干部很有感触。除了"文化寻根"，在东衡村建起的文化礼堂也在精神文明的建设中起到了举足轻重的作用。

2013 年，针对农村文化资源分散、内容单一等问题，浙江全面推进文化礼堂建设，截至 2021 年底，已建成 19911 座文化礼堂，这些文化礼堂整合现有村级活动中心、农家书屋、农村电影放映等资源，因地制宜、特色鲜明。在文化礼堂，可以听到富有村庄特色的乡贤故事，看到积极健康的族训家训，找到本村最美人物、道德模范、优秀学子等事迹，而这些都在潜移默化中滋润了人们的心田。

东衡村，是浙江万千农村繁荣文化的缩影。"半山半水秀春妆，半乡半市家兴旺，半文半武竞风流，半耕半读写诗章。"东衡村的村歌不仅唱尽了东衡的特色，也唱出了浙江永不褪色的文明记忆。

除了建成让农民的精神家园"身有所栖"的文化礼堂，浙江多年持续开展"千镇万村种文化"活动，让农民"心有所寄"。

在浙江农村，群众参与排舞、腰鼓、戏剧、农民书画等文化活动的热情十分高涨。

不少农民文艺骨干、民间艺人、文化能人经过培养，纷纷组建民间剧团、业余演出队，扎根乡土"种文化"，成了繁荣农村文化的新生力军。为此，浙江积极搭建各种平台，举办农民文艺会演、才艺展示、排舞大赛等活动，引导农民群众不仅要当观众，更要当演员。为此，浙江顺势启动"文化走亲"活动，县与县、乡与乡、村与村、城与乡等实行跨区域文化交流，成了农村文化发展的新潮流和新样式。

"种为本，送为补，村自主"，在永康市，有一支文艺轻骑兵队伍，他们不畏严寒酷暑，通过举办"百台村晚"活动，把欢声笑语和新时代的蓬勃朝气送到广大乡村。

就这样，一支支由各地村民自发组建的"草根乐队"，"你方唱罢我登场"，尽情讴歌文明乡风；一台台民间自排自演的"草根村晚"，鼓乐喧天，演绎着人间的精彩、村庄的变迁；一座座各具特色的文化礼堂，承载文明、传扬精神，亮出了家风、树起了村风……一项项创新举措搭建起乡风文明建设的有效载体，丰富了村民的精神世界，诠释了浙江农村"乡风文明"新内涵。

守住乡土、传承乡风的文化阵地和平台犹如一座座文化灯塔，在浙江大地亮起，引领更多人在文化中获取精神营养。

在浙江乡村中，还有一笔属于农耕文明的重要精神财富——耕读传家。在丽水松阳，耕读传家与慈孝文化，都是当地精神文明建设中不可或缺的重要组成部分。

在松阳人看来，乡村振兴，既要"面子"美，又要"里子"实。这个"里子"就是乡风文明，就是要抓住"耕读立身、慈孝齐家"这个"牛鼻子"。

以农耕文化为特色的松阳县，素以传统村落保护而闻名中外，现有中国传统村落71个。近年来，松阳一方面通过"老屋拯救计划"修缮文物民居，建设了王景纪念馆、大东坝石仓契约博物馆、家风馆等一批特色鲜明的农耕文化展陈馆，使之成了松阳的文化新地标。另一方面，在古村落，通过"慈孝文化＋农耕文化＋乡村旅游"模式引领相关产业发展，取得了不错的效益。美丽乡村、文明乡风正吸引着更多"80后""90后"走进乡村，引发返乡创业热潮。

群众是乡风文明建设的主体。让群众当主人、唱主角，乡风文明建设才能常态长效，富有活力。

一个好人就是一面旗帜，好人故事呈现出最生动的价值观。

在永康市石柱镇塘里村，沿溪而建的顾盼廊挂着条形灯箱，用于集中展示"好媳妇""好乡贤"等形象。该村十大好媳妇之一李美钦说，从2014年开始，塘里每年都会评选村里的道德模范人物，并在醒目位置予以展示，她照料患有阿尔茨海默病的婆婆10多年，上榜"任劳任怨儿媳妇"后，村民和游客会了解并且学习效仿，自己也会努力做得更好，在潜移默化中，乡风变得更为淳厚。

受到社会和周围群众广泛好评的文明户践行家庭美德，孝敬老人，关爱孩子；夫妻恩爱和睦，患难与共，不离不弃，守护相助；善待亲人，兄弟姐妹团结友爱，家庭生活温馨和谐……这些身边的好人以言传身教的方式，将新时代乡风文明传达给了更多人。

崇德向善，见贤思齐。近年来，台州也先后出台了《台州市文明行为促进条例》《台州市新时代公民道德建设实施意见》，实施"德润台州"工程，深化"最美台州人"品牌，常态推进"道德模范""身边好人"等典型培树工作，推动大陈岛垦荒精神进学校、进社区、进家庭，不断强化立德树人、以文化人，"礼让斑马线""厉行节约""垃圾分类"等习惯早已成风化俗。

　　从"和谐美"迈向"融合美"。浙江各地还以自治为基、法治为本、德治为先，充分发挥自治的"化解矛盾"、法治的"定纷止争"、德治的"春风化雨"作用，完善"三治联动"体系，提升长效管控和服务能力，在乡村治理方式民主化方面进行了不少探索与创新。

　　衢州以党建治理乡村大花园建设为抓手，整治"一户多宅"，整出乡村发展空间，整出基层治理大融合；萧山以"和善村民、和美家庭、和睦邻里、和谐村庄、和德大爱"为核心的"五和众联"农村社区治理新模式，融合法治、德治、自治，发挥村民力量实现共建、共治、共享，该经验已被列为新时代的"枫桥经验"；象山的"村民说事"、宁海的"小微权力清单"两项制度入选首批20个全国乡村治理典型案例。浙江人积极投身于社会治理，换来的是百姓和顺、城乡和美、社会和谐。

　　共同富裕，浙江用均衡与发展做好"富"之文章，亦在物质文明和精神文明相协调的"裕"之要义上，不断拓展其内涵，精神、物质双手抓，让人民真正奔向幸福生活。让清风正气充盈每一个乡村，让家教家风滋润每一个家庭，让乡村文脉传承到下一代——这是新时代浙江对"美好生活"的新注解，更是新时代浙江人展示自身风采最得当的方式。

永不落幕的山海情

的山海情

| 跋

从杭州的"东南形胜，三吴都会，钱塘自古繁华。烟柳画桥，风帘翠幕，参差十万人家"到丽水的"何年霹雳惊，云散苍崖裂。直上泻银河，万古流不竭"；从湖州的"西塞山前白鹭飞，桃花流水鳜鱼肥"到温州的"乱流趋正绝，孤屿媚中川"；从金华的"水通南国三千里，气压江城十四州"到舟山的"浪蹴半空白，天梁无尽青"……浙江既有杭嘉湖平原的丰美富饶，也不乏名山奇壑的宏伟瑰丽，更有广阔的沿海地区，在浪花的来去奔涌中，带来无数大海的馈赠。

在今天，浙江的发达有目共睹，城乡差距小、经济实力强，是当今浙江留给人们的直观印象。不过，浙江今日的富庶繁华并不是一蹴而就的，而是山海协作、久久为功，城乡统筹、合作并进所共筑的辉煌。

时光倒退 20 年，城乡差距、区域差距、收入差距，同样困扰着浙江的经济社会发展。是"八八战略"的提出与实施，开辟了浙江发展的新境界，它成为引领浙江发展的总纲领。以此为引领，浙江的干部、群众用近 20 年时间的接续奋斗，一任接着一任干，一张蓝图绘到底，不仅彻底改变了旧有的发展面貌，更担负起高质量发展建设共同富裕示范区的光荣使命。

推进山海协作，让资金、项目、人才在山与海之间流动起来，是浙江试图打破区域壁垒的战略举措。从政府倡导到市场响应，从山海两边认识不一到双方合作不断升级，山呼海应，日积月累，形成浩荡的发展之势。正是山海携手的叠加效应，让我们见证了"新山海经"给之江大地带来的沧桑巨变，也感悟到改革创新为这片热土带来的勃勃生机。

总结山海协作的阶段性经验，有两点不能不提：见势早、行动快，才能变被动为主动，从而赢得发展先机；谋划深、抓得实，才能不断丰富合作内涵，从而为地区发展注入不竭动力。

推进城乡统筹，让农村富起来、城市强起来，其难度可想而知。当年，浙江农村的底子单薄，城市发展面临规模不够、辐射不强、后继乏力等各种复杂问题。但正是在这样的基础上，浙江迎难而上，率先提出统筹城乡经济社会发展、加快城乡一体化的战略构想，并成功蹚出新型城市化和新农村建设互促共建的发展路径。随着城市框架日渐清晰、农村风貌持续改观，浙江人也有了更多底气由衷抒发对家乡的热爱。当城市成为人才汇聚之所、农村成为旅游打卡地，浙江的城乡一体化成果自然也就有了更广阔的传播空间。

浙江的务实探索，也为全国经济社会发展带来了深远的影响。"绿水青山就是金山银山"这一科学论断，从安吉余村起步，走向了全国；浙江率先推出的"千万工程"、山海协作、美丽乡村建设等创新举措，则为全国各地推进乡村振兴、东西部扶贫协作起到先行示范作用。

随着浙江的改革创新成果日渐显现，山海协作有机会在更宽广的领域深度推进，"八八战略"也成为把握浙江援疆、援藏、援川工作新形势的认识论基础。多年来，浙江省始终聚焦精准扶贫、精准脱贫，将大部分援助项目和资金用于产业就业、民生保障、基层维稳、教育援助等民生工程。借助东西部扶贫协作，浙江的"致富经"也向中西部"输出",中西部对口扶贫地区人民和浙江人民一起,走上了共同富裕之路。

共同富裕和互相帮扶的理念日渐深入人心。在安吉黄杜村,乡亲们种植白茶发家后"致富不忘党恩",主动提出向川、湘、黔3省捐赠1500万株茶苗,帮助贫困群众种植5000亩白茶。当年捐赠的白茶苗如今进入收获期,黄杜村又决定,未来3年还将向中西部地区捐赠白叶一号茶苗3000万株,建设标准茶园1万亩。

聚沙成塔、集腋成裘,一点一滴的帮助、携手共进的力量,正在孕育今日的新山海情。

从城乡统筹、山海协作到共同富裕,浙江推进高质量发展思路清晰、步履坚定,这是我创作本书的一条主线。实践证明,持之以恒推进山海协作是一条解决好欠发达地区跨越式高质量发展这一难题,实现区域协调发展的正确道路,是一条共促发展、共同富裕的光明大路,这为我国迈向共同富裕之路积累了宝贵的经验,彰显了社会主义大家庭"大手拉小手""先富带后富"的制度优越性,也为世界减贫事业提供了生动的中国案例,是中国共产党人又一次为人类文明史贡献智慧和精神硕果的证明。

精卫填海、愚公移山,似乎只是存在于神话中的天方夜谭;但乡土中国的故事里,总有前仆后继、勇往直前的人,用青春的热血、辛勤的汗水,将荒原点成绿洲,把贫瘠的大地丰富成壮美的山河。他们将奇迹从神话带进了现实,告诉我们——山亦可平、海亦可渡,山海有情、人间有爱。

20年,旷野丘陵化作千里沃野,无人荒屿变身生态绿岛,温饱小康走向共同富裕。黄俏慧、金如灵、周忠平……一个个奋进的身影在我的脑海里不断回闪；返乡青年扎根农村，常山阿姨真情服务，海岛村民搓草绳攒钱购买第一艘大捕船，一个个迈向共富进程中的平凡故事，展现了"山海"情深的人性光芒，承载着"山海"相携的深厚情感，镌刻着属于浙江的独特记忆。

"山城犹转漏，沙浦已摇船。海曙霞浮日，江遥水合天。"

随着山风拂过林梢，摇船撒下新的渔网，浪花追逐着朝霞涌向海岸，江水唱着欢歌奔流过青山也轻淌过平原……更漏声声里，在广袤的之江大地上，时光已悄然变幻，山海协作的新故事正在谱写。

热血燃烧、信念不朽。共富路上，山海协作永不完结，山海之情永不落幕！